我的決勝21點

獻給

本書獻給我的算牌團隊成員
楊丹、凱哥、喬瑟夫、奧爾特、凱蒂、蓉姨、阿濤、大玩家
此生難忘我們一起經歷過的日子

如果妳真的想要成爲賭場的黑名單，
那我告訴你，很容易、很快，而且會很多次！

If you really wanna be barred in casino,
I'm telling you now it will come true easily, quickly, and for many times.

作者序・一趟夢想與冒險的旅程

「希望我能在三十五歲前成為賭場的黑名單。」

許下這個願望當下，甚至連我自己都懷疑，這夢想會實現。

因為工作的關係，我擔任某德州撲克選手團的隨團記者，因此認識了一位曾在澳門賭場算牌被列黑名單的神奇朋友——楊丹[註]。他說他所做的事情就如同電影《決勝21點》內演的一樣：利用數學機率，在賭場打敗莊家，贏遍賭城。這個人口口聲聲在我面前宣稱他如同電影般的生活：如何練習算牌、背了哪個表格、去哪個賭場、算什麼遊戲、打什麼暗號，他說的鉅細靡遺，語氣斬釘截鐵，對我的問題也有問必答。

這簡直匪夷所思，但我相信！

當然，他不只對我一個人說過，當時同在選手團中的其他德州撲克選手也都略有耳聞，但只有我真心相信他的神奇故事，雙眼發亮的對他說：「如果有一天可以加入團隊，請不要忘了我。」一年之後，楊丹在Facebook留了一個不明不白的訊息給我，一切都還沒確定，我就辭了工作，一心等待加入算牌團隊的機會來臨。

之所以會對於「算牌」這件事充滿嚮往，絕不是因為我好賭。事實上，我出生在一個過年完全不打麻將，連撲克牌都不玩

的家庭，與賭相關的這些遊戲，我不只沒有興趣，更沒有天分。我想去算牌，主要的原因，是因為我是個愛新鮮、又愛冒險的射手座，遇到不可思議的事情就眼睛發亮。另一個原因，就是真人真事改編的電影《決勝21點》實在太吸引我。

我對這部電影中印象最深刻的片段，是影片一開始，男主角——班申請難度超高的哈佛醫學院獎學金，他的成績非常頂尖，卻被主考官打回票。主考官的理由是：「我們的獎學金要頒發給閃閃發亮的人，就像是書裡跳出來的人物。」(The Robinson scholarship is going to go to someone who "dazzles". Somebody who just jumps of the page!)

男主角發現只會念書的人生不夠閃閃發亮，因此為了賺取30萬美金的高額學費，加入了數學老師米奇・羅薩的算牌小組，卻意外的體驗了電影一般的賭場大亨生活，也因為這一段誇張到難以想像的經歷，讓他在一年後再度申請獎學金時真的「閃閃發亮」，讓主考官目瞪口呆。

多少人能夠在一生當中擁有「電影般的人生經歷」？讓自己的人生變得閃閃發光？這就是為什麼楊丹一開口約我前往韓國賭場打21點的時候，我毫不考慮辭去穩定的工作，把僅有的5萬元

存款領光,跳上往首爾的飛機。

最多人好奇的是我父母的態度。媽媽是包容的水瓶座,對於她不了解的事始終充滿好奇,我們感情很好,無話不談。從一開始我決定辭去工作,就是與她討論過的結果。之後,我在各賭場每天桌上輸贏的精彩生活,也都用簡訊與她分享。書中我就描述了媽媽每次在關鍵時刻跟我說的話,以及她對我算牌這事的看法。而爸爸則說:「不反對就是支持。」足見爸媽對我的信任,支持我實現自己的夢想。

這兩個多月的算牌旅程,我從一個慌張的賭場菜鳥,漸漸進步,在新加坡時已經出入賭場如自家廚房。我不敢說自己算牌有多厲害,畢竟賭場內高手如雲,但是拿過兩次21點世界冠軍的喬瑟夫邀約我替他算牌,也算是對我的算牌技術大大肯定了。

這一路走來,眾人對我的質疑從來沒停過。出發前,身邊的朋友就把我「三十五歲前被列賭場黑名單」的夢想當成笑話,還不客氣的說:「想被賭場列黑名單,妳喝醉了吐在賭桌上還比較容易被列黑名單。」「妳若是會算牌,全台灣的人都會算牌了!」

甚至在我被新加坡金沙賭場列黑名單,新加坡及台灣的媒體大肆報導之後,依然有些網友認定:這只是個滿嘴謊言的旅遊作家,想要炒新聞罷了!

對於這些評論,我其實不太在意。因為我確實加入算牌團

隊，真真實實的體驗了電影般的人生。看倌們信不信都好，事實只有一個。

在加入算牌團隊之初，算牌老師就知道我是旅遊書作者的身分，也知道我將把這些經歷都寫成專欄並在未來出版，網路上刊登的文章也經過老師檢查，確認不致洩露算牌團隊機密才得以上刊。這就是為什麼我不像真正的算牌客那般低調，因為我只是算牌界的旅客，我的本業始終是旅遊與寫作，這是我理想的生活，不會更改。

但我要在此提醒讀者，如果你買下這本書，是希望從本書中學到算牌祕技，也去賭場大贏一把，恐怕你要失望了！這不是一本教你怎麼賭的書，甚至我也不贊成讀者跟著我的腳步去賭場算牌，畢竟加入算牌團隊的機會可遇而不可求，而「算牌」更不是一個以小搏大的賺錢機會，而是金主們的金錢遊戲。

這本書寫的是一個射手座的女生，許了個天馬行空的願望，並勇於追求夢想及賭場冒險旅程的故事。這是我真實的電影人生，希望你們喜歡。

註 ─── 本書中的部分人名：楊丹、喬瑟夫皆為化名。

推薦序·林辰安

　　內行看門道，外行看熱鬧。外行人讀這個故事，只看到輸贏的結果；而我身為職業德州撲克選手，相信的是數學，我看到的是安揭開一頁賭場與另一種職業玩家的真實人生。

　　離經叛道是我的生活指標，我喜歡與眾不同，我害怕平凡。套一句我偶像——九把刀說的話：「被嘲笑的夢想，才有實現的價值。」

　　這想法不只是存在身為職業撲克選手的我的腦中，安也和我一樣，被他人嘲笑並且與社會價值觀背道而馳的夢想，始終在她腦裡打轉。這些奇怪的想法在腦中打完轉後，她竟然很有行動力的實踐了，還想把她所經歷的一切公諸於世！聽到她要把這些故事寫下來，我第一個想法是：沒這必要吧！到時候吸引一堆人來搶飯碗怎麼辦？我更要祝她好運，希望國稅局不會來查帳，哈哈！

　　他的故事很酷！真的很酷！她把我們的生活寫成真人真事精采的小說，每個場景都身歷其境，從食物到賭場，從景點到街道巷弄，從籌碼到玩家的眼神與暗號……一切鉅細靡遺！

　　我原本以為，這會是本敘述怎麼被新加坡保安抓走的敘事自白書，我真沒想到，可以看到更多精采的賭界內幕：玩家勾心鬥

角的激戰、與賭場抗衡的戰術、「落跑」的招式，和教你如何樂觀的在拘留所過日子。甚至還教你，如何在韓國搞到了十萬份每天吃到癡肥，餐點額度卻不會減少的VIP。

這是本很棒的小說，也是本很棒的旅遊書，把現實的生活寫成夢幻般的故事，感覺很像在唬爛，但卻真實到不能再真實。揭露了我們賺錢的背後真相，甚至還有住在澳門的我都不知道的祕密貴賓廳地點。

從台灣到韓國、從韓國到澳門、新加坡、越南。這個賭場旅程太精采了！讓我放下書本依然意猶未盡。我期待她的續集，也期待她的下一波顛覆賭界的驚人壯舉！

澳門撲克王明星隊職業選手大亨　林辰安

推薦序・楊丹

其實我不希望你翻開這本書，我也不想要在這裡寫序。

但是你翻開了，而我也寫了，你即將看到的，是我們的人生。

你手上的這本書裡寫了太多、太多我們不想讓別人知道的事情，也包含我和安（就是本書作者）一起經歷的一段奇妙旅程，可能太誇張、太令人難以接受，但都是真的！有時候真實故事往往比電視上演得更誇張，不是嗎？

要怎樣才能踏上這麼特別的旅程？我的答案是；一些耐心和一些勇氣。

我遇過很多人，想入門卻學不會，或者無法忍受彷彿流浪一般的生活。常常我們今天說要去墾丁，明天卻又跑去蘭嶼（這當然是比喻）。每件事情、每個決定都要付出代價，但也總有收穫。

當時算牌團隊需要找新人，我和幾個朋友說：「大概要出發了，先把方法學好練好。」我只是說「大概」，她就馬上辭職、閉關練牌，最後真正要出發時，我所通知過的朋友之中，只有她能踏上旅程。其他人只能繼續待在自己的崗位，繼續做平常的工作、過一般的生活。

你想要怎樣的人生？你有夢想嗎？我常常問這樣的問題。

讓我很驚訝的是，我常聽到「我要過平凡的人生」，更讓

我驚訝的是，安用斬釘截鐵的口氣說：「我想要成為賭場黑名單！」一邊用發亮的眼神看著我。我當時心想：「這位小姐妳還好嗎？腦子沒問題吧？」成為賭場黑名單通常是在賭場鬧事；或輸太多了請賭場管制，以免自己失控又衝進去輸錢；再來可能是作弊犯規；最後一種，賭場不願承認——優勢玩家。

　　當時我提供一個速成法給她：「妳現在就去澳門，進賭場找身穿黑衣的保全，靠近，然後趁他不注意揍他一拳，十分鐘以內就搞定了！」她馬上說：「我不要那種黑名單啦！」好吧！我懂了，其實她要的不只是一張黑名單，而是一個證明，證明真的有人能從賭場贏錢、證明賭場真的會怕、也證明這是一段真實而奇幻的故事。

　　如果說，旅行讓人重新檢視生活，那流浪就能讓人品嘗當下生命。就讓安用她充滿熱情和活力的文筆（一如她的個性），帶你一同體驗這段流浪般的算牌之旅。

國際算牌團隊成員　楊丹

推薦序・黃雍利

　　觀光博弈是目前全世界最熱門的產業，全球197個國家之中有136個國家設有觀光賭場。

　　台灣馬祖地區，2012年7月7日通過博弈公投，在未來博弈產業在台灣肯定是一個鑽石產業，本書雖不是教科書，但有如是亞洲博弈產業概論的縮影，透過本書的字裡行間彷彿讓讀者神遊亞洲各大賭場及了解亞洲各國的人文特色，讀者更能理解到CASINO如何用House Comp來抓住賭客的胃，及CASINO是借由何種行銷策略讓賭客能渾然忘我的盡情享受桌面上的金錢遊戲與刺激。CASINO五光十色裡的環境，往來成千上萬的賭客與賭桌上千變萬化的牌局，在本書中筆者唐宏安將CASINO環境呈現的淋漓盡致，彷彿讓我又回到在賭場擔任風險部經理的那段時光。

　　讀者閱讀本書後更能了解CASINO內場中的「內場」PIT BOSS工作職責的祕訣是如何分辨出誰是來啃食CASINO的狼，外場中的「外場」算牌客的生活形態與邏輯。本書也顯現出賭場與算牌客之間的微妙關係，及雙方在攻守與對決中的驚險歷程。在CASINO環境是如此的高深莫測與複雜。如果想踏入博弈業就得功欲善其事必先利其器，所以本書必讀。

中華民國博奕管理學會秘書長　黃雍利

♣ 序曲

這個下午牌運真的很順，兩點多走進賭場瞄一眼我們工作的那個區，門口第一桌就已經發了七十局，一條牌到了尾聲，剛好讓我接著算新的一條牌。桌旁沒有同行搶這張桌子，我順勢坐了下來，才剛坐下發牌員就從牌盒中抽出一張黑卡。「Last hand！」發牌員說。幾乎不用等，我就遇到了一條新的牌，這幾天都是這樣，比起楊丹這幾天算滿八小時也找不到一條可以出手的牌，我還真是有牌運。而且今天這條牌越算越熱，二十多局時，真數已經夠高了，我打暗號把大玩家叫來桌邊，每每打出下注的暗號就一定中，連我自己都忍不住驚喜歡呼，手氣好極了。

「Pic~ture！」全場熱騰騰的喊著，每雙眼睛都像著了火一般，緊盯著發牌員手中即將翻開的那張牌。

「Picture！」果然翻出了一張公牌[註1]，全場歡聲雷動，我的桌子周圍已經擠滿了三圈的賭客，隔壁桌擠不進來的賭客紛紛伸長了脖子。剛剛下過注的賭客紛紛挑揀著手中的籌碼，下莊贏要扣5%水錢[註2]，發牌員由右至左一家一家的清點籌碼及找零，這樣一輪大抵又要十分鐘以上，雖然這條牌很熱，讓我賺了不少，但仍免不了在心中暗暗抱怨這張桌真是太浪費時間了。再這樣下去，我看一條牌三小時也打不完！

「妳看，對面那個男的，一個勁兒的壓幸運七，剛剛中了一次，還不停手，哪可能幸運七中個不停……」左手邊的大姐操

著新加坡腔跟我攀談，我看了她一眼，微笑點頭。她是這兒的常客，固定週末進賭場，跟我聊天倒是第一次。

「妳怎麼都沒下？」沒想到大姐殺紅了眼下注，還有心思觀察到我在這兒坐了兩小時卻一注也沒下。但她似乎也不需要我的回答，接著說：「大姐跟妳說一句，有好時機就要下，好時機稍縱即逝，妳下一把就跟我一起下，現在這條龍正旺，下一手牌一定還是『莊』。」

這些賭場的常客總是會不經意的與我攀談，倒也不是針對我，只是想找個人聊聊賭經而已。我一邊算牌，總是要分點神跟這些賭客瞎扯幾句賭經，這是很好的掩護，讓我看起來跟一般賭客沒什麼兩樣。我也在他們身上學了很多賭客必須有的招牌動作，喊「Picture！」的時候用力的拍桌，或是跟著他們對桌前螢幕指指點點的推算下一手牌有沒有可能是合局。其實我一點也不關心眼前每一手牌的輸贏，對算牌客來說，我們看的是長期的機率。

不過我現在倒是有點關心這位大姐剛剛說的那位，在我們桌子對面總是壓幸運七的那一位男士。因為，他是我的大玩家^{註3}。過

註1 ── 「公牌」百家樂遊戲中將10、J、Q、K視為0點，稱為公牌。

註2 ── 水錢是賭場的主要獲利來源。當賭客下注100元，輸的時候就是100元輸掉了，但是贏的時候，莊家要抽5%為水錢，所以賭客只贏到95元。人說十賭九輸，其實就是輸在水錢。

去的兩個小時，他看著我的指示下注，而我的指令跟著數學走，心算出來的數字該下幸運七，我就會在手上把籌碼玩弄得喀喀作響作為暗號。幸運七的賠率很高，押中一把就賠四十倍，通常賭客都是偶爾下一注好玩，如果不押莊閒，只押幸運七，常會被其他賭客們視為貪心的笨蛋。但如果在一張桌子上押了好幾次幸運七，也中了很多次，大玩家的行為就會受到大家關注，這對算牌客是很不利的。剛剛大姐就已經虎視眈眈的瞪著他，若是遇到全桌槓龜他獨贏，那肯定免不了一陣白眼和見不得人好的噓聲。而今天這情況已經發生了很多次，聽大姐抱怨了兩句，我不免擔心今天是不是贏得太顯眼了。

又有人在推我的右肩，火熱的桌子總是這樣，坐在桌邊的少不得要替後面成堆的賭客放籌碼。「美女！美女！幫我下！」我轉頭順著聲音看過去，一落籌碼經過幾雙不同的手傳過來，我接過籌碼往桌上擺。不必問，肯定是下「莊」。現在這張桌子的「莊」旺得不得了，連續十四手的莊，螢幕上紅通通的一條龍[註4]，圍在桌邊的人都瘋了！

我看著這瘋狂的世界，暗自嘲笑這群賭客們可笑又盲目的行為。想一想也真替他們覺得可悲，每天把時間花在賭場，賭客們之間就算叫不出對方的名字，看久了都熟了，總是「美女」或「帥哥」的叫著，互相幫忙下注。我在新加波金沙賭場這一個半月時間，已經把這兒的賭客都看熟了，熟到膩了！真不知道他們真的

不厭嗎？他們人生之中難道沒有更重要的事？還好，為了寫下些賭場故事，我總有比「算牌」更有趣的事可做，觀察賭客就是我每天最大的消遣。算牌的空檔，觀察這些賭場內的枝微末節，記下有趣的細節，然後寫在網路專欄上。

「Picture！」由於熱門的桌子總是進行得很慢，我常常算牌算到一半就分神了，想著這些那些小事，然後被賭客們的吶喊聲拉回現實。

我小心翼翼的從腿上的手拿包中把手機拿出來，在桌下瞥了一眼時間，下午四點多，「還久的咧！」我對自己說。我瞄了一眼大玩家手中的籌碼，二十四個淺黃色──240萬台幣，今天情況不錯，大玩家手中的籌碼很多，我們贏了不少，打完這條牌這可以休息了，我一向主張見好就收，而且這條牌也真夠累人了。

發牌員終於把整桌的籌碼結清，兩手心朝上平放在桌面上，這是開放下注的手勢。

桌旁圍了一圈又一圈的賭客又開始瘋狂了，我大聲的玩弄起手中的籌碼作為暗號，而站在桌子對面我的大玩家被三圈賭客擠到最外圍，正奮力的伸長手，請人將他的籌碼放到桌上。

註3 ── 算牌團隊成員為了掩飾算牌，分別扮演「算牌者」(Counter)及「大玩家」(Big Player)兩種角色，互相搭配。算牌者負責算牌，大玩家負責下大注。

註4 ── 「一條龍」百家樂遊戲中若持續開出閒家或莊家，統計螢幕上就會連續出現一條相同的符號，玩家稱之為一條龍。

「我要幸運七，麻煩一下。」

「幸運七？『莊』很旺，你下莊穩贏，幹嘛押幸運七？沒有天天過年的事啦！」果然，我指示的暗號又讓他引起一陣小小的騷動，幫他放籌碼的大姐順口問上一句，又惹得大家七嘴八舌。

「No more bet.」發牌員雙手一揮，停止大家下注。我這才發現，大玩家還沒把籌碼放進「幸運七」的格子！我一愣，這是從來沒有過的情況，大玩家怎麼會犯這種錯誤？緊接著我眼睜睜的看著莊家和閒家發出的牌。

「噢！」現場賭客一片嘩然。「那個人剛剛一直押幸運七，就這把沒押到，幸運七就中了。」

我怒火中燒！就這幾秒鐘的錯誤，我們少贏了45萬！

「搞什麼？大玩家出這種錯，你死定了！」我在心中忿忿的說，立刻拿出手機打電話給金主——阿濤。我一邊起身，準備擠出重重人牆，心想，我一定要好好的告他一狀！

這時候，又有人推我的右肩，心中一股不耐煩，我自己的事都處理不完了，哪還有空幫人下注。

右肩又被推了一下，我壓抑著心中的怒火轉頭，到底誰在推我？

「Excuse me. Would you please follow me to office? We have to ask you something.」一位女保安緊貼著我站著，很禮貌的說。

我愣在當下，思索著該怎麼辦？老師及算牌前輩提醒過的事

像跑馬燈一樣從腦中閃過：「一手抓起籌碼，往門口跑。」但是
我心中卻有另一個聲音，讓我遲遲沒有邁開腳步。我倒底該抓了
籌碼轉身就跑，還是乖乖跟她進辦公室？

　　思緒飄到了四個多月前，我想到了我爲什麼會坐在這個地方
算牌，當初我到底是爲什麼走進算牌這一行……突然之間我有了
決定。

　　「Ok.」我挑了下眉，毫不掙扎的跟她往員工專用的那座電
梯走去……

♣ 2 不明不白的邀約

（四個月前）

💬 **我想去斯里蘭卡一段時間，想找個伙伴同行，或許可以賺點錢，妳想來嗎？**

我看著臉書頁面上楊丹留給我的一則訊息，一頭霧水。這大概可以稱得上是有史以來最莫名的工作邀約了吧！就連報紙上詐騙集團的徵人廣告都寫得比這清楚明瞭。

楊丹是一位貝斯手，他過著很奇妙的生活。除了專業樂手身分，他同時也是職業撲克玩家，每個月靠著樂手及打撲克的收入，可以很悠閒的不用上班，一年出國好幾次，參加撲克比賽或是隨歌手出國演出。而我是在德州撲克選手團認識他的。

當時我擔任德州撲克選手團的隨團記者，工作內容對於設計出身的我是輕鬆又簡單，負責跟著選手團到澳門參賽，拍下比賽時的照片並更新選手團網站上的戰績。這算是一份相當有趣的工作，是我第一次知道這個世界上居然有人可以靠賭場裡的遊戲為生，而且賺得很多。這與我們常掛在嘴上的「十賭九輸」，總以為賭徒看起來瘋狂潦倒，顯然有很大的不同。當然，後來我慢慢的了解這些「選手」與「賭徒」的差異。「德州撲克」是賭場中唯一正EV[註1]的遊戲，而「算牌」是讓賭場中某些遊戲由負EV變成正EV的方法。在賭場中若不是玩德州撲克，又不是算牌，那就是賭徒了。用數學的角度來看，輸贏機率接近或等於50%的遊

戲稱為賭，而可以用技術提高勝率的遊戲不能算是賭，是智慧型遊戲。因此，我對於一同生活的這些撲克選手們感到非常好奇，一方面是驚訝於他們過人的腦筋，另一方面是佩服他們不畏眾人眼光的勇氣，畢竟很多人都認定他們根本是賭徒。

而楊丹在這群選手中顯得相當特別。我第一次注意到他，是我替選手團每一位拍攝宣傳照的那個下午。不同於一般選手們手拿撲克牌拍照，他手上拿著的是從日本雜誌——《大人的科學[註2]》中組裝而成的小電吉他，擺出Rocker的姿勢，配上吶喊而扭曲的表情。說真的，我不懂他在搞什麼，拿著相機的我忍不住偷笑，直覺他真是個特立獨行的怪咖。

同時身兼專業樂手與專業撲克選手兩種身分已經夠怪了，可是他還有更怪的身分。

「你知道嗎？楊丹曾經在澳門美高梅算牌被列黑名單耶！你懂我在說什麼嗎？電影《決勝21點》演的那種算牌呀！」聽到選手們私底下討論楊丹，連電影都扯上了，我暗自猜想著他還能怪到什麼程度，不禁激發我無比的好奇心，下了決心一定要找機會好好的認識他！

註1 —— EV是德州撲克界與算牌圈常用的用語。Expected Value，獲利期望值。正EV即是贏率大，反之則稱為負EV。

註2 —— 日本雜誌《大人的科學》由日本學習研究社出版。由雜誌名可以得知，是給大人看的手工科學雜誌。每期介紹一種用品的科學原理，並附一組科學模型，讓讀者透過組裝過程，學到相關的科學知識。

「嘿！聽說你在玩音樂呀！」這個下午楊丹出現在選手團的工作室，這兒像網咖一樣整齊的擺放幾張長桌和多台電腦，供選手們透過網路與各國撲克選手線上較勁。我把握機會跟他攀談，用音樂這個話題當開場白應該還算自然。

「喔……對呀……」楊丹露出不知在尷尬什麼的笑容，聲音壓的扁扁的。

「你都不用上班哨？」我接著問。「看你很閒的樣子，玩音樂和打撲克就夠你維生了喔？」

「嗯……夠呀！」楊丹的回答很短。我覺得他並不是不想理我，只是他此時此刻必須專心於螢幕上不斷跳出來的小螢幕，一次打十八桌還可以分心跟我說話已經很厲害了。

「那你每個月有……5萬嗎？不然怎麼可能這麼閒？」我知道冒然問對方收入多少，再怎麼說也不算是很得體的行為，但是以我跟撲克選手相處這大半年的經驗，他們多半願意透露，因為收入是很明顯的指標，可以讓很多原本認為他們是賭徒的人瞬間改觀。

「5萬……？」楊丹用很誇張的語氣重複了一次。「隨便也有兩倍吧。」後面這句明顯放低了音量，感覺他並不想要張揚自己的收入，只是要讓我明白我原本的猜測有多離譜。

「這麼多喔？那……你玩吉他應該花很多錢吧？」

「妳是不是根本不懂職業樂手是什麼呀？」我一連串不上道

的問題終於讓他忍不住主動說明了。

「職業樂手就是，歌手如果請我去演奏要付錢給我，所以我玩音樂是賺錢的一份工作。還有，我玩的是貝斯，不是吉他。」他話一說完，我就因為自己的愚蠢發問而笑個不停，他也忍不住被我逗笑了。

「完了，我問的問題是不是讓你發現我很蠢？」

「還好啦！至少妳還知道撲克選手不是賭徒。」

「那我可以問你一個問題嗎？」趁著氣氛好，我要切入主題了！「聽說你在澳門美高梅主演《決勝21點》喔？」我問完這句話，自己都忍不住笑出來。

「喔，對呀！」沒想到楊丹倒是承認的乾脆，換我一愣，難道其他人口中的列黑名單傳奇，以及電影上演的誇張劇情都是真的？

「到底是怎樣？你可以跟我說嗎？你真的被列黑名單？你真的會算牌喔？跟電影演的一樣嗎？」我眼睛都亮了起來，講話速度頓時快了三倍，一口氣的把心中的問題全丟出來。

「喔……對呀，」在我一連串問題的中間，楊丹找到空檔回答：「基本上，就跟電影演的一樣，差不多完全一樣。」

「那你真的被列黑名單了？你有被打嗎？」電影中，列黑名單的人會被拖到地牢打一頓，這可是相當重要的劇情。

「喔，只有這個不一樣，不會被打啦！」楊丹很輕鬆的說。

「說不定你有被打，只是你不想承認！」我緊盯著他的表

情,想觀察出一點蛛絲馬跡。

「那妳自己去試試看不就知道了。」楊丹非常平靜的回應。

「好呀!我也想要當賭場的黑名單,你告訴我怎樣才可以成為賭場黑名單。」我興奮了起來,感覺胸口有一個小火球在跳躍,我的臉在發光。「如果我可以在三十五歲前成為賭場的黑名單,那真是人生中很酷的一項經歷吧!」

「第一次聽到有人進賭場的目的不是賺錢,是想被列黑名單。」楊丹的視線離開的電腦螢幕,轉過頭來認真的看我一眼,「或許……真的可以。因為三十歲左右的女生是最好的,妳應該……差不多吧!」

「剛剛好,我剛好三十歲。你是說真的嗎?我是認真的喔!」我看著楊丹的雙眼,確定他當真。

「嗯……」他看著我,眼神堅定的說:「如果有機會,我一定找妳。」

接著我又問了一些算牌技術方面的問題,楊丹一一詳細說明。雖然選手團中有些人覺得楊丹在唬爛,但我還是相信他。一部分是因為他的態度很誠懇,不像是個說大話搏取目光的人,另一方面因為他解說算牌時的專業,讓人毫不懷疑他的腦筋好到足以加入算牌團隊並被賭場列為黑名單。

♣

但自從那天之後不多久,德州撲克選手團因為英國總公司的

經營方向改變而解散了，我跟楊丹也一年沒有聯絡。

直到我現在看到這則臉書訊息。

💬 **我想去斯里蘭卡一段時間，想找個伙伴同行，或許可以賺點錢，妳想來嗎？**

雖然寫得不明不白，但我想，或許跟算牌有關。若真是如此，這可是千載難逢的機會，成為賭場黑名單的願望說不定真的因此實現。想到這……

💬 **我要加入，怎麼配合？**

我飛快的在鍵盤上打了這八個字。

帶5萬元出發

距上次收到楊丹不明不白的留言已經一個月，而我對於即將前往斯里蘭卡要做什麼事卻一點概念也沒有。楊丹只簡單的回覆了幾個字：

💬 **妳先把這個表格背起來吧！最好先辭掉工作，什麼時候出發不一定。保持聯絡。**

然後又附上一段網址的連結，顯示一個表格——21點基本策略表。

我反覆看著他最後的留言：保持聯絡？他自己才需要記得跟我保持聯絡吧！我等了整整一個月的時間，已經辭了工作，並且很認真的每天在家裡背「21點基本策略表」，一邊等著遙遙無期的回音。

「妳到底哪一天出發呀？」老爸看到我又在餐桌上擺開撲克牌，晃過來問了我。

「我也不知道……要牌、要牌、投降或要牌……」我正專心的練習，用半秒鐘回答之後，馬上將眼神轉回我右手翻出來的牌，繼續小聲的唸著動作。

「斯里蘭卡的紅茶聽說不錯，不然妳帶點回來給老爸喝喝看吧！」說完又晃回書房去了。

我卻因此停下手邊的動作，想著自己會不會太異想天開，竟然因為楊丹的兩句不明不白的留言就辭掉工作，這機會根本就不

確定，我卻已經把自己搞得騎虎難下了！但是心中有另一個聲音告訴我：有人向你保證的機會，都不會是什麼了不起的機會，真正的機會本來就需要冒險。「嗯！」我同意心中這個聲音，想著大不了就是自己出國玩一趟當度假，沒什麼大不了的。雙手又繼續翻牌。

「21點基本策略表」上面寫滿了「H」、「S」、「D」、「R」等英文字母代號，分別代表「要牌」、「停牌」、「加倍下注」、「投降」等在21點牌桌上會運用到的動作，而這個表格完全是依據數學機率計算出來的。當玩家手中的牌是幾點，遇上莊家開出的是哪一張牌，做什麼動作的贏率最大，全部用表格呈現。照著做，玩家就已經做到最大贏率。

可是有趣的地方就是：玩家的最大贏率，有時還是輸給莊家，因為賭場訂下的規則造成贏率不是剛好50%，賭場總是會贏一點點。我看到表格上方，標題下一行小字：「估計賭場贏率0.36%」，意思就是長期來看，投入1萬美金，最後會輸36元美金。我不禁覺得很好笑，背了老半天還是去賭場輸的嘛！

這時我隱約聽到手機鈴聲，連忙丟下手中的牌衝進房間，但是當我拿起手機時鈴聲已經停了，螢幕上顯示一個市話未接來電。我立刻回撥，話筒傳來語音：「這是Skype網路電話……」，我失望的掛掉電話。難道是楊丹打給我嗎？這一個多月來，他的手機完全沒有開機，我原本就猜想他應該是在國外所以沒跟我聯

絡，現在又漏接從Skype打來的電話，頓時覺得相當懊惱，希望不要錯過什麼重要的事才好。

♣

一星期後，我剛清醒的早晨，電話鈴聲響了。

「安，妳終於接電話了，我還以為這麼早妳還沒睡醒咧！」話筒傳來楊丹的聲音。

「楊丹！」我興奮的頓時清醒，「你在哪呀？你電話都不通，你是不是在國外呀？」

「我現在在香港轉機，晚點就到台灣了。」楊丹說。

「你好難找喔！我打給你都沒接。」我說。

「妳才難找吧！我上星期用Skype打給妳，妳也沒接。」

「我就知道是你，你幹嘛不再打一通？」

「對了，下午碰個面吧！先跟妳說，斯里蘭卡取消了。」

「取消！」我整個人傻住了！腦中第一個閃過的念頭：我都已經辭職了耶！隨後又馬上想到：或許還是有別的機會吧？思緒飛奔，口中卻是一個字也說不出來。

「嗯……有別的計畫，總之，下午見面再詳細說。」楊丹和我約好碰面時間與地點，結束通話。

掛了電話，我覺得這一切真是太莫名奇妙，像是一個闖關遊戲，一次只拿到一個提示，只能在不清不楚的情況下往前走，我現在面對的情況就是這樣。每通電話都不明不白，好不容易通上

話，楊丹的長話短說讓我摸不著頭緒，但我至少確定一點：我們總有什麼事可以合作的，不然他不會一下飛機就找我。

♣

「斯里蘭卡的賭場聽說有點變動，所以我想改去韓國，妳覺得如何？」我才剛走進咖啡館，都還沒坐下，楊丹就丟出這句話，仰著頭盯著我。

「你是在問我嗎？」我一臉狐疑的緩緩坐下，「我根本連我們到底要去幹嘛都不知道，能有什麼意見？我到現在才確定是跟賭場有關的計畫。」

「妳明明就知道呀！去賭場呀！」

「那是我自己的猜測，你只有在網路上留言說：『要出國，或許有賺錢機會』，我到現在還是搞不清你到底想要幹嘛，你就從頭說清楚吧！」我向椅背一靠，微笑等著他的說明。

「好吧！」楊丹終於慢下來，整理了一下思緒，開口說：「我這個月都沒有跟妳聯絡，是因為我在拉斯維加斯，我在那邊主要打德州撲克和21點，」

「你不是前陣子跟那個誰巡迴開演唱會嗎？怎麼又突然跑到拉斯維加斯去打撲克？」我忍不住插話。

「宣傳期結束了呀！又不是一年三百六十五天都在演唱會。反正我最近在賭場有一些心得，所以想要規畫一個賭場行程，應該可以賺點小錢。原本是要去斯里蘭卡，我想妳是旅遊達人嘛，

找妳去應該挺輕鬆，玩的行程就交給妳負責了。而且妳之前不是說對賭場的事有興趣？」楊丹臉上詢問的表情，我馬上熱情點頭，表示我現在依舊對這件事很有興趣。

「所以我就想問妳要不要一起，不過，哎呀，反正斯里蘭卡現在去不成了，我想去韓國也不錯，怎麼樣？」楊丹說到這就停下來了，一臉期待表情等著我回應。

「嗯，好！反正我都已經辭職了，只要你有計畫，去哪邊都可以啦！」我幾乎沒什麼猶豫就答應了，因為對我來說，只要還有計畫要去某地，總強過我辭了工作又沒計畫落得兩頭空。

「但我到底要做些什麼？先說喔，我手邊沒多少現金喔！」

「錢不是問題，要做什麼我也會教妳，只要有國中數學程度就可以了啦！妳就先把『21點基本策略表』背好，」楊丹說到一半，我就急著插話：「我早就背好了！」

「喔，好。那妳準備5萬塊就好，機票我來訂，後天出發。」楊丹說。

後天出發！走出咖啡館我興奮得簡直要飛起來了。雖然我對於楊丹的整體計畫毫無概念，但是以我對他這個人的了解，他很實際且值得信任，應該沒問題吧！興奮的心情在我的心中翻滾，雖然還沒打包行李，但是今晚我一定要找死黨分享一下，不然我肯定睡不著。

♣ 4 被嘲笑的夢想

一走進偉恩的店，我馬上跳上吧檯椅，「我跟你說！」我揚起眉毛，擺出宣布大驚喜的表情。偉恩站在咖啡機後面，手裡拿著鋼杯正在打奶泡，緊盯著鋼杯上的溫度計沒空看我，挑起眉毛當作是回應。「之前說的那個賭場的事呀，我後天要出發囉！可是要改去首爾。」

偉恩把打好的奶泡倒進卡布奇諾的杯中，手腕用一種優雅頻率擺動，在杯面上拉出了一片漂亮的葉子。「後天？這麼趕？妳確定妳沒有被騙嗎？」偉恩說完這句，我們倆都笑了。這件事從一個多月前，我第一次接到楊丹的留言時就跟偉恩提過，因為不太確定，所以我沒跟太多朋友說。然而，所有聽到消息的朋友像串通好了一般，總是會問一句：「妳沒被騙吧？」事情一久，這句話就像是個笑話一樣，總是要拿出來給大家笑一下。

不知是不是因為射手座的關係，冒險又天馬行空的計畫在我眼中挺可行，雖然我知道很多人一定覺得這太誇張、太天馬行空、太莫名奇妙、太不可能……。

看偉恩正忙著煮咖啡，我找了店裡一根柱子後的位置坐下，拿出撲克牌把握時間練習，傑森走了進來。

「耶？你怎麼來了？」我問。傑森是我另一位好朋友，從大學認識到現在算一算也有十年了，不用說，算牌冒險旅行的事當然第一時刻就發Mail告訴過他了。

他瞄了一眼我放在桌上的撲克牌，「妳留言給我說的算牌旅行，那是怎樣？妳是去當劇組工作人員唷？」傑森拉張椅子在我對面坐下來。

「不是呀！我明明寫得很清楚呀！我正在學『算牌』，朋友計畫去賭場待一段時間，或許有機會像電影一樣⋯⋯」

「『算牌』？」我話還沒講完，傑森就毫不客氣的打斷我，「妳會算牌，那全台灣的人都會算牌了！」

「欸，你幹嘛這樣講，我真的很認真在練習呀！」我跟傑森鬥起嘴來。

以我們兩個的交情，我以為他早已習慣我提出天馬行空的怪想法，而且習慣我真有辦法實現。今天他的回應讓我有點意外，思忖著連十年好友都不相信我，難道其他聽過的人都覺得我唬爛嗎？

這時偉恩忙完了吧檯內的工作，端了杯咖啡走向我們這桌。

「偉恩，你是不是不相信我說的事？」問出這句話的同時，我抬起頭看著他的表情。

「我沒有不相信呀！我只是覺得妳應該知道妳要走怎樣的路，想過怎樣的生活。」偉恩的表情看起來很誠懇，應該不是敷衍我。

「傑森不相信我，他剛剛居然說：『你會算牌，那全台灣的人都會算牌了！』」我跟偉恩告狀，想在好朋友間尋求一點支

持，其實他們相不相信都不影響我即將成行的計畫，只是看到好朋友嗤之以鼻的態度實在讓我不快，總想要說服他們相信。

「哈哈哈……」偉恩看著傑森忍不住大笑，「你真的很敢講耶！」偉恩對著傑森說完，又笑個沒停。

「那妳算給他看嘛！」偉恩提議。

「就是沒有辦法算給你看呀！」我實在覺得很頭痛，目前我練習的東西也不過就是背好一整張基本策略表格。

「那不然玩一場大老二好了？」偉恩似乎想替我找個台階下，試著轉移話題。

「我不怎麼會玩大老二。」我說。

這是事實，對於撲克牌遊戲我一向沒天分，每個遊戲都只知道規則，至於怎麼玩才會贏是一點概念也沒有，就連過年也不玩牌。

「那妳還說要去算牌！」傑森抓住機會又補一槍。

「那又不一樣！」我想要解釋，但這一時半刻肯定說不清。

「妳到底為什麼要去算牌？為了賺錢喔？」傑森又問。

「我想要成為黑名單呀，像電影上那樣。」我說完，又引來傑森一陣訕笑。

「妳要變成黑名單，妳喝醉了吐在賭桌上就可以成為黑名單啦！」傑森笑到話都說不清楚，「或是，我知道了啦，妳直接揍保全，一定馬上被列黑名單，這方法萬無一失啦！」

　　我真是感到相當無奈，對於傑森不以為然的批評完全無法反擊。我只能告訴自己，傑森真是我的好朋友，連客氣的場面話都不需要對我講了。

♣

　　回到家，跟爸媽報告了後天就要啓程的消息。

　　「很好呀！那就玩得開心一點！」媽媽興奮的說，一點也感覺不到她的擔心。

　　「妳就不怕我被騙嗎？」我故意試探性的問。

　　「妳有那個聰明吧！」從這個答案可知，媽媽對我相當有信心。但是老爸的反應就不一樣了。

　　「啊？不是去斯里蘭卡？那就不能買紅茶回來給我了。」原來爸爸只擔心他的紅茶，我聽了不禁笑了出來。

　　回到房間我拿出紙筆開始列打包清單，一邊想著還要準備什麼，另一邊的大腦又不免覺得整件事真是太神奇，連我自己都覺得像一場夢一樣，竟然真的辭掉工作跑去賭場鬼混一個月，爸媽欣然接受的態度也讓我驚訝，畢竟這種行為在一般人眼中實在太誇張。想到這邊突然覺得沒那麼氣傑森了，他的不以為然確實是一般人的正常反應。

　　我心中興奮的情緒壓過了不安的感覺。仔細分析，我真的沒有什麼好損失的。原本的工作本來就做得很無味了，現在辭職也是剛好而已；手邊沒什麼錢好被騙的，所以大不了就是錢花完了而已。

　　這時媽媽推門進來，「妳打包了沒？有沒有要幫忙的？」

　　「媽，妳真的覺得沒問題嗎？一般的媽媽應該是不准許這種事發生吧！」我趁這機會再一次問媽媽的意見，雖然媽跟我兩人心中都知道：誰也無法阻止我想做的事。

　　我從小就是這個性，太清楚知道自己想要什麼、不想要什麼，對於喜歡的事超級、超級喜歡，面對不喜歡的事就極度討厭，什麼都勉強不來。高中時考上第一志願的高中美術班，但是媽媽希望我還是以功課為重，於是選擇了課業第二志願的學校就讀。明星高中的課業壓力再大，也壓不住我內心對於各種課外活動的熱情，整天忙著玩社團，終於搞到學期末一口氣四科不及格，直接留級，連補考的機會都沒有。

　　「我看妳課本新得像是剛買的一樣，留級我真的不太意外。」當時班上跟我最好的同學無奈的對我說。

　　經過這個事件，我明白自己的個性大概就是無法被勉強。大學選填志願時，媽媽對於我只填了二十多個設計相關系所就以下空白的志願卡一句話也沒有多說，大概她也了解我反正是勉強不來。

　　「我覺得……」媽媽開口說話，把我的思緒拉了回來。「反正妳還年輕，想做什麼就去做呀！我年輕的時候什麼也不懂，又結婚的早，生活就這樣平凡的走到現在。妳總是有那麼多奇怪的想法，我覺得很好呀，有本事就去做吧！等妳結婚之後，可不是想做什麼都可以。」

「哈！我就知道！」我心滿意足的笑了，不愧是我的老媽，真想頒個獎牌給她，上面寫著：全世界最支持女兒的老媽。

「那妳會不會覺得我在賭場鬼混很不正經？」我問。

「妳之前跟什麼撲克選手團的工作，我也不知道妳在搞什麼。不過我不懂，不代表這東西不好。」

哎呀！我媽怎麼如此開明又有邏輯呀！我心中想像著獎牌下面應該要列舉我媽獲獎理由：明理有邏輯，教育觀念與時俱進。

之前在撲克選手團工作時，就聽幾位撲克選手說過不敢讓家裡的人知道自己做的工作，甚至有一位在台灣撲克圈已經小有名聲的選手還要瞞著父母，他爸媽總以為他在台北開設計工作室。

想到這，我覺得我真是太幸福了。

♣ 夢想啓程
5

　　機場候機室裡，楊丹大剌剌的把背包枕在頭下，將鴨舌帽蓋在臉上，身體橫躺過四張椅子。我坐在靠近他頭的這一側。

　　「拜託你好不好，躺成這樣很丟臉耶！」我壓低聲音說。

　　「不會呀！我的臉又看不到。」楊丹嬉皮笑臉的說，但說完還是乖乖的坐起身子。

　　「對了，你到底爲什麼選擇去韓國？我昨晚想一想，再怎麼說，要玩賭場澳門總該是首選呀？」我問。

　　「澳門你還玩不膩喔？」楊丹不正經的回答，眼神在搜尋四周，不知在尋找什麼。

　　「可是，韓國的賭場好嗎？」

　　「韓國其實也是亞洲歷史悠久的賭國，台灣人不太知道而已。一般人大概只聽過濟州島上有賭場，但其實首爾也有賭場。韓國最特殊的一點是賭場全是國營企業，賭場員工全是公務員，妳知道這有多棒嗎？」楊丹說到這裡，眼睛簡直在發光，臉上寫滿興奮，故意賣關子不往下說。

　　「喔，快說啦！」我催促。

　　「公務員上班領的是死薪水，不用很認真也是鐵飯碗，所以對於賭客的行爲都睜一眼閉一眼，簡直是賭客天堂呀！」楊丹的笑容讓這句話的效果非常好，雖然我根本不懂他到底想在賭桌上玩什麼把戲。

「你講得真好呀！」背後突然傳出聲音，我和楊丹被嚇得幾乎要從椅子上跳起來，我超快速的回過頭想看清楚說話的是誰，差點扭到脖子。

「喬瑟夫你是想嚇死我們呀！」楊丹說。眼前是一個近五十歲的性感義大利男人。好吧，或許沒有五十歲，我承認外國人的年紀挺難猜的。他有很義大利的高挺鼻子和一雙細長眼睛，瞳孔介於淺藍與灰色之間，瞇起眼睛向我微笑點頭時，實在很有電力。一頭銀灰色及肩長捲髮，很俐落的綁成馬尾，身穿合身的西裝，若再配上一副漂亮墨鏡，外型簡直可比香奈兒的總監——卡爾拉格斐。

「這位就是你說的安？」他操著非常標準的美式腔調說。

「喔，對呀！她就是安。」楊丹向我使了眼色，表示之後再跟我介紹這位突然出現的喬瑟夫的來頭。「我以為你會在貴賓室吃水果呢！」楊丹對著喬瑟夫說。

「我是特別下來找你們的呀，反正差不多要登機了！等一下跟著我走，別排隊了！」喬瑟夫說。

候機室廣播登機，喬瑟夫坐商務艙，一馬當先起身往前。楊丹也跟著起身，撇了撇頭示意我跟上。

「可是，我們又不是商務艙……」我小小聲的說，狐疑的看著前面已經排成長長兩列的經濟艙登機隊伍，一邊跟上他們兩人的腳步，從長長隊伍前方走過，遞出登機證讓空姐查看。我覺得

在飛機的窄小座位上，楊丹和我依舊隨時練習。

自己的臉有快速變紅的跡象，心想著如果空姐看到我們是經濟艙座位，叫我們回去排隊，豈不是丟臉到家了。

「請。」空姐擺出完美的手勢。

我大吐一口氣，原來還可以這樣插隊呀？「你們兩個是不是不知道『規定』兩個字怎麼寫呀？」我皺著眉笑著說。

「妳要習慣。」楊丹說。

♣

這段航程不短，因為我們在香港轉機，中間等待的空檔，吃飯、走路或任何一個時刻，楊丹總是會拿出口袋中的撲克牌叫我練習。我們坐在候機室的長條椅上，兩人之間隔了個空位當做桌面發

牌。楊丹充當發牌員，一次發三門，讓我熟悉在牌桌上的速度。

「妳知道嗎？在世界上不同地區的21點規則都有些許不同，我讓妳背的是韓國的規則。」楊丹說。

我們一邊練習還可以邊聊天，因為所有的動作都有國際標準手勢，讓玩家在牌桌上不用任何語言就可以玩牌。

「韓國的規則該不會只適用韓國吧？」我一邊問，右手懸在半空中忘了動作。

「繼續呀！」楊丹用下巴指了指牌，提醒我別只顧說話就忘了手上的牌。

「我還沒辦法一心二用啦！」我認真看了一眼牌，手揮了揮，打出『停牌』的手勢。

「韓國的規則與拉斯維加斯一樣，所以妳背這個表格很有邊際效益，以後去賭城用得上。」

「那澳門可以用嗎？」我問，這次我的手沒忘了敲敲椅面再要一張牌。

「澳門規則不一樣。」楊丹說。

「對了，你還沒介紹呢，你那位迷人的朋友喬瑟夫。」我問。

「喔，對。」楊丹把手上的牌收起來，臉上的表情在思考著要怎麼開頭，慎重的表情就像是這位喬瑟夫值得一場專題演講來介紹。

「他是義大利裔的美國人，應該算是美國人吧！哎呀，反正這些職業玩家總是有好幾國的護照，有的是假的，但血統應該是

義大利，妳看他外表就知道。」

聽到這我眼睛都亮了起來，擁有假護照的人耶，這不是電影裡的橋段嗎？我居然認識了這樣的角色，真是太酷了！

「可是他剛剛講話是非常標準的美式發音耶！」我說。

「他在拉斯維加斯住了十多年，他是職業玩家嘛，當然要在賭城長住，所以發音挺標準的。他是21點世界冠軍呢！而且是全世界唯一一位拿到兩次世界冠軍的人。」這麼顯赫的事蹟，楊丹的語氣也未免太平淡了。

「他的名聲很大，人卻非常非常低調，這就是剛剛我沒有在他面前講這些的原因，他不喜歡張揚這些事。事實上，我跟他之前也只見過一次，我的老師介紹過，但我其實和他不熟，也沒一起玩過牌，這次我聽其他玩家說他也要去，剛好我們就搭同班機，希望在韓國有機會跟他同桌，看看所謂的世界第一是有多厲害。世界第一耶！」楊丹講到最後一句，眼睛閃著亮光。

如果連楊丹都覺得很想跟喬瑟夫合作，那肯定是真的厲害。因為楊丹的個性裡有一點自命不凡的特質，他早在高中時就讀過算牌類的書籍。自從他知道世界上有人可以靠數學機率打敗賭場這回事之後，每堂數學課總是特別認真，機率的章節更是讀透了。到了大學一年級，他看身邊同學每個都在混日子，實在覺得浪費生命，就拜師學藝休學苦練算牌，也才有後來在澳門美高梅賭場被列黑名單的事蹟。有過這樣經歷的人，可想而知是有點叛

逆，很有自我主張，要聽到他誇誰很厲害，那就是真的不簡單，
他才會說出口。

♣

　　楊丹在填入境申請表的時候，我好奇的探頭看了一眼，職業
欄位上寫了「職業樂手」。

　　「你明明是『撲克選手』呀！幹嘛不寫？」我說。「你該不
會是怕入境時候，海關問你：『喔？你是撲克選手，那如果你有
一手KK時的勝率是多少？』」我瞎扯了起來。楊丹大笑。

　　「經過海關的時候，我要問他：『你知道4456[註1]應該要分
牌嗎？』」我繼續往下瞎扯。

　　「聽起來很遜！我要告訴他AA全分，有A比較厲害！」楊丹說。

　　「誰不知道AA要分牌？坐在賭桌上憑感覺玩的人也會做這
個決定吧！」我說。「『4456分牌』是很多常玩21點的人都不
知道的呢！」

　　「那我改88全分好了！有8比較吉利！」楊丹說。「而且很
多人不知道88應該要分牌。」

　　「如果我們真的可以靠玩21點環遊世界，那我就把「88全
分」四個字刻在墓碑上好了！」我說。「看得懂的人就是真正的
專業玩家！」

註1 —— 21點基本策略表的口訣。玩家手上拿到一對4，遇到莊家的牌為5或6時，要
　　　分牌。

職業玩家的眞實人生

走出韓國機場，馬上體驗到了零下七度的低溫，我們搭巴士前往賭場附近的飯店。拖著行李走在首爾街頭，一路上全是不剩一片葉的枯木，在寒冷的空氣中顯得特別美。街頭上的韓國人每個都穿著非常漂亮的大衣，各種顏色都有，不像台灣人愛穿羽絨外套，日本人則是清一色的全身黑，短短這段路已經讓我開始想像著未來幾天要去哪兒購物。

楊丹早就打聽過了，常跑首爾賭場的玩家都住哪幾家旅店，他選了一家距離賭場一站地鐵站遠的商務旅館，「喬瑟夫剛好跟我們住同一家。」楊丹說。

「是你處心積慮安排的吧！」我壓低聲音，笑看著楊丹說。

走在前面的喬瑟夫常來首爾，熟悉得像是走自家後院，我跟楊丹一人拉了一大箱行李，跟在他身後連拖帶拉小跑步才跟得上。

從地鐵站到商務旅店大約走了十分鐘，這段路的冷空氣已經足以把我的鼻子凍成紫色了。一跨進商務旅店的自動門內，我們都鬆了口氣。

「這是我第一次待在這麼冷的空氣中，去年冬天在日本也只有零度。」我一邊說，一邊氣喘吁吁的把纏在臉上的圍巾解下來。

「來，這是熱紅豆包子，都可以免費吃，還有香蕉，還有冰箱裡的水和咖啡。」喬瑟夫像個主人一樣招呼我們，趁著櫃檯登

記的時間，我顧不得形象，已經吃起了手上的紅豆包子。

　　大家分別進房放行李，相約十分鐘後樓下集合去吃晚餐。我進了房間打量一下，這算是商務旅店中最低階的吧！房間內一切的配備都僅僅是「還可以」的等級，但我時常當背包客住青年旅館，什麼可怕的地方沒住過，這次住商務旅館已經不錯了。奇妙的是化妝台前竟備有全套的男女臉部保養品，包含化妝水，晚霜及身體乳液，真不愧是愛美的韓國呀！

　　晚餐我們一起在隔壁的韓式烤肉店吃，喬瑟夫負責點餐。這是最正統的韓國烤肉，服務員在旁邊把一塊塊厚肉片、海鮮和火紅的泡菜夾入銅盤中，馬上衝起白煙，發出滋滋的響聲。經過一整天搭機折騰，再加上剛剛與冷空氣對抗的一段路，我簡直餓壞了，幾乎沒辦法專心聽楊丹和喬瑟夫聊天的內容，於是努力克制自己「別只顧著吃」。楊丹不停的問賭場目前情況，喬瑟夫則鉅細靡遺的說著賭場的每個細節，包含哪邊有廁所，吃飯機器怎麼用之類的小細節。

　　「明天去，你們先到櫃檯辦會員卡，有了卡片，每天只要上桌下個十手，當天就有飯吃了。這間賭場的餐不錯，韓式、中式、日式、西式都有，還有水果，料都很好。賭場餐廳旁邊有個機器，刷卡之後就可以點餐，列印出一張單子，大約十分鐘後走進餐廳就有的吃了。」喬瑟夫說。

　　楊丹很認真把喬瑟夫講的話都記熟了，我倒是不太擔心，反正跟著楊丹做就對了。

　　「對了，安的基本策略都背好了嗎？」喬瑟夫問楊丹。

　　「嗯，我考過她，都差不多了！」楊丹說。我看著他們兩人，露出不是很有把握的表情。

　　「嗯，其實安不算是上過賭桌。她之前是撲克選手團的隨團記者，常在賭場出入，不過沒什麼上桌經驗。」楊丹對著喬瑟夫解釋，喬瑟夫一臉驚訝，我覺得自己的臉好像紅了起來，好在大家都吃了火辣辣的韓式烤肉，大家的臉也都挺紅的。

　　「喬瑟夫，你住哪兒呀？」我趕緊轉移話題。

　　「妳是問我的『家』在哪兒嗎？現在的話，大概算是哥斯大黎加吧！」喬瑟夫說。

　　「大概算是？」我狐疑的笑著問，喬瑟夫是故意逗我的嗎？哪有人連家在哪裡都不能確定。

　　「我現在有個女友在哥斯大黎加，所以我這次韓國結束之後，應該是會回去哥斯大黎加。不過我在拉斯維加斯也有房子，在義大利也有房子，所以妳問我『家』在哪，我只能告訴妳我之後會回去哥斯大黎加。」喬瑟夫解釋。「其實職業的21點玩家都是這樣的，哪邊有賭場不錯我們就會去，可能在一個地方就待三個月，一年換了四個地方，沒有一個可以算是『家』。家的定義對我們來說越來越模糊了。」

「好酷的生活唷！」我說。對於大部分人有一個家和穩定的工作，這樣飛來飛去四海為家的生活簡直難以想像。我喜愛旅遊，出國的次數已經比一般人多，聽到喬瑟夫形容他的生活模式也感到相當驚訝。

「我的生活就是旅行到世界各地，哪兒有賭場就去哪，租個房間，每天向賭場報到，一天八小時，其實就像在賭場上班。若是能夠確實讓自己的技巧提升，長期來說可以賺錢，既然能賺錢，就能當一個職業。」喬瑟夫說。

「重點是，這樣的生活他大概過了二十年吧！」楊丹替他補充。

真的就這樣居無定所二十年？連我這麼愛好自由的射手座都有想要休息的時候，永無止境的賭場流浪生活難道不會累？喬瑟夫笑而不答。

「這一行多的是這樣的人呢！我們的生活獨樹一格，對於一般人來說或許很奇怪，但是這一行的職業玩家個個是如此，楊丹應該認識比較多玩家之後就見怪不怪了吧！」喬瑟夫說。

「那我很好奇，這樣的生活會有穩定的對象嗎？」我問。

「嗯……讓我想想，穩定的感情是不多，但也不是沒有。張約尼和他老婆就是一對神仙眷侶呀！」喬瑟夫說。

「張約尼就是電影《決勝21點》裡面凱文史貝西所飾演的那個老師。」楊丹補充。

「《決勝21點》！我知道這部電影呀！」我驚訝到了極點。

「我知道這電影是真人真事改編，可是……你該不會真的認識他們吧？」

「喔！是呀！電影中的人物其中幾位是我的朋友。張約尼的老婆就是電影團隊中的那個華裔女孩，他們是師生戀。男主角我們也認識呀，其實也是華裔，叫馬愷文，不過他現在已經不在這個圈子了。一是因為他把算牌的故事公諸於世，麻省理工的MIT團隊對他有點不滿。二則是他在電影中也有露臉，片商做了這麼多宣傳強調『真人真事』，他的臉早在各大賭場的黑名單上了。」喬瑟夫說。

我聽著眼睛都亮了起來，早知道電影是真人真事，但是電影中的角色活生生的出現在眼前，走進我的生活中，還是讓我感到相當沒有真實感。

「所以，MIT團隊現在還存在嗎？你也是MIT團隊的嗎？」我好奇地問喬瑟夫。

「喔，對，MIT團隊現在還存在，只是已經不像早年限制麻省理工的學生了。但我不是MIT團隊的。我一向獨來獨往，盡量不與固定的對象合作，以免被賭場鎖定。我跟張約尼雖然是好友，合作過的次數用一隻手就算得出來了。」喬瑟夫的答案顯示出他是一個非常小心的人，難怪可以在這一行做這麼久的時間。

「妳對這些事這麼好奇呀？」喬瑟夫看到我發光的表情，不禁對我好奇了起來。

　　「其實，我在看過電影《決勝21點》之後，有一個願望，就是希望能夠在三十五歲之前成為賭場的黑名單。」我很不好意思的說，因為在職業玩家面前，我這願望簡直是小孩子的玩笑。

　　沒想到喬瑟夫完全沒有否決，「沒問題呀！」他非常篤定的對我說。

　　「妳跟我們一起在賭場待久一點，就會發現這真的很容易，妳的願望很快就會實現，而且很多次。」

Winner, winner, chicken dinner

　　第二天，我是被自己的興奮感叫醒的。每次出國都是這樣，不用調鬧鐘，我的生理時鐘會早早的叫我起床。房間暖極了，只穿件背心都很舒服，但是隔著一片玻璃的窗外世界，灰白的空氣有一種冰凍美感。我拿出iPhone查溫度：負十度。酷斃了！我跳了起來，太陽還沒出來，這麼低的溫度我這輩子還沒經歷過，我要出門體驗一下。

　　我在身上穿了羊毛衛生衣、黑色套頭衫、黑色皮外套、咖啡色大衣、大圍巾，戴上帽子，全副武裝站在房門口準備鎖門，喬瑟夫卻出現在十公尺旁的電梯口。

　　「妳要出門嗎？我正要找妳和楊丹呢！」喬瑟夫說。他身穿全套的運動服，一副剛慢跑回來的樣子。

　　「你去運動呀？我想出去晃晃而已，沒有要去哪。」我說。

　　「那就一起出門吃早餐吧！我知道附近一家咖啡館不錯。」喬瑟夫說。

　　於是我把楊丹叫醒，又脫下一件件禦寒的的衣服在房裡等了二十分鐘，才和他們兩人一起踏進首爾冰冷的空氣中。

　　空氣很冷、很乾，早晨的路上沒什麼人，滿地散落的小紙片上印著一個個穿比基尼的韓國女孩及醒目的電話，紙片已經被踩得凹凸不平，似乎暗示著昨天深夜的熱鬧。我這才看清楚，整條巷子有很多家韓國燒烤酒館，及很多間酒吧，看來都是幾小時前

才打烊，傍晚時才會再拉開鐵門營業。

　　我看到楊丹也低下頭打量著滿地的比基尼女郎。「這個區，怎麼好像林森北路呀！」我說。

　　「哇，看來這附近晚上很有搞頭。」楊丹笑說。「不過晚上我們應該會坐在賭桌上，沒空在這兒瞎混。」

　　轉眼已經走到了距旅店五百公尺的一間明亮咖啡館，店面很寬，大片的玻璃窗內是全木的地板與桌椅，漂亮的麵包陳列架，麵包師的廚房隔在另一片玻璃後面。「我要吃他們的三明治，應該不錯。」我說。櫃檯上掛著的菜單在圈圈叉叉的韓國字下方，還有一行英文說明。

　　「挺國際化的，有英文菜單呢！」喬瑟夫說。

　　我們靠窗坐，三人分別點了咖啡及三明治，我雙手捧著手上的拿鐵，感到無比滿足。在這麼冷的天氣，就是應該要配上一杯熱咖啡才對。我還在慢慢品嘗手中的三明治，卻看到他們兩人突然拿出撲克牌。

　　「99對7？」喬瑟夫問。

　　「停牌。」我答。

　　「16對10？」

　　「投降或停牌。」

　　「嗯，還可以。」喬瑟夫看了楊丹一眼，楊丹轉過頭來給我一個讚許的眼神，似乎在說還好我沒給他丟臉。

「接著看牌囉,用手勢。」喬瑟夫把手中的牌面向自己,抽來換去的丟出他選的牌組來測試我,楊丹在旁邊總是不用0.1秒就可以回應,相較之下我的反應真的慢到自己都覺得丟臉!越是心急就越無法專心,喬瑟夫只消一眼就可以判斷我的手勢對錯,同時他手上已經一組一組的整理出接下來要發的牌組,他利用我思考的時間差,大約才一秒的時間,就已經可以多整理出兩組牌,當楊丹看到他桌面上預備要發出的牌已經累積到五組的時候,楊丹終於開口了:「我教妳的東西,妳要熟到像呼吸一樣不用思考!」

接著換他們兩人表演一場無聲的21點手勢秀,喬瑟夫飛快的發牌,而楊丹的手或是在牌正上方揮一揮,或是輕敲桌面兩下,沒一分鐘就把喬瑟夫整手的牌都發完了。

「楊丹,你速度挺快的嘛!」喬瑟夫說。

「那當然!」楊丹語氣中有藏不住的驕傲,能夠被21點世界冠軍誇讚真的不容易。

緊接著又換我練習,可是我越想要思考快一點,就越緊張,越緊張,就越慢!跟超級聰明的21點職業玩家一起進行上桌前的最後練習,簡直是震撼教育,我更清楚的感覺到自己的笨,思考速度完全落後。

也因為太緊張,A7對2這手牌我就連著答錯三次!到最後我的腦子竟完全轉不動了,一片空白!明明已經三張牌了還喊Double!

「這要是發生在賭桌上，一定會被人笑妳到底會不會玩呀！」楊丹在旁邊看到我緊繃的表情，忍不住笑了出來：「不過上了桌妳就習慣了，不會緊張了！」他趕緊補上一句安慰的話。

「對了，等會兒我們就去賭場辦個會員卡吧！昨晚說的細節別忘了！」喬瑟夫對楊丹說，同時把手中的牌收起來，我不禁鬆一口氣，可怕的測驗告一段落。

「Winner, winner, chicken dinner.」喬瑟夫口中喃喃的唸出這句話。

「我昨晚又看了一次《決勝21點》耶！」我興奮的說。因為這句台詞在電影的一開頭就出現，貫穿了整部電影，所以我一聽到這句話，就馬上聯想到了。

「妳知道這句話的由來嗎？」喬瑟夫笑問我。

「電影上是說，在賭城的一位中國發牌員總是在發牌前講這句話，後來就演變成牌桌上祝你好運的意思？」我不確定的說。

「很久以前，每個拉斯維加斯的賭場都有一種包含三塊雞肉和馬鈴薯蔬菜的飯，價錢不到兩塊錢，那時贏一手牌的標準回饋是兩塊美金，所以當你贏一次的時候就有足夠的錢去買一份雞肉飯了。」喬瑟夫解釋。

「喔，原來這句話的意思是『贏的人有雞肉飯吃』，這還真的要賭場裡的老江湖才知道呢！」我說。

「妳這麼喜歡那部電影？昨晚又看了一次？」喬瑟夫問。我

笑笑沒有回答。或許在職業玩家眼中這不過是一部電影，但是對我來說，即將走進電影中的生活讓我相當興奮。

電影描述一位麻省理工學院非線性代數的數學老師米奇羅薩(凱文史貝西飾演)領導學校的一群數學天才學生，組成算牌小組，藉由計算贏牌的機率及複雜的暗號，這個祕密社團贏遍了拉斯維加斯的故事。而我之前說過了，這故事全由真人真事改編。

對這部電影中印象最深刻的片段，是影片一開始，男主角——班申請難度超高的哈佛醫學院獎學金，他的成績非常頂尖，卻被主考官打回票。主考官的理由是：「我們的獎學金要頒發給閃閃發亮的人，就像是書裡跳出來的人物。」(The Robinson scholarship is going to go to someone who"dazzles". Somebody who just jumps of the page!)

男主角班發現只會念書的人生不夠閃閃發亮，因此為了賺取30萬美金的高額學費，加入數學老師米奇‧羅薩的算牌小組，卻意外的體驗了電影一般的賭場大亨生活，也因為這一段誇張到難以想像的經歷，讓他在一年後再度申請獎學金時真的「閃閃發亮」，讓主考官目瞪口呆。

多少人能夠在一生當中擁有「電影般的人生經歷」？讓自己的人生變得閃閃發光？這就是為什麼楊丹一開口約我前往韓國賭場玩21點的時候，我毫不考慮辭去穩定的工作，把僅有的5萬元存款領光，就跳上往首爾的飛機。

　　我也正在經歷電影一般的人生，連自己都不敢相信！就算是輸光所有存款回來，也不枉我演過一場電影人生吧！

　　「那你們在韓國⋯⋯也算牌嗎？」我的思緒回到眼前，鼓起勇氣問楊丹和喬瑟夫這個問題。因為從喬瑟夫一出現，他們兩人就不停的交換賭場資訊，鉅細靡遺的程度讓我覺得事有蹊蹺。

　　「我好幾年前在這邊就已經是黑名單了！這次來這邊是跟幾位老朋友碰個面，無聊就去賭場打打德州撲克。早已經上不了21點的牌桌了，這兒的賭場很有趣，黑名單是分遊戲來列的，所以我被列為21點黑名單，只要不坐上21點的桌子，其他遊戲還是可以玩的。」喬瑟夫說。

　　「妳不用擔心，妳背的基本策略是合法的。在美國某些賭場，甚至場外都在賣印在名片上的基本策略表，上桌都可以拿出來看的。」楊丹向我解釋，「不用想太多，上桌的時間我會坐在妳旁邊。」

　　於是我們三人起身，準備前往賭場。

　　喬瑟夫帶著我們從旅店走路到賭場，反正只是一站地鐵的距離，走路當運動也好。中間經過一個很大的公園，就是第一晚經過的那個公園，園中盡是深褐色的枯木，地上滿滿的落葉，人行道邊上有整理過的殘霜，有些已經被前人的鞋印給踩黑了。我看著這城市的細節，覺得首爾確實是一個很有風格的城市，我好像

有一點喜歡這裡。近中午的陽光從七十度的高角度照下來,走在前面的喬瑟夫仍是早上那一身運動裝扮,雙手收在腰間,完美的慢跑姿勢,我忍不住拿出手機照下這一刻。

經過公園是一個很大的購物商場,應該是這個區域最大的。商場下方是地鐵站,接連著地下購物街,充滿了各大服飾品牌及一家又一家韓國美妝店面、美食街、高級西餐廳、美式餐廳、電影院,來來往往的人都很有時尚感,每個女人都穿著漂亮的各色大衣,頭髮吹得蓬鬆自然,男人們都像韓國少男團體那樣有型,頭髮抓得尖尖的,配上很潮的外套及靴子。

「滿街潮人,每個都像是搖滾樂團或是偶像團體出來的。」楊丹說。他自己就是混樂團的,在他眼中的「潮」就是真的「很潮」。

「我好想近看那些男生是不是有畫眼線喔!」我瞇眼笑著說。

地下街連接著附近幾棟商辦大樓及飯店,喬瑟夫領著我們在迷宮般的地下街轉呀轉的,進了一個電梯間,「楊丹,這電梯上到一樓,就是我昨天跟你說的賭場隔壁飯店的大廳,從旋轉樓梯上去,你知道吧!那我走別的出入口囉!」楊丹還沒回話,喬瑟夫已經從旁邊的安全門一閃身不見蹤影。

「喬瑟夫這個人行事特別小心,他說在賭場看到他絕對不要跟他打招呼,記得喔!難怪他可以在這一行混這麼久,卻很少被列黑名單。」楊丹說。

　　我和楊丹出了電梯門，走進一間飯店的大廳，楊丹不著痕跡的看了一下環境，右轉跨出步伐走上旋轉樓梯，上到二樓經過一個連接兩棟大樓的玻璃天橋，前方賭場招牌霓紅閃閃發出紅色、紫色的光。我脫下帽子，從電子感應門下通過，前方櫃檯的服務員迎面而來。

　　「會員卡？或是護照？」年輕又俊美的男服務員對我說。他長得有點像張根碩，年紀看起來才剛過20歲。我遞出護照，櫃檯人員刷了磁條後雙手遞回給我。

　　「會員中心在哪？」我問這位俊美的小張根碩。

　　「沿走道直走到底就是了。」他說。我朝他微笑點頭，朝走道直直走去。

　　楊丹追上我的腳步：「妳看起來挺熟門熟路的嘛！一點也不像是沒上過賭桌的新手，倒像是常客。」

　　「只是走進賭場，這我還可以。」我笑著說。

　　進賭場之前要穿過電子感應門，保安人員都會要求拿掉墨鏡及帽子，德州撲克選手們總是「暫時」將帽子反戴，一走進撲克室[註1]就馬上戴回墨鏡及帽子。因為德州撲克是特殊區域，可以戴墨鏡、戴帽子、戴耳機，甚至沒有以上配件的人好像不夠格打撲克桌。世界知名的職業撲克選手菲爾(Phil Laak)就是以墨鏡和帽T裝扮聞名，又怪又神祕，看起來實在很像加拿大動畫卡通「南方公園」裡的角色阿尼。另一位世界級撲克選手多伊爾

(Doyle Brunson)也總是戴著招牌牛仔帽。撲克選手是賭場中很好辨認的一群，特別有風格，也特別愛裝神祕。相較之下21點玩家的外型顯得很普通，職業的21點玩家更是努力讓自己顯得普通，以免被賭場注意！

走道的右邊是德州撲克室，我瞄了一眼，裡面小到只有三張桌，開了其中兩張桌，盲注[註2]大小不同，時間還早，兩張桌子都沒坐滿。桌上的人果然很熟悉的都是戴著帽子或是墨鏡的傢伙。再往前走幾步就進入賭場的大廳，左手邊一排出納櫃檯。左前方是百家樂區十多桌，正前方就是我們的首要目標21點桌，大約有三十張桌子，右方就是喬瑟夫說的賭場餐廳。我一邊默默的觀察賭場的格局，腳步沒停直往會員中心走去。

會員櫃檯的辦事效率極高，不用兩分鐘已經發給我一張上面印有我的燙金名字的紫色賭場會員卡，隨著角度閃動著雷射印刷的花紋。我很驚訝他們是怎麼辦到的，兩分鐘可以做好的卡片，我以為該是一張厚卡紙。

「走吧！」楊丹說。「中午沒什麼人，我們吃過午餐，下午人多再來。」我們兩人循著原路走回隔壁飯店大廳，才找了張沙

註1 —— Poker Room專指為德州撲克玩家開的專區，裡面的規定順應撲克選手的習慣而與賭場規定不同，可以戴帽子、墨鏡，用電子產品。

註2 —— 德州撲克遊戲規定，莊家左側的兩個玩家必須下基本注。由於這兩個人還沒有看到他們的牌，所以被稱為盲注。

發椅坐下。

「妳剛剛有觀察了賭場的環境了嗎？」楊丹問我。

「嗯，百家樂的桌子比較少，21點的桌子大約三十桌，是這賭場主要的遊戲。」我說。

「21點的桌子分三種價碼，最大的桌子的最低下注額是10萬韓圜，我們就是要玩這種桌子，大概有十張桌。21點區有四位賭場經理，人數不少呢！」楊丹說。我內心不禁佩服起他來，短短行經賭場的幾分鐘，我自以為已經觀察到很多細節了，沒想到我這叫走馬看花，楊丹才是內行人看門道。

「你怎麼知道誰是賭場經理？」我問。

「這還不簡單嗎？制服不一樣呀！坐在賭桌上發牌的肯定是最基層的，站在他們四周，服裝又不一樣的，不就是主管了嘛！」經過楊丹解釋，我立即明白我問了個蠢問題。

♣

「準備好了嗎？等會兒就要上桌囉！」楊丹在吃午餐的時候跟我說了這句，讓我胃一緊，突然覺得嘴裡這口飯吞不下去了。

「我很緊張！很緊張！很緊張！」我皺著眉擺出可憐表情。

「妳在台灣千人的演講都不緊張，賭桌上最多只有六個人，妳冷靜一點！」楊丹丟下這一句之後就不再回應我了，大概是覺得我說緊張是鬧著玩，可是我真的緊張到呼吸都急促了起來。剛剛進賭場辦會員卡時我一派輕鬆，其實是因為進賭場我熟悉得

很！2010年跟德州撲克選手團合作，在澳門一個月進行隨團報導，每日進出賭場所以熟悉，但坐上賭桌完全是兩回事了。

在幾張21點的桌旁晃過一圈之後，楊丹用眼神示意我在眼前的空位坐下。我兩手發軟的從皮包中拿出120萬韓圜，扣除機票錢及住宿費之後，這是我僅有的錢了！附上我的賭場會員卡，在一手牌結束之後推向發牌員。看著發牌員俐落的點完籌碼，很快的我手上已經拿著十二個面額10萬的黑色籌碼，我的全部家當已經一手握在掌上。我想像著同桌的人應該都是拿零花錢來玩，只有我是拼上全部家當還只有這麼幾個黑籌碼，還好沒人知道，不然挺丟臉的。

「先小小的下一注吧！一個黑色！」楊丹在我旁邊輕聲說。

這張桌子的最低注規定10萬韓元，就是一顆黑色的籌碼，也就是說我只要連輸十二把，今晚可以收拾行李回家了！

我把一個黑籌碼推到格子裡，心中忍不住想著：這一顆可值台幣2,500元耶！

接著我的籌碼前發下兩張牌，一張9、一張8，總數17，「17以上全停」我默念了這句口訣，連莊家的牌都不用看了，右手很俐落的一揮。接著莊家的牌爆了，我的眼前馬上多了一顆黑色籌碼。

「不用三十秒就賺了台幣2,500元耶！」我興奮得眼睛都亮了！

「妳冷靜一點！」楊丹倒是平靜得眼睛都不眨一下。

接著我又打了幾手牌，少輸多贏，籌碼漸漸增加，心情也漸漸平靜下來。

「眼前的輸贏都不重要！只要妳打對，打到數學顯現，機率上長期來說我們是會贏的，妳就穩穩的打下去就好！」楊丹說。

「數學顯現」！嗯，還有什麼比數學更不容挑戰的呢！我只怕手上的籌碼少得可憐，撐不到「數學顯現」的那一刻呀！

不一會兒，楊丹起身去化妝室，留我一個人在桌上。我機械動作再放上一顆黑色籌碼，抬眼看到喬瑟夫走過我的桌旁，我們的眼神交會的那一秒，他的眼神似乎只是看到一個陌生人，我馬上想到他的叮嚀：「別跟我打招呼」，於是我面無表情的把視線轉開，他的眼神轉到我的手牌上。

我很快的看了一眼，16，莊家是花牌，「16對10投降」，我用食指在桌上劃了一道。

「喔！不！」喬瑟夫輕聲叫了出來！

我嚇了一跳，再定睛一看，哪裡是16？我的手牌明明是A6呀！「A6對10要牌」，我該要牌才對！此時楊丹從化妝室回來，剛好看到這錯誤的一刻。

「A6加起來是7點，再加一張10都只有17點，再怎麼加都加不爆！妳投降？」楊丹的表情顯得很無力！

「這肯定是妳入行的大笑話，妳等著吧！這會被傳很久很久！」楊丹說完我感到腦中一片空白。

　　我被剛剛這個錯誤搞得心神不寧，連忙把桌上的籌碼收一收，跟楊丹說：「不打了！不打了！」清點一下，今天竟多贏了十五個黑籌碼，一晚上兩小時不到的時間，我已經賺了台幣37,500元，見好就收才是王道！

　　「照這個速度下去，每天1.5倍複利計算，十天後我等於中了樂透頭彩！」我說。

　　「有句話說：當妳第一次賭錢輸了，代表老天眷顧妳，讓妳不要走錯路！」楊丹突然正經了起來。「若妳第一次賭錢贏了，代表……」

　　「代表老天想叫我當賭后！」我不等楊丹說完就把話接下去，贏錢正開心的當下，拜託別澆我冷水！

　　「妳別以為贏了錢，我們就會忘記妳剛剛有夠丟臉的『A6投降』！」楊丹說。

世界冠軍特訓

回到旅店之後，我就想著喬瑟夫和楊丹肯定要好好檢討我，所以我先不去洗澡，坐在床沿等著。果不其然，響起了敲門聲，門外就站著他們兩人，我向後退開一步請他們兩位進房。

房內兩張椅子就讓他們坐了，我盤著腿坐在床上。

「我還怕妳已經休息了，既然還沒，我們來檢討一下今天的牌局吧！」楊丹說。

「我哪敢先休息，不就等著你們來檢討我嗎？」我笑著的說。

「所以，A6是軟17[註1]呀，妳怎麼會背錯呢？」喬瑟夫不解的說。

「我是看錯了啦！我看成16點了……」我小聲的說。

「我來教妳一種新的訓練方法，我在訓練新人時都是這樣的……」

喬瑟夫把椅子拉近床沿，一邊解說，一邊把手中的牌一組一組的鋪在我的床面上，總共有二十種不同的組合，我認真的看了一下，確實都是基本策略表格上比較複雜的那幾組。

「床上的是妳的二十組手牌，接下來，手中的牌發出一張，這是莊家的牌，妳分別告訴我，搭配上這二十種組合應該要做什麼動作。」我思考了一下開始打手勢，但這方法確實跟之前練習的不一樣，在腦中的運作方式顛倒了，原本的練習法是把基本策略表格橫著背，但新的練習邏輯是把表格直的背，雖然是同一個

表格，但換了邏輯我就慢到不行，覺得腦子發熱快要轉不動了。

「妳要好好操一操妳的腦子。」楊丹在旁邊說。

「我有一種回到大學聯考前拼命K書的感覺。」我說。

　　就在喬瑟夫的陪伴下練完了一整副牌，大約花了半小時或更久，我的腦子已經無法估計時間。

「好啦！今天練這樣差不多了，以後就每天練個幾次吧！練好了，妳距離妳的黑名單夢想才更近一步呀！」喬瑟夫說。

「要列黑名單真的那麼容易？我以為要很聰明才辦得到。」我說。

「其實，所謂賭場黑名單就是賭場不歡迎你來，所以很多理由都有可能成為賭場黑名單。算牌這種贏賭場太多錢的事，肯定會被列黑名單。而有的人被列黑名單是因為在賭桌上坐很久，卻一直不下注，賭場覺得占著位子讓我沒法賺錢，分明是搞我嘛！就列黑名單。拉斯維加斯常這樣。」喬瑟夫說完我就笑了，這理由被列黑名單也太扯了。

「跟妳說個有趣的，」喬瑟夫眼中露出光芒。「張約尼算牌的故事被電影《決勝21點》演出來之後，受盛名之累在賭城是超級大黑名單，走到哪兒都被賭場緊盯。有一次，某位在賭城打點小牌的玩家在吃飯的餐廳遇上他，兩人聊了幾句。沒想到隔天這

註1 —— 因為A同時代表1點與11點，所以A6加起來是7點也是17點，稱為軟17。軟指的是有彈性的點數。

位玩家坐在賭桌上，張約尼剛好經過，順手在他肩上拍了一下打個招呼，五分鐘之後這位玩家就被請出了賭場。因為賭場透過天眼[註2]認定他們肯定是在打暗號，這位不知名的玩家就這麼不明不白的被踢出賭場。這樣也能成為黑名單！」

「這樣也太衰了吧！我想要靠自己的本事，成為智慧型黑名單！」我說。

「我們職業玩家的圈子中流傳著一句話：被賭場踢出去一次，你是小學畢業；被賭場踢出去兩次，你是中學畢業；被賭場踢出去三次，你是大學畢業；被賭場踢出去第四次，表示你出師了，不用再跟老師了，可以自己獨當一面了！」喬瑟夫說。

「對嘛！我這回來韓國至少也要混個小學畢業！」我興奮的叫起來。

「妳是玩票的當然這樣想！但是以職業玩家的生涯來說，被踢出來就意味著沒錢賺了！」喬瑟夫說。

「還好我不是職業賭徒，我只是個寫旅遊書的嘛！在賭場生涯混個『小學畢業』我也算死而無憾了！」我說。

喬瑟夫定睛看著我：「妳若真的那麼想，那我告訴妳，很快、很容易、而且會很多次！」

註2 —— 安裝在上方的監視錄影鏡頭。

♣ 發牌員

連續幾天向賭場報到之後，我坐在桌上已經不緊張，還很有心情東看西看，或跟楊丹聊天。而最有趣的觀察對象就是坐在我們眼前的發牌員。

「你看這個女的鼻子有沒有整？」我看著手牌8點，敲了兩下桌面要牌，一邊問楊丹。

「嗯……這鼻型也太完美了吧！肯定有整！」楊丹說這句的當下，我要到了一張A補到19點，馬上揮揮手不要了。

「嗯！我也覺得。」我說話的當下，楊丹用力的拍了一下桌面，大喊：「Monkey！」原本的花牌又被他叫到一張花牌，湊成了20點。

接著在我們兩人很認真看著發牌員鼻子的當下，莊家竟然補到了21點，我們兩人眼前的籌碼就這樣被收走了。

「這樣也能輸？」楊丹悶哼了一聲。

「哎唷，整過的鼻子果然不一樣！運這麼旺！」我說。

這家賭場打美女牌，幾乎每個發牌員都漂亮，當然還是有些許的高下之分。平均每四十分鐘換一次發牌員，所以我們一打五、六個小時，可以看好幾輪。

每換一個發牌員我就要再問一次：「你看這個女的鼻子有沒有整？」

「這鼻型也太不自然了！肯定有整！」楊丹說。

「奇怪了！鼻型太漂亮你也說有整，鼻型不夠漂亮你也說有整，被你這樣一說，豈不全韓國的人都整了！」

「妳不知道喬瑟夫常說：『老發牌員比較漂亮，因為賺到錢可以整型了！』」語畢，我們兩人笑成一團。

除了看發牌員的臉以外，「手」也大有看頭。畢竟發牌員是靠手吃飯，所以每個人的指甲都修得美美的，樸素的就上單色的指甲油，花俏一點的就亮片或法式指甲，韓國現在流行什麼顏色指甲油或是哪個受歡迎的新色上市，都可以在牌桌上一窺端倪。

發牌員的發牌手勢更是相當引人入勝。初學者發牌手勢僵硬，不時還會掉牌。老鳥的手勢俐落不說，還相當優美，看著她們打手勢，簡直有音樂從中流瀉而出。

打牌坐久了，我們也漸漸學常客一樣，不時跟發牌員閒話兩句。有一位老美，很多次與我同桌，總是在每一條牌開始前洗牌的當下對著發牌員說：「拜託讓我們贏錢！」

每換一個發牌員他就講一次，而每個發牌員反應也大大不同。冷漠的就當聽不懂(或真的聽不懂？)而沒有反應。有的就勉強擠個笑容，心中大概默默回應著：「贏不贏豈是我一個發牌員能夠決定的？」

幾個比較可愛的就會笑著說：「我盡力囉！」聽到這種答案讓人多開心呀！就像是我們去買彩券總希望聽到老闆說一聲：「祝您中獎！」有位最討我喜歡的男發牌員總是在我拿到

Blackjack的時候比我還開心的用韓國腔大喊：「好耶！」每當他發牌時，我就覺得牌運特別好，大概是心理作用吧！

今天遇到一位可愛的男發牌員，在老美說：「拜託讓我們贏錢！」他就苦惱著臉說：「我試試，我試試⋯⋯」然後每手牌都發得戰戰兢兢。未料他居然每把牌都把莊家發到滿點，牌桌上每位玩家就算拿到19點、20點的大牌，最終還是輸給莊家！老美打趣著鬧他：「你把我們的錢都贏光了！」話還沒落下，莊家又是21點！

「對⋯⋯對⋯⋯對不起⋯⋯」這位發牌員居然壓力大到馬上向桌上的玩家道歉！全桌都大笑了起來！

賭場留客花招

　　每日上賭場的生活其實很像上班，因爲楊丹是一個很有紀律的人，他每天都自我規定幾點運動、幾點吃飯、幾點上賭場。時間一到就執行，簡直比學校的課鐘還要準確。

　　但我是個自由的射手座，就連念書的時候都沒辦法乖乖準時走進教室上課，平日生活的時間表當然很隨性，每天差不多時間自然醒，差不多時間走到賭場吃早餐，差不多時間混一混，再背一下基本策略表格，該做的事也差不多會做完，總之就是差不多。爲了配合楊丹的紀律，上賭場的時間我一點都不敢耽擱。好在楊丹要求準時上賭桌，休息時間也是準時休息，到了吃飯時間也是準時進餐廳。

　　餐廳門口有一台機器，觸控式螢幕，刷了會員卡就可以點選要吃什麼餐。韓國賭場提供的餐飲是我目前看過最高規格的。只要有上桌打個幾手牌，每八小時提供兩份餐。賭場內的餐廳提供中式、韓式、日式、美式共二十多種套餐選擇，口味繁多，讓我第一天看到菜單就非常興奮，想要把所有口味都嘗過一次。從韓式泡菜鍋、海鮮大醬湯麵、海鮮義大利麵、美式早餐等，料多味美，海鮮多到你覺得吃完就會中風的程度。我總是習慣早上來點一份有蛋及吐司的英式早餐，這在外面的咖啡館少不了要台幣百元以上，在賭場裡還有鮮榨果汁及鮮奶無限續杯，我總覺得賭場的早餐讓我很健康。

　　我每天上桌打幾手牌，不一會兒時間拿會員卡去機器上刷一下，就可以看到「餐點額度：2」，所以我的三餐基本上都在賭場就可以解決，而且還吃得很好！除了點一份正餐，我還會加點一份水果盤，賭場提供的是貴翻天的哈密瓜、草莓、雪梨拼盤，這是我自己在首爾街頭看到價格都覺得買不下手的高貴水果。

　　飲料的種類也相當繁多，幾乎是說得出來的都可以提供。紅茶、奶茶、咖啡、各式果汁，這些是基本的不用說了，賭場還有提供柚子茶，甚至有蜂蜜蘆薈這類手搖飲料店才會出現的飲品，讓我大大驚訝！我每天都會在賭場點「鮮奶」，上賭桌還是要非常健康，由於點「鮮奶一杯」的人，全賭場大概只有我一個，賭場的女侍們都對我印象十分深刻，只要我走近吧檯就主動問我：「冰鮮奶？」

　　而楊丹最愛的飲品是「蔘茶」，很奇怪，一個年輕男生竟然愛喝的是養生飲品，跟賭場裡一位常客日本太太一樣，總是一手丟籌碼，一手摸著桌上的馬克杯暖手。杯裡面有紅棗和整粒松子，味道清甜，在負十度的天氣裡來一杯蔘茶真是好選擇，但賭場裡明明開著暖氣呀！

　　「這邊的餐真的很好吃，在賭場待久一點，我看不胖也難。」我說。楊丹和我坐在賭場餐廳裡，服務員端上我的餐點。

　　「當然呀，賭場就是要用食物抓住你的胃，再抓住你的心。」楊丹說。「各家賭場都想讓賭客留在賭場不要走出去，直

到傾家蕩產，所以使出渾身解數，就要讓賭客忘了回家。花招可不是只有食物而已，無限提供飲料是基本的，讓你吃飽了只想坐在位子上繼續賭，有的賭場還會在空調加入純氧，讓你一點也不想睡。」

「這招好狠喔！」我說。

「而且，妳有發現嗎？賭場都不會有時鐘，也不會有窗戶，就是要讓人日夜不分，不知年月。」楊丹說。

「對耶！」我抬頭看看四周，又仔細回想了在澳門去過的幾間賭場，確實是這樣。

「其實，光是你頻頻看錶的動作，就足以判斷你不是賭徒。」我對楊丹說。這是我在賭場內幾天的發現，也是我們兩人這幾天很愛討論的新話題。

「因為真正的賭徒沒日沒夜的賭，才不會管幾點要吃飯，更不會看時間。通常都是賭到餓得兩眼昏花才叫桌上的發牌員幫忙點餐。像你這麼準時上桌，又準時吃飯，實在很不像賭徒。」

「嗯……妳說的挺有道理，我要改掉這常看錶又準時吃飯的習慣，不然枉費我在牌桌上演賭徒演得那麼認真。」楊丹恍然大悟的說。

他說在牌桌上演得很認真，指的是一些賭徒特有的習慣動作。如果在21點拿到的第一張手牌是A或10點，就希望下一張牌也是10點，賭徒就會用手掌用力拍桌，一邊大喊著：「Monkey！

Monkey！」[註1] 我曾在電影裡看過這樣的橋段，沒想到真的走進賭場後，「Monkey」聲不絕於耳。而且他們不是只輕拍桌子意思一下，而是很投入的，發自內心的，充滿感情的拍桌，眼神中閃著勢在必得的光芒。若是真的發下一張10點，他們就會得意洋洋的歡呼，若是沒有拿到10點，他們就露出肚子被毆了一拳的痛苦表情，好像真的很痛似的。以一個外人的眼光來看，賭徒的行為真的有些可笑。楊丹第一次用力拍桌，大喊：「Monkey！」的時候我還不小心笑出來了。

註1 —— Monkey意指J、Q、K等圖面的牌，點數為10點。有時也喊：「Picture！」；在亞洲人多的賭場則會喊：「公！」，都是同樣的意思。

探話

經過了週末一位難求的盛況之後，星期一的賭場冷冷清清，賭場週間與週末生意量差別真大，星期一是賭場工作人員最空閒的時候，我逮了個空檔和賭場經理攀談了起來。

「這個賭場裡有算牌客嗎？」幾句不著邊際的閒聊之後，我切入了這個尖銳的問題。

「嗯……」賭場經理沉吟了一會兒，「有吧！」

其實我對於這答案一點也不驚訝，喬瑟夫早說過他就是因為在這個賭場算牌而成為黑名單。用傳統發牌盒的21點牌桌常是世界各地算牌客的聚集地，因為發出多少牌可以算、牌盒中剩下多少牌也可以算。而我所在的這家賭場就是用傳統的發牌盒。

「那你們怎麼知道誰是算牌客，而誰不是呢？」我真的很好奇，到底要怎麼辨別一般賭客與算牌客的差別，儘管算牌客總是盡可能不讓自己被賭場發現。

「看打法就知道了！只要『跳注』[註1]的人就可能有問題！」賭場經理說。

「可是，這麼說起來很多人都會跳注呀！即便是一般的賭客也會跳注，哪有人會一直下固定金額的注？」我在賭場混這麼幾天，看來看去大家都在跳注，我自己也是，這哪能夠成為判斷的依據？

「另一個分辨的點就是，觀察一下這個人是否可以輕而易舉、不經思考的打出正確『基本策略』。如果他連基本策略都打

錯，那就不用擔心了，只是一個碰運氣的賭客。」賭場經理說。

這時我緊張了一下！因為楊丹叫我熟背的就是「基本策略」，而且我也時不時的跳注，豈不是非常讓人懷疑！

楊丹這時轉頭跟我說：「其實很多賭客會在賭桌上問發牌員或賭場經理：『這手牌到底該不該要？』這其實讓他們很困擾，因為他的答案要是讓賭客輸錢可怎麼辦？在美國我就見過賭場經理從口袋中拿出基本策略的小卡，回答：『基本策略告訴我們現在應該停牌。』」

「還可以用問的？」我覺得很驚訝，賭客還真不愧是在賭運氣，全無數學邏輯的概念。「基本策略」如果可以做為分辨職業玩家與賭客差別的方法，難道所有賭徒都是憑感覺下注的嗎？

賭場經理接話：「基本策略會因賭場規則不同而稍有改變，要花功夫才背得起來。所以一個賭客若不需思考就打出正確基本策略，那必然經過專業訓練！」

「所以我也算是經過專業訓練囉？」我心底偷偷笑著。

「如果我的基本策略都打對，又有時下一顆籌碼，有時下三顆籌碼，會不會被賭場以為我在算牌呀？」我低聲問楊丹。

「妳？妳放心啦！妳看起來就是三十歲有錢又沒腦子的女

註1 —— 所謂「跳注」，就是一會兒打小，一會兒又打大。原本每一手牌都下小注，又在某些時候突然下大注，大注金額是小注的好幾倍，這就是「跳注」。基本上，算牌客會在情況好的時候下大注，情況不好就下小注。

生，賭場才懶得懷疑妳！」楊丹的話聽起來刺耳，卻是不爭的事實。賭場總是很沙文主義的認定男性的數學邏輯優於女性，所以算牌客是男性的機率大。很意外的，賭場對女性的歧視反而成為女性最好的掩護。

「值得懷疑的人太多了！年紀很輕又玩很大的最容易被懷疑。妳看右前方那桌看起來明明就是書呆子，怎麼看也不像富二代，還可以一手下18萬台幣的注，我懷疑他就是算牌客！」楊丹開始瞎扯起來！

「你這跟電影《無間道》裡面大家亂猜誰是警察一樣的無聊！」我說。「那你每次叫我跳注到底是為什麼嘛？」

「其實我叫妳跳注的理由是：妳連輸三把總該贏了，所以這一把就下大一點。」楊丹邊說就邊叫我放上三顆籌碼。

「你這跟一般賭徒有什麼兩樣！」我說完還是乖乖放上了三顆籌碼。

這幾天我們的籌碼數量穩定增加，膽子也越來越大！現在帶上桌的籌碼已經有台幣20萬了，我的家當已經翻了四倍！這是在旅行之初完全想不到的大好運！楊丹對我越來越有信心，我們跳注的差額越來越大！偶爾小小下一注台幣2,500元，偶爾楊丹又叫我下一注高達25,000台幣，十倍的差距。我想他出手越來越猛也不全是因為對我有信心，某方面來說應該是因為他的籌碼也翻了好幾倍，雖然我沒有問他的籌碼現在有多少，但粗略估計該有

我的三倍以上吧！

今天同桌的是一位香港老太太，我們已經同桌過幾次，賭場不大，每天進去報到六小時，熟面孔多看幾次就會打起招呼來了！而今天我才剛靠近她的桌子看看牌好不好，香港老太太很優雅的微笑示意我坐下來看。

我一看香港老太太的打法就知道她是老手，因為她幾乎不用思考就可以打出正確基本策略。我坐在一旁也下最小限額一注2,500台幣，跟著基本策略打21點，眼前的輸贏我真的不太在意，「只要不出錯，等到數學顯現，長期來說是贏的。」這是楊丹的標準台詞，我都會背了。

漸漸的她下的注碼越來越大，不時的拍桌大喊「Monkey！」，厲害的是她叫Monkey就有Monkey，莊家一直爆牌。此時香港老太太轉頭對我說：「怎麼不下大一點？」我先是一愣，轉頭看看楊丹的意見。

「你就跟她下幾注吧！」楊丹說。

於是我提高了注碼，一次丟出台幣7,500的注碼，一出手就交好運，拿到了一手Blackjack，賠率1.5倍，等於我這一手牌就賺了台幣1萬多耶！

連著贏了三手牌，我跟楊丹的眼睛都發亮著，精神特別亢奮。香港老太太轉頭用濃濃的粵語腔說：「妳那顆黃色籌碼該下的！」楊丹笑著跟我點頭，我緊張得快要不能呼吸，抖著手把25,000元台

幣的黃籌碼推上前去。不到一秒鐘,莊家在我眼前發出一對A。

　　「AA分牌!」我心中默唸。可是這一分牌,就代表我要再推出一顆黃色的籌碼,等於把5萬元台幣放在賭桌上,這樣一想我就覺得心臟都要跳出來了!於是我的動作特別的慢,手特別的抖,呼吸都暫停了一下,終於把籌碼放上去,並用食指和中指做出分牌的手勢。

　　接著老太太在我旁邊用力拍桌子喊著:「Monkey!Monkey!」,眼前落下了兩張圖案的牌,幾秒鐘的事情,在眼前卻像是電影影格般慢動作放映,我還來不及理解,已經贏了兩手牌!身後響起掌聲,原來不知何時身邊已圍滿了賭客,大聲叫好。

　　我抖著手收回了桌上的籌碼,就這不到一分鐘的時間,贏了台幣75,000。算一算今天總額大贏20萬!走回飯店的路上我的心跳還慢不下來!

　　在大贏一場的這個晚上,心情大好的楊丹終於宣布:「明日放假一天!」來韓國這麼多天,我才終於有時間看看首爾到底長什麼樣子。

♣ 咖啡館意外邂逅

在首爾轉眼已經待了一星期，我最熟悉的就只有旅店到賭場的那段路、人行道上的磚，或是公園裡那一排枯木，我都熟悉得很。但除此之外就對首爾一無所知了。

難得一天假日，我想要趕緊把這星期發生的故事寫幾篇稿子，放上網路我的旅遊專欄，回歸一天像樣的寫作生活，一天沒有賭場的日子。於是帶著筆電往賭場的反方向走，看緣分帶我走進哪一間咖啡館，就在那兒寫幾小時的稿子。

我喜歡泡咖啡館、喜歡聞咖啡香、喜歡聽磨豆機不時傳來嗡嗡的響聲，然後聽到蒸氣打奶泡的嘶嘶聲，這是一整個流程，製造幸福感的流程。在首爾怎能不找一間咖啡館寫稿子呢！

令我驚訝的是，首爾滿地滿街都是咖啡館！走出旅店沒兩百公尺就遇到兩家走可愛路線的咖啡館，我沒有走進去，想在附近再繞繞尋找哪間咖啡館給我走進去的衝動。又經過了數家咖啡館之後，我遇到了一個滿是枯木的大公園，附近的房子也在不知不覺中都成了高級別墅與大樓，看得出來是個很昂貴的地段。「這種地方肯定更多咖啡館。」我對自己說。

右轉，又經過兩間咖啡館，仍然無法打動我的心，再往前走，看到了一個很小的店面，約莫只有一坪大小像個櫥窗一樣的店，牆上掛著七個奇怪的東西，直條條的一根，細看是吉他的琴頸，卻沒有吉他的共鳴箱。「這是什麼？未完成的吉他？」我看

著招牌上寫著「bw guitar shop」，我一頭霧水。

一位帶著畫家小帽的光頭微胖大叔從旁邊的店裡跑出來向我打招呼，原來是這間吉他店的老闆。「這些吉他都是我做的，可以看看呀！」他臉上堆滿了笑容親切的問候我。

「這是……？」我指著牆上的東西。

「這些都是我設計的吉他呀！沒有共鳴箱的電吉他，重量比較輕，吉他手的肩膀彈久了也不會受傷。」他說。

「這樣就可以彈出聲音嗎？」我大感驚訝！

「可以的，我示範給妳看。」光頭大叔隨手從牆上取下一把，馬上彈了起來。那情景有點怪異，就是一個人抱著一根木棍的樣子，因為那東西看起來完全無法聯想到是吉他。但更讓我驚訝的是他手中流瀉出來的音樂，完全超越我所聽過的現場演奏，簡直比任何一張吉他專輯都厲害，他輕輕鬆鬆的彈出一串樂音，我馬上拿出相機想要錄起來。

「可以拍照，但是不能錄影喔！因為……我在韓國……有一點點……有名……」光頭大叔很不好意思的越說越小聲。

「啊！好的好的！」我說。

在他彈過幾首音樂之後，我詢問他現場擺放的幾張專輯，仔細一看竟都是他的吉他獨奏專輯。我心裡想著，能夠出吉他獨奏專輯的吉他手肯定是有一定程度的，再加上他剛剛又說他在韓國有一點點有名，他彈奏的音樂也確實好聽，那不如買一張他的專

韓國首席吉他手李丙雨，他手上拿著他所設計沒有共鳴箱的電吉他。

輯做為紀念吧！他很開心我竟然馬上決定要買專輯，開心的幫我
簽名之後，我問他要名片，一方面是我有收集名片、保存資料的
習慣以方便寫作，另一方面是想在回台灣之後寄張明信片給他。

「我沒有名片，妳可以在網路上搜尋我的名字。」他手指著
專輯封面上的三個字——李丙雨。「或是在影音網站上搜尋，也
可以看到我的演出。」

我帶著新買的專輯離開，終於想起來我出門的真正目的是要
找間咖啡館寫稿，剛剛被吉他演奏吸引了，順便交了個新朋友，
算是相當有趣的插曲，在我的定義裡，旅行就該這樣。

走不到兩百公尺，我就看到一間讓我有走進去衝動的咖啡館

了。小小一間大約十坪大小，兩面相對的牆上滿是黑膠唱片，一側放了很高級的大音響組，頗有台灣文青咖啡館的氣氛。而真正讓我動心的是吧檯內的咖啡機，這台咖啡機不像一般的店的擺放方式，反而是內面朝外擺放，讓人一眼從店外就可以看到這台機器全手動的機械構造，美呆了！我兩眼直盯著這台咖啡機，推門走進去。

吧檯內站著兩位打扮樸實的女孩，素顏，看起來不超過三十歲，這與台灣的文青店大大不同，台灣的文青店內肯定是連店員都是很有型的文青裝扮。我為什麼要強調「素顏」，是因為韓國滿街都是畫了誇張眼線的女孩，讓我以為韓國法律規定女人不畫眼線不能上街呢！所以看到素顏的韓國女孩反而會多看兩眼，我猜想韓國文藝青年就是以素顏來表示自己的與眾不同吧！當然，這只是我自己完全沒有根據的瞎想。

點了杯卡布奇諾，打開電腦開始寫下首爾的第一天，沉浸在我自己的文字世界中，不知過了多久，直到我終於感覺肩膀有點痠，抬起頭來想休息一下，剛好和其中一位女店員四目相交，她對我微笑。

「我是來自台灣，寫旅遊書，來首爾寫一些這邊的故事。」我走向吧檯向她自我介紹，順便攀談一下。但是她卻是幾乎完全聽不懂英文。

我立刻將大腦改為比手畫腳模式，「我是」手指指自己，

「寫書」我做出寫字的動作，再用兩手比劃出一本書的大小，做出翻書的動作。「來自台灣。」我說。

「喔！台灣！台灣！」她笑著猛點頭。看她的反應大概只聽得懂「台灣」兩個字。接著她興奮的用韓語講了一大串話，在我聽來只是一大串「咪達」和「唷」的聲音，換成我滿臉堆著笑，一個勁點頭，其實我也一句都聽不懂。

我們這種溝通是充滿了善意卻完全無效的溝通，其實根本聊不出什麼，但是她滿臉熱情想要與我交流的樣子，講完一串話就帶著期待的表情等我回應，我若是不做點什麼就走回座位，也未免太掃興了，我突然想起剛剛買的那張專輯。

我從包包裡拿出那張專輯，指一指店外面。她看了看專輯封面，很興奮的說了一串話，然後到架子上取下大約六、七張專輯。原來這些全都是剛剛那位吉他手李丙雨的專輯，我到這一刻才明白他這麼有名。兩位女店員及全店的人都因為這些專輯高聲的說起話來，人人搶著要跟我說些什麼，我是一句也聽不懂，但是看他們驕傲的神情以及一堆人豎起大姆指，我發現李丙雨應該是韓國之光等級的人物吧，剛剛我還說他是中年光頭微胖的大叔呢！

因為我開了這個讓韓國人驕傲的話題，在我要離開咖啡館時，竟然有客人搶著替我結帳，於是我免費賺了一杯咖啡。

賭徒與算牌客

「妳這根本是打著旅遊作家的名號在外招搖撞騙！」晚上回到旅店，楊丹聽到我的奇遇忌妒地說。

他馬上上網搜尋到吉他手李丙雨的影音片段，「唷！他是在韓國巨蛋開獨奏會的等級呀！還有一堆他拍的廣告……」沒等楊丹說完，我趕緊把電腦轉過來看。

「沒想到我遇到韓國第一把交椅的吉他手了。他今天還很不好意思的說他自己在韓國有一點名氣，這哪是『一點』名氣，簡直是全韓國第一。」我說。

「真是便宜妳了，妳今天不只賺到一杯免費咖啡，還賺到韓國第一把吉他手替妳簽名。」楊丹說。

「這一切全是巧合，我真的只是想要找個地方寫作。」我說。

「妳不愧是旅遊作家呀！我在世界各地算牌這麼多年，去過的國家肯定比妳多，卻從來沒遇過這麼有趣的事，因為我只來回旅店和賭場，偶爾去周邊的酒吧喝酒，不花時間觀光，所以也不會認識什麼人。」喬瑟夫在一旁說。

「那多無聊呀？上賭場以外的日子也可以休息呀，都市內的觀光是一定要的吧！不然去那麼多國家，卻什麼也沒看到，真是太可惜了！」我說。

「這就是經濟學的概念了，有機會賺錢當然去賭場賺錢，怎麼會把時間花在逛街呢？」喬瑟夫說。

「那只要賭場有的賺，你就不願意浪費時間去做別的事，豈不是空有手中的一堆錢，卻沒時間實現夢想嗎？那要等到全世界的賭場都倒光，你才要做點別的休閒活動？」我有點抬槓的反問喬瑟夫。

「我確實是這樣。」喬瑟夫簡短的回答，臉上展現出一種不以為然的表情，我可以感覺到他心中一定正嘀咕著：「妳不懂。」這三個字，於是我不再回話。

其實我很了解自己是一個不重利的人，只要是自己喜歡的事，沒錢我也會去做。曾經有一位很了解我的朋友對我說：「妳就是小時候父母沒有把『金錢』程式灌入妳的腦中，所以妳對錢沒有渴望。」他這話說得太精準了。從小父母沒有讓我擔心過錢的事，所以我考慮每一件事都是以「我真的喜歡嗎？」作為評量的標準，「錢」從不在我的考慮之列。直到出了社會要經濟獨立的時候，才開始學會為錢擔憂。就連我這次想要加入這個賭場旅行，也完全沒有想到賺錢這回事，倒是提光了存款而來，打算最差不過就是身無分文回台灣，而我最重要的目標，同時也是我的夢想——被賭場列黑名單，想到這我不禁覺得自己有點好笑。

相較於我過度重視夢想而不在乎錢，喬瑟夫明顯的相反，他只重視錢，不在乎什麼狗屁夢想，或許在他的人生中根本沒有夢想這回事吧！這種人在我眼中真的挺可悲的，有錢卻不懂得生活，只知道要賺更多的錢，這種人生到底有什麼意思呢？

我正想得出神，楊丹突然一句高八度的聲音把我的思緒拉了回來。

「所以賭場裡有算牌客？」楊丹問。

「賭場經理也說有算牌客，不過我這幾天待在賭場，怎麼也看不出來呀！」我說，我思緒敏捷的馬上跟上了話題。

「你們兩個都看不出來，是因為不用心吧！」喬瑟夫說。「賭徒與職業玩家很容易分辨的呀！」

「我是看得出來有些人肯定是賭徒。」楊丹說。

「玩百家樂的就是賭徒！」我說。「因為百家樂就是比大小，兩邊都是50%的機率，這就是賭運氣嘛！」

「在21點桌上下對子的都是賭徒。」楊丹也接著說。「因為出現對子的機率是十三分之一，所以押到對子就應該賠十三倍才公平，可是賭場只賠十一倍，這是必輸的機率，玩「輸的遊戲」就是賭徒。」不愧是楊丹，關於對子的機率都可以解釋得如此清楚。

事實上，最簡單的說，職業玩家只玩「會贏的遊戲」。他們很精準的計算賭場每個遊戲的贏率，高於50%的遊戲才玩，對於輸的遊戲可是一點時間都不浪費。依這標準來說，賭場中99%的遊戲都是輸的，所以大部分進賭場玩的人都屬賭徒之列！甚至大部分坐在21點牌桌上的玩家也都是賭徒。

因為世界各地的21點規則略有不同，有的賭場對於投降、保險[註1]或是過五關[註2]等等規則的差別，因此針對各種不同規則而

計算出來的「基本策略表」也有細微差異。有的賭場,玩家僅僅照著基本策略打牌就已經勝率大過莊家,楊丹總說這種情況是:「在賭場伸手就可以撿錢了!」當然這種情況少之又少。

　　大部分的賭場規則都會讓莊家贏率稍稍贏過玩家一點點,以拉斯維加斯的通用規則來說,莊家贏率大約50.36%,別小看這0.36%的機率,賭場賺錢就靠這一點點機率,而賭客所謂的「十賭九輸」也就是輸在這兒。所以職業玩家要靠算牌提升贏率,一般的21點玩家還是在玩必輸的遊戲,說穿了還是「賭徒」。當然更不用說不敢坐上賭桌的賭場觀光客了!只敢把1塊錢美金放進吃角子老虎機,沒拉兩下錢就不見了!這種把錢送賭場的行為甚至連「賭徒」都稱不上。電影《決勝21點》中,教授就對算牌團隊的成員說過:「吃角子老虎機是給輸家玩的。」

　　「賭場經理是有跟我們說過他的判定方法,可是,那要一條牌從頭看到尾,調錄影帶才看的出來。喬瑟夫你怎麼可能花這麼長時間在一張桌子旁,只為了判斷一個人是不是算牌客?」我問。

　　「哎呀!用心點看就看出來啦!」喬瑟夫說。

註1 ── 21點遊戲中,當莊家翻開的那張牌是A,玩家可以另外加注碼的一半買保險,如果莊家不是Blackjack(天生21點)便沒收保險金,如果莊家是Blackjack便以注碼的兩倍賠給玩家。「買保險」的規則源於澳門賭場,並流傳到世界其他賭場,現在幾乎只要21點遊戲都能對莊家拿A的情況買保險。對於算牌客而言,有更細微的機率計算是否需要買保險。

註2 ── 連續要牌,一共要到五張牌的時候,牌面點數還是沒有超過21點,直接算玩家贏。

「所有的賭場都可以算牌嗎？」我問。

「不是喔，多的是不能算牌的賭場呢！」

「不能算牌的賭場很多嗎？我看了電影之後以為每個賭場都可以算牌。」

「算牌的歷史很悠久，六○年代就有人出版第一本算牌的書，揭開賭場與算牌客的戰爭，當時只有21點可以算牌。當賭場發現算牌客算牌的方法之後，就用一些方法防賭，例如降低每桌最大下注額，或是莊家切牌切到一半以上，讓算牌客沒算幾張就換新一條牌，用這類規定來讓算牌客算不下去。但是厲害的算牌客還是有新的技術，切牌和洗牌追蹤都可以混淆賭場。直到自動洗牌機的出現，才真的讓算牌客無法算牌。」

「所以你說不能算牌的賭場，就是用自動洗牌機的賭場？為什麼有自動洗牌機就不能算牌？」我問。

「因為賭場每發完一手牌，就把牌丟進自動洗牌機，機器就重新洗牌，所以每手牌都是全新發出來的。」

「每次都重新洗，那當然就不能算牌了。」我懂了。

喬瑟夫離開之後，我轉頭問楊丹他是否也看不出來這個賭場中誰是算牌客，楊丹也和我一樣一頭霧水，驚訝於喬瑟夫到底為什麼一口咬定這個賭場有算牌客存在。

「你不是在澳門被列過黑名單，很專業的嘛？怎麼你也看不出來？」我問楊丹。

「我其實沒有很多算牌經驗呀，我是職業撲克選手，妳別忘了！而且我在澳門美高梅賭場只算了一星期就被列黑名單了。」

原來楊丹的算牌經驗只有兩次，一次在澳門美高梅，一次在拉斯維加斯，所以他雖是個算牌客，但是跟喬瑟夫這種以算牌為生的行家一比，要學的還很多。如果說楊丹是菜鳥，那我的程度只能稱為一顆還沒孵出的蛋吧！

賭客專屬監獄套房

休假完的放鬆心情消失得很快，走進賭場的時候我已經把腦子轉換回「賭場模式」，腦中全是基本策略表。現在我已經可以很快的開啟腦中程式，不像剛來那幾天總是要打個幾手熱身，腦子才逐漸轉動。

今天牌運挺順，稍早贏了一點，我手上的籌碼很多，心情正愉快。心中盤算著先去賭場餐廳點個餐，等餐的時間再玩個幾手牌，十五分鐘後就可以收工、吃飯、打道回府了！

點完餐坐回位子上，楊丹示意我下兩注大注，於是我推了兩疊籌碼上前，各是台幣2萬元。牌一發下來就是一手19點、一手20點，這牌真好，我揮了揮手停牌。莊家的牌還沒下來，我的臉上已經掛滿勝利的微笑！但是僅僅兩秒鐘！

隨之而來的是莊家21點，我的4萬元被發牌員收走了！

楊丹臉上還是笑著的，他最常說的一句話：「我們相信的是數學！」我轉頭看了他一眼，他似乎一點也不在意的跟我說：「再下呀！」於是我又推了兩疊籌碼出去！

我拿到一手16點，另一手20點，莊家的牌是一張A。

「保險？」發牌員問桌上的每一位玩家。

賭場的規則是：在莊家第一張牌出現A的時候，玩家可以選擇保險，以防很不幸的莊家拿到天生21點(Natural Blackjack)而輸錢。

我揮揮手表示不保險，楊丹每次都說機率告訴我們不需要保險！而機率真的就是「機率」，大部分時候不需要保險，而今天我們卻是很需要！

莊家馬上翻出一張10點，連玩都不用玩，我眼前的兩疊籌碼又被收走了！牌桌上其他的玩家「噢！」的嘆了一聲，我轉頭對楊丹和自己信心喊話：「我們要相信數學！」

楊丹對我點頭微笑說：「接下來放三顆吧！」

「你確定？」我很驚訝的問。因為這代表兩注各75,000台幣，也是我手上剩下的籌碼。

「是呀！我覺得現在牌很好呀！」楊丹很確定的說。

所以我微笑著把兩疊籌碼再推出去！

接著到底是什麼牌我都已經不記得了！只記得莊家又補到了21點，全桌的人都傻了，我也傻了！看著我的籌碼被收走，右手邊的老美似乎比我還激動的拍桌！我的腦中一片空白，對著發牌員笑了一笑，兩手一攤，起身走向餐廳去吃飯。

楊丹與我在吃飯時沒有人說話，大概都受了太大打擊！

「妳剛剛輸了錢還笑！」楊丹先開口。

「除了笑，難不成我該在賭桌上哭嗎？」我說。

清點了一下，今晚輸了17萬，前幾天贏的全都輸回去了。雖然每日經歷小輸小贏，但是基本都在我們計算的數學機率範圍內，小輸一點心情也不受影響。而這是第一次我感到腦中一片空

白，心中一個聲音問著：「還要這樣下去嗎？我這樣做真的是對的嗎？之前贏的錢拿去玩不是很好嗎？」信心真是大受影響！

「可是牌真的很好呀！我怎麼想，都覺得我們沒做錯！」楊丹說。

「嗯！我相信你的決定！」我說。「不過，我們明天搬家吧！」我們得搬到更便宜的地方住，不然再輸下去就沒有錢回台灣了！

◆

我很好運的在牌桌上跟其他的玩家聊天時，發現他們好幾個人住在賭場對面的短期套房，聽說很便宜，一晚才台幣600元，於是向其中一位玩家要了地址去看看。

走上樓梯看到很簡單的櫃檯，一位韓國中年婦女出來招呼我們。他要求我們脫了鞋子才能走進門，門旁是一整面牆的鞋櫃，櫃上貼有號碼，我想是跟房號對應的。一轉頭才真正讓我驚訝，一公尺寬的長走道，兩側一間間的門，非常乾淨並空無一物，空氣中瀰漫芳香劑的味道，但這味道並不能替整個空間加分，只是讓這一間間的房門變得很像一間間廁所。

「這……根本是監獄。」楊丹低頭小小聲的說。

打開其中一間房門一看，大約一坪半的大小，擠了一張單人床，一個小衣櫃，牆邊釘了長條桌，再擠下一間小廁所。剩下可以走動的空地不到一平方公尺，把我的行李箱拖進房間打開來，

腳抵著另一面牆，房間小到不可思議。

剛好沒地方走路了！

「妳真的可以把我的三餐從門下遞進來！這真是監獄！」楊丹打趣的說。

「我們現在輸成這樣，還有別的選擇嗎？」我說。

韓國老闆娘用很破的英文跟我介紹公共區域、廚房、洗衣機等設備，衛生紙、盥洗用品全部都要自備，但是我已經無所謂了，現在只求便宜。談好了價錢一晚只要台幣500元，我和楊丹正式開始窮賭客的監獄生活。突然發現之前我們跟著喬瑟夫一起住真是奢華的決定，原來賭客都住在這種地方。

「我現在真的很感謝賭場，」楊丹說。「賭場的餐廳至少讓

我們吃得很好！」

「那當然！我們也是在賭桌上付了很多錢！」我們兩人真是樂天派，在這種情況下還有心情開玩笑。

短租公寓不但空間小，空調設備也挺兩光的！楊丹住的房間沒有對外窗，他熱得在房間內都只穿一條四角褲，每次我去敲門都要等他穿好衣服才來開門。我的房間有對外窗，覺得悶了就把窗戶打開一點空隙，讓外面零下十度的冰冷空氣從窗縫中吹進來，窗戶就是空調。

我們兩人在房間裡待不住，正準備去賭場好好工作的時候，楊丹竟然認出一位在拉斯維加斯相當有名的21點高手出現在隔壁房間。

「這些人在拉斯維加斯住的可都是總統套房，因為在賭桌上的時間很長，又下很大的注，所以房間都是飯店免費提供的。」楊丹說。

「那他有的是錢，怎麼不住好一點的飯店，跟我們一起擠在監獄裡？」我問。

「或許對他們來說，什麼好地方沒住過？房間不就是房間嘛！睡覺而已，哪兒都一樣囉！」楊丹攤一攤手。

我可以確定的一點是，住在這多待一秒都會悶死的地方，我們肯定會很勤奮的天天上賭場工作。

◆ 賭場的關注
2

一早，我們照常到賭場「上班」。因為楊丹說：「真的要成為高手，就要把打撲克牌當作工作一樣，每天練習，心情也不能因為每天的輸贏受影響，更不能贏錢就大吃大喝。」所以我也漸漸習慣了準時到賭場上班的生活。但今天早上的氣氛卻顯得特別不一樣！

同桌一位馬來西亞女士一直用緊張的神情看我，不一會兒就用閩南語跟我說：「妳聽得懂福建話嗎？」

福建話與台灣人所習慣講的台語非常相似，雖然腔調有些不同，但還是可以溝通。

「你們這樣突然一下打很大，太誇張了啦！這樣我跟妳同桌都很怕！」她接著說。

我轉頭看看楊丹，楊丹聽不懂閩南語，對我做了一個不明白的表情。

我依然跟隨著楊丹的指示下注，但同時我也發現了賭桌四周怪異的氣氛。發牌員後方站了兩位賭場經理，遠遠的盯著我們這桌的牌。同桌的老美朝我後方看了一眼，把眼前的籌碼收一收就站起來走了。

「你們看，老美都知道要閃了！你們後面還站著另一位賭場經理。你們可不要跟著起身，這樣賭場以為你們是一夥的，你就害慘那位美國人了。」馬來西亞女士操著福建話說。

撐了十五分鐘之後，馬來西亞的女士也離席，剩下我跟楊丹在這一桌，而圍繞著我們的三位賭場經理並沒有離開。很顯然的，經理們的目標真的是我們，直到半個小時之後才分別離去。我跟楊丹起身去賭場餐廳吃飯，席間討論著到底發生了什麼事？

「你覺得賭場是在盯我們嗎？」我問。

「嗯？誰知道！」楊丹說。

「那下午我們還繼續打嗎？」我又問。

「打呀！」楊丹說。我真不懂楊丹是一點都不擔心嗎？雖然我只是打基本策略，這應該不會有問題的，但是賭場可以不需要任何理由就把任一位賭客列黑名單，所以我多少還是因為這不尋常的氣氛而感到緊張。

當我們吃完飯坐回賭桌，周圍沒有賭場經理的注目禮，氣氛變得正常多了。

「不好意思。」從我的左耳傳來。我轉頭看到一位賭場經理微微欠身，就站在我和楊丹的中間。

「你們說英文嗎？」賭場經理說。

我腦中頓時跳出好多想法：我們被盯上了嗎？我要被列黑名單了嗎？我要逃走嗎？我要說我聽得懂英文還是裝不懂？好多想法在腦中閃過，我看楊丹也跟我一樣愣在當下！

「請問你們說英文嗎？」賭場經理再問了一次。

「是。」楊丹先回過神，回答了賭場經理。

「我們賭場希望能夠幫兩位升級爲高級VIP會員，所以需要兩位的會員卡。」賭場經理說。

呼！我在心中大喘一口氣！原來只是升級VIP。

待賭場經理一走遠，楊丹馬上說：「我剛剛真的被嚇到了！」

「我也是！」我們兩人都驚魂未定。「大概賭場看我們輸太多了！把我們升級高級VIP希望我們輸更多吧！」

「高級VIP可以幹嘛？」楊丹問？

「吃的餐不知道有沒有不一樣！」我說。

我們兩個輸掉一半財產的窮鬼，現在賭場的免費餐飲已經成爲我們唯一的期待了，於是一條牌打完，我們兩個就興奮的跑去點餐機前刷卡。

「一萬份呀！」楊丹興奮的叫起來！

「先點一份Häagen-Dazs吧！」我馬上動手點餐。點完了冰淇淋，可是「點餐數量」還是沒有減少，「我發現，這一萬份是不會減少的一萬份耶！」我眼睛都亮了起來。高級VIP會員卡有六年期限，這表示，六年內我來到首爾，絕對可以不愁吃了！

經過了賭場緊盯和誤以爲要被列黑名單的驚魂之後，楊丹在今天早上非常正經的跟我說：「妳知道，如果賭場的人要抓妳，妳該怎麼逃嗎？」

逃？其實我想都沒想過要逃。因爲我心裡許下了一個願望，要在三十五歲前被列賭場黑名單，若是真的被列爲黑名單，我開

心都來不及了，怎麼會想逃？

「還有教戰守則喔？」我笑著說。

「真的！我這不是開玩笑！」楊丹看起來真的一本正經。「這是拉斯維加斯的前輩傳授的！」

「第一、隨時讓自己的籌碼保持在一手可以抓起的數量！在一直贏錢的情況下，這可不容易，必須不斷的將手中的小籌碼換成大面額的籌碼，才能讓手中的籌碼一手可抓。」楊丹解釋著。

「第二、當有經理或是保安請妳到保安室，就當聽不懂，一手抓起籌碼往門口走。他怎麼叫，都裝沒聽見。」

「那如果他們擋我，怎麼辦？」我問。

「如果有人擋住妳的去路，絕對不能衝撞他們，因為這樣他們就有理由拘留妳。所以我們要像打籃球轉身過人那樣，閃過他，繼續朝門口去。」我想像這畫面，不禁笑了出來。還要像打籃球過人一樣呀！

「只要妳走出賭場大門一步，妳就已經自由了，他們不能出來抓妳，懂了嗎？」楊丹說完。

「可是，他們如果已經要禁止我進入賭場，這難道有什麼差別嗎？就算我跑出去了，下一回他還是不會讓我再進入賭場呀！」我說。

「反正，不一樣！妳如果給他機會告訴妳『妳被禁止禁入了！』那妳下一回進去的時候結果可不一樣。而且，讓他們把妳

請到辦公室拍照建檔，對妳到底有什麼好處？不如趕快走人呀！喬瑟夫是世界第一的21點玩家，他就從來不進保安室簽名的！」楊丹說。

聽他說完這麼多，我只能說職業玩家還真的有一套教戰守則，聽起來也挺合理的。而且世界級玩家的忠告，我確實應該要聽。只不過，我的內心還是有一個小小的聲音：如果我不進去保安室看一看，怎麼知道跟電影《決勝21點》裡演的一不一樣呢？

♦ 師父領進門
3

又經過兩天苦戰，失去的籌碼又一點一點的增加回來，只是現在楊丹似乎是保守了一點，不再叫我一下子跳十倍的注。今天下午楊丹的手氣特別好，坐上桌開始，手上的籌碼就不停增加。雖然韓國現在是負十度的可怕天氣，但是坐在四季如春的賭場內，玩著手上不斷增加的籌碼，喝著熱茶，這一刻我覺得生活真是太完美了！

不知何時開始，我和楊丹的身後已經圍了一群人，每當楊丹贏了幾手加倍下注的牌，身後的觀眾們就大聲叫好！我被他們歡呼的聲音嚇了一跳，回過頭才知道圍觀的全是觀光客。

一位中年男子坐上我們的桌，沒有換籌碼，看來不打算下注的樣子。楊丹抬眼看了他，中年男子開口：「小兄弟，你的技術可真好呀！」聽這口音是中國北方人的腔調。

「嗯。」楊丹抿了一下嘴，像是打個簡單招呼，稱不上是笑容，轉頭繼續把目光放在發牌員的手上。

「看你打牌真是太過癮了！」中年男子繼續攀談，但是楊丹就是一臉不想被打擾的樣子，桌上的輸贏確實比較重要，看來該是我插手的時候了。

「大哥你府上哪裡？」我接下了跟中年男子聊天的工作。一方面是為了讓楊丹專心，不要被打擾；另一方面是我沒忘了自己此行的任務是來挖掘賭場裡的故事，本來就該多跟賭客攀談，了

解賭徒內心世界，現在有一個送上門的，當然要好好把握。

大哥說他在韓國開工廠，一待十年以上，會說韓文。但是離鄉背井，家人都在中國，回了工廠宿舍也沒有人可以說話，面對一間空房間也是孤單，工作有閒就來賭場消遣、找熱鬧。

「那大哥常玩囉？」我問。

「常玩！可是也常輸！」中年男子的笑容苦澀中帶點得意，就是標準賭徒的神情，總是在抱怨輸錢，卻也同時炫耀著：老子有錢可以賭。

接下來的兩小時，中年男子看著楊丹打牌，比我和楊丹還投入，每個輸贏都忘情的大聲喊叫，好像我們輸贏的都是他的籌碼似的。我很好奇這樣的人是什麼心態？真的對玩牌有如此熱情的人，又怎麼耐得住性子在旁邊看牌咧？他不時的「哎唷！」或是「這把好耶！」的喊著，配合用力拍桌，一會兒激動的要站起來了，一會兒失望又重重的往椅背上靠，就這麼投入過了兩小時。

「贏得差不多了，走了吧！」楊丹是個行事乾脆的人，說走就走，他一起身，我也跟著站起來。這位中年男子看我們不打了，也跟著起身，就跟在我們身後走。

楊丹朝著出納櫃檯走去，離開賭場前，每個賭客總是要將手中的籌碼換為現金或是請賭場代為保管。我們走向其中一扇窗口，這時我才發現剛剛看牌的那位大哥並沒有到其他空窗口兌換籌碼，反倒是排在我們身後。

我們一換完現金準備往出口走去，身後傳來聲音：「小兄弟！小兄弟！給點錢回家吧！」中年男子跟在楊丹身後，不停的重覆這句話。我恍然大悟！原來這位大哥在旁邊那麼認真投入的演了兩小時，替我們拍手叫好，又跟我們攀談，為的就是現在可以跟我們討錢呀！

楊丹完全不搭理，像是沒聽到一樣。「這種人在賭場本來就很多！」楊丹似乎見怪不怪，就連說這句話也不想壓低音量。

大哥就這樣跟在我們身後「小兄弟！小兄弟！」的叫著，一直跟到大門口，他才止住了腳步往回走。

「看來他今天還沒討到足夠的錢，還不能收工，應該是回到賭場找下一個目標吧！」我說。

「本來我想要在賭場吃了飯再走，但這位老大哥看來會糾纏很久，所以我決定先回房間休息，晚點再過來賭場吃飯，順便再打兩個小時，可以吧？」楊丹問我。

「少吃一餐也不會怎樣，自從升等高級會員之後吃得太好了，我怕再吃下去會肥死。」我打趣的說。

自從升等為高級VIP之後，我們每餐都加點水果盤和冰淇淋，點餐數量也不再受時間限制，常常一不小心就自動替自己加了下午茶和宵夜。

◆

晚上七點我跟楊丹回到賭場，先去餐廳報到。我點了海鮮大

醬鍋加水果盤，楊丹點了石鍋拌飯。餐廳內的大螢幕正在播放高球賽，總是高球賽。

「如果我接下來想去新加坡，妳要一起去嗎？」楊丹邊吃邊說。

「新加坡？」我把視線從我看不懂的高球賽拉回來，腦中完全一片空白，怎麼會突然講到新加坡去了？

「凱哥妳知道吧，我的老師，說那邊的賭場很好打，我想過去看看。不過老師今天就會先過去了，等他告訴我情況如何吧！我只是先問問妳。」楊丹一口氣把情況用最簡單的幾句話交待。

凱哥——楊丹的算牌老師，是華人賭界中相當有名卻很低調的職業玩家。許多賭界的人都只聽過其名，沒看過他的樣貌。我當然也只聽楊丹說過，從未見過他，根本不知他長什麼樣。但楊丹說過他算牌的技術相當好，早已被數十間賭場列為黑名單，我想在賭界肯定是有名人物，只是我不是賭界的人，所以不知道他。據說電影《決勝21點》中的麻省理工線性代數教授張約尼也是他的好朋友，兩人常一起到世界各地的賭場征戰。

「那我有機會認識老師嗎？」一聽到楊丹提到凱哥，我眼睛就亮了起來，馬上想到自己三十五歲前要成為賭場黑名單的願望。如果可以認識老師，並學到算牌技巧，那真是太酷了！事實上我跟楊丹在韓國這兩星期的時間，雖然天天上賭場，但其實就是打「基本策略」而已，這東西背熟了之後就是按表做動作，賭桌上的一切行為都是被計算過的，除了偶爾楊丹叫我下大注我會

特別緊張一點，其他時間真的是無聊到會想睡覺。還好我要寫關
於這次賭場旅行的專欄，所以總是花點時間觀察身邊的人，讓我
在賭場的時間不至於太無聊。但對於真正的職業賭徒世界，我懷
疑自己根本還沒踏進半步呢！

　　「妳要認識老師，該不會是想要學算牌吧？」楊丹的眼神揪
著我笑。

　　「天啊！楊丹你有讀心術！」誰叫我是射手座，一點祕密也
藏不住。「這樣我才有機會變成黑名單呀！」

　　「妳整天想著黑名單，怎麼就不想想多賺錢呀？」楊丹一直
覺得我的想法太怪了。「妳想學，我就可以先教妳了。其實之前
叫妳背的『基本策略』就是第一步。」接著楊丹開始跟我解釋所
謂「算牌」，還有基本的「High-Low算牌法」。

　　「牌面花色2到6的牌值是正1，7到9牌值為0，10、J、Q、
K、A牌值為負1。在牌桌上只要妳看得到的每一張牌全部都要計
算。」楊丹說的這些其實就跟電影上演的一樣，網路上也可以輕
易查到很多資料。

　　「我怎麼感覺算牌只是簡單的加減法？」

　　「算牌就是這樣，師父領進門，修行在個人。妳自己要練
好，算得快是其次，重點是不能錯。等妳可以很快把桌面上的牌
值算清楚，我再教妳接下來怎麼算。」楊丹簡單講完算牌法的第
一步驟，做出這樣的結論。

「而且練好算牌是一回事，等到妳上了牌桌算牌，就會知道還有其他很多要做的事比加減法更重要。演技要好，不要被賭場發現，要夠專心不被場邊的人干擾……到時候再說吧！如果加入老師的團隊，我們的吃住都由老師負責，上賭桌的錢也是老師出錢，贏了我們分紅，輸了不用付。不過加入團隊前老師會考試，以免妳把他的錢輸光光。」楊丹說。

聽到這，我仔細的盤算了一下，吃、住、機票都由老師負責，那表示玩免費的。上桌算牌若是賺錢了可以分紅，那是分多少呢？其實分多少都沒關係，反正就當是多賺的，重點是輸了錢不用付，這點很重要，我可沒有錢輸。聽起來是個穩賺不賠的合作模式。

「那就等你問問老師吧！如果你那邊安排沒問題，我就跟你去。」我很肯定的跟楊丹說。

我決定從現在開始，每天都在包包中放一副牌，有空就拿出來練。我一定要盡全力準備，爭取這個合作的機會。我突然想到電影中的畫面，男主角在飛機上、圖書館，無時無刻都拿著一副牌一張張的翻，原來真正練算牌的情況確實是如此，我真有種走入電影的感覺。對於楊丹所說的新加坡之行我已經充滿期待了！

♦ 謎樣的局

在勤奮練習算牌兩天之後，收工回旅店的路上，我忍不住開口問了新加坡之行到底有沒有譜？

「凱哥現在人在澳門啩！我們這兩天就去澳門跟他碰面，如何？」楊丹說。

「澳門？」我雖然不懂怎麼一下子又從新加坡換成了澳門，但是這次已經沒有太多驚訝了！楊丹每次跟我說的計畫總是變來變去，從最初的斯里蘭卡變成韓國，日期也變了不知多少回。原本計畫在韓國待一個月，現在不到兩星期又說要換個地方。他總是說：「賭場總是千變萬化，我沒辦法跟妳百分百保證。我跟著凱哥在拉斯維加斯的時候也是這樣。」職業玩家的世界就是這麼回事，賭場有可能突然採取什麼行動，讓這些職業玩家不得不改變計畫。

「雖然澳門去得很膩了，不過去澳門的住宿不用我們花錢，凱哥有免費房間可以住，機票他也會幫我們出。」楊丹接著說。

今晚的氣溫很低，手機顯示零下十五度，楊丹每說一句話都吐出一堆白色霧氣，包圍他的臉，我都看不見他的表情了。

「好呀！」我爽快的答應了，一聽到機票及住宿免錢，那顯然是比待在現在像監獄一般的小房間好。雖然對於我們的「監獄」不甚滿意，但在零下十五度的低溫，心中仍是非常想要衝回房間洗個熱水澡，讓蒸氣充滿房間，暖一點。

　　走進旅店的大門，我們把鞋子脫下拎在手上，走到自己的鞋櫃前擺放。每天在鞋櫃前面拿鞋子、放鞋子的時候，我總會覺得自己住在高中宿舍之類的。放完鞋子一抬頭，我竟然看到喬瑟夫在大門外，貼著玻璃門大口呼著白霧氣，揮手叫我替他開門。

　　「你怎麼會來？你要找我們呀？」我好驚訝喬瑟夫出現在這裡，一邊招呼喬瑟夫脫鞋，一面轉頭把楊丹叫回來。

　　「剛剛你們離開賭場，我就想要打暗號叫你們留下來說個話，可是你們完全沒看向我這邊，我只好追上來了。」喬瑟夫一面搓著手，氣喘噓噓的說。

　　「你自己說『賭場裡的招呼就是不打招呼』，你的名言嘛！我們當然正眼也不敢瞧你一眼呀！」我笑著說。

　　由於我們的房間是監獄單人房，根本不可能擠下三個人聊天，所以我們決定在唯一的公共區域——小廚房聊一聊。小廚房裡有一面流理台、一個大冰箱、兩台洗脫烘衣機、電鍋、和一大堆大家可以共用的鍋碗瓢盆。

　　「唔！這邊寫冰箱裡的東西可以免費取用耶！」楊丹在廚房繞了一圈，打量每一個細節，這會兒正在查看冰箱。「可是冰箱裡只有蛋、泡菜和辛拉麵。」他失望的關起冰箱門。

　　「我們在賭場吃免錢的還不夠喔，你快來坐下吧！」我跟喬瑟夫已經坐在小餐桌旁等他。

　　「你們要去澳門是吧！」喬瑟夫說。

「你怎麼會知道？」楊丹好驚訝！

「當然是你們凱哥說的呀！我和他一直都保持聯絡，昨晚通電話他跟我說了。告訴你們一個好消息，我也會一起去。」喬瑟夫面露得意表情。

「真的嗎？那真好！」我看著喬瑟夫的表情，覺得自己也應該要相對應的展現出開心，所以馬上接話了。

但其實我心裡真正的想法是，我跟喬瑟夫不太熟，而且我一直覺得他聰明得深不可測，那一雙藍灰色眼睛總是很有魅力的在放電，也總是讓我看不出他講的話是不是真心。而且最讓我感到奇怪的是，楊丹、凱哥和喬瑟夫似乎私底下有一些我所不知道的聯絡，我今天才從楊丹口中得知要去澳門的事，但是喬瑟夫顯然比我早就知道了。我似乎是走進了一個局，而且弄不清自己到底扮演什麼角色。在我心中楊丹是值得信任的人，不然我不會跟著他來韓國，但是其他人……，我與他們不夠熟暫且無法評論。眼前的情況不明不白，但簡單評估，我沒有被騙財的危險，因為我根本沒有什麼錢可以被騙。至於騙色，我想目前也是很安全。

「那我們會訂同班機去澳門嗎？」楊丹問。

「不一定，我……」喬瑟夫話沒說完，這間監獄旅店的老闆娘就從門口探進頭來，用很破的英文和一連串沒人聽懂的韓語表達。看她的手勢，應該是說喬瑟夫不是房客，不可以進來之類的。

「好的好的。」我們三人連忙起身，椅子都還沒坐熱就被

趕，住在監獄果然很不方便。

「我知道附近一間小酒吧，不然我們去外面聊吧！」喬瑟夫提議。三人於是又拿起手套、圍巾、外套往門口走去。

再度踏進零下十五度的冷空氣中，楊丹冷到不說話了！喬瑟夫負責帶路，一走出門口就往右轉，往賭場的反方向。

「我們離賭場越遠越好，因爲賭場的發牌小姐下班之後都會在賭場周邊吃宵夜，如果我們被遇上了就不太好。」喬瑟夫把兩手插在口袋，三人之中他穿得最少，因爲天氣冷而微微聳著肩，從走路的姿態看得出來他常運動，在這麼冷的夜裡還能健步如飛，我要不時的小跑幾步才能追上他。

穿過了兩條六線道的大馬路，我們終於抵達喬瑟夫所謂的「酒吧」，在我看來更像是打烊後的餐館，角落有坐人的一桌看起來也只是員工下班後擠在一桌吃宵夜。喬瑟夫做主點了一瓶名爲「長壽」的酒，乳白色看起來像是可爾必斯，還有一種像是鹹魚乾撕成條狀的下酒菜，吃起來口感像樹皮一樣，但是很耐嚼。

這是我和楊丹搬到監獄小旅店之後第一次跟喬瑟夫坐下來聊天，住的地方不同了，碰面機會很少，在賭場內我們又不打招呼，算一算時間，上回跟喬瑟夫聊天也已經是二個多星期前剛到首爾的時候了。

「我覺得，你真的很小心！」我突然開口。

「啊？」喬瑟夫愣著，沒聽懂我在說什麼。

「我覺得你在賭場裡特別小心，連在賭場外也很小心，這應該就是你可以在職業賭界待很久的祕訣吧！」我解釋著。

「嗯，我是很小心沒錯，這是一定要的呀！」

「我有注意到，你在賭場內不跟任何人說話，看起來獨來獨往。今天也是，連喝酒都要跑到這麼遠的地方來。」

「我跟妳不一樣，我是以此維生，妳是專程想來列黑名單的，哈哈哈。」喬瑟夫說完我們也大聲的笑了起來。

我想要接續剛剛在旅店內未完的話題，關於凱哥及接下來的澳門行程，今晚喬瑟夫開口邀我們一起出來喝酒，或許是想要告訴我們什麼事，也或許只是他閒著沒事，但我當然要把握這機會多探聽一些事。倒是楊丹在旁邊很有興趣的品嘗鹹魚乾絲，小小口的啜飲著韓國米酒，看來眼前他更關心的是吃。

「你剛剛說……你也要去澳門？」我用很輕鬆的語氣聊起。

「喔，對，剛剛說到一半，安，妳認識凱哥嗎？」

「我從未見過他，我對他的認識僅只於楊丹跟我說的一些事。」我轉頭看楊丹，他正用力的嚼著魚乾絲，點了點頭。

「我跟他認識也有二十年了，算是好朋友，他有問起我對妳的看法，我跟他說如果可以讓妳加入也不錯。他似乎對妳是旅遊作家的事特別感興趣呢！」喬瑟夫說。

「我有跟凱哥說妳是旅遊作家，他好像覺得挺有趣的。」楊丹補充。

名為「長壽」的酒，乳白色看起來像是可爾必斯，喝起來像是小米酒。

「我很期待。」我壓抑住內心的興奮，微笑說。其實在我內心已經放起了煙火，大名鼎鼎的凱哥對我的事有興趣，那加入他的團隊機會就提高了。

接下來的聊天我都感覺輕飄飄的，大概是因為韓國的米酒很甜很好喝，一不小心就喝了很多。喬瑟夫說起他幾次在國外賭場遇過的驚險經驗，他什麼地下賭場都去過，但是非法的地下賭場多半也跟一堆當地黑道扯在一起，有一次他算牌大贏一場，正打算換現金走人的時候，地下賭場兩位帶槍的保安把他擋下來，要求他把贏的錢吐出來。他原本以為對方會把他搶到身無分文，沒想到地下賭場老闆只拿了他贏的部分，本金一毛不少的退還給他

就放他走了。

聽著這些很像電影中的情節，我想他不知當過多少部好萊塢賭片的主角了！因為酒精催化讓我暈得很，楊丹扶著我先走回旅店。而喬瑟夫一個人留在店裡，轉頭又叫了一大瓶酒。

◆

隔天清醒之後，喬瑟夫、楊丹和我火速的收拾行李，訂了飛往澳門的機票，準備與凱哥碰面。

齊聚澳門

◇ 5

　　我坐在澳門瑪嘉烈蛋塔的戶外坐位，看著楊丹手上端著蛋塔，氣急敗壞的坐下來。

　　「我看他們真的是生意太好，對客人這麼沒耐心！」楊丹邊說邊皺眉。

　　「哎唷！現在這個時間有位子坐就不錯了！」

　　我拿起手機看了一眼時間。「老師該到了吧？」

　　「妳放心，凱哥肯定準時出現！他個性急得不得了！欸欸欸……」楊丹話還沒說完，就叫了起來。順著他的眼神看去，一位帶著扁帽及黑框眼鏡的華人中年男子，側著身擠進我們對面的小位置。

　　由於聽楊丹和喬瑟夫談論凱哥這麼久，才終於能夠見到凱哥，所以我懷著期待的心情，仔仔細細的觀察這位傳說中的人物。看到他第一眼，會因為那黑框眼鏡及帽子被騙了，以為他是雅痞，但是細看就會發現其他有趣的細節。他有著中年男子的微胖身材，身穿暗色系的格子襯衫，配上黑色的休閒褲。戴著黑粗框眼鏡和格子扁帽，看來是為了遮掩幾個月沒修剪又有點油膩的亂髮。而襯衫袖口微微的陳年污痕，讓我猜測他是單身，衣服都是自己丟洗衣機洗，身邊沒有女人照顧並替他留意這些小細節。

　　若不是早已知道他的鼎鼎大名，實在很難相信這樣不修邊幅的一個人是可以把賭場當提款機的神奇人物，或許這就是所謂賭

場最好的掩護？

「妳就是安，妳好。」凱哥沒等楊丹介紹，就已經很迅速的主動跟我打招呼，操著中國北方腔調每個字都捲舌的普通話，他主動伸出右手，我也禮貌性的伸手一握，每個小動作都看得出來他的個性有多急。短短的半秒鐘，他的指甲邊緣劃過我的手，在我手上留下了一道白白的痕跡。坐在賭桌上玩牌明明不是什麼粗活，沒想到賭神的手竟是這樣粗糙。

「凱哥府上哪裡？」我客氣的問。

「四海為家。這麼說吧，我這半年住在拉斯維加斯的時間多。」凱哥的回答就是標準職業賭徒的答案，好一個四海為家。

「好，妳有背基本策略吧！」凱哥直接進入今天的主題，沒一句廢話。

「有！」我也沒有一句廢話。

「16對10？」

「投降或停牌」

「A7對3？」

「Double或停牌」

「99對7？」

「停牌」

「ok！沒問題！明天就進賭場試試吧。」凱哥火速宣布我通過考試。

「啊？」我還愣在當下，「就這樣？」

「凱哥說可以就可以囉！」楊丹在旁邊非常淡定的表情，顯然相當習慣。

「嗯……」凱哥向後靠坐著，似乎放鬆了點，準備打開話匣子。「從現在開始，妳上桌的費用都由我出，楊丹有告訴妳了嗎？妳來澳門的飛機食宿也是我出，桌上賺的錢可以分紅，額外一個月1,000美金薪水，這樣明白嗎？」

「好。」我盡量平靜的回答，但心裡其實是開心的想尖叫！輸了不用付錢，贏了又可以分紅，光是這個條件，我免費玩這一趟就已經先賺了。

「但是工作時間都要配合團隊，如果有需要工作到半夜，妳可不能吵著要回飯店睡覺。」凱哥叮嚀。

「當然呀，我完全可以配合。」我一邊肯定的點點頭，一邊疑惑著這麼奇怪的叮嚀，肯定是誰曾在工作時嚷著要睡覺，老師才會特別交待這一點。

我就這樣輕鬆的進入凱哥的算牌團隊，合作的細節三言兩語就談定了。我們三人閒聊著，主要是凱哥在主導話題。

「我那個前妻她性冷感，所以我跟他離婚了……」凱哥從他大學追女友的故事開始講，一直講到最近的女友，整段故事長達三十年，女人的故事很多，關於賭的事卻聊得很少。但是對著一個初次見面的女生聊到「前妻性冷感」這個主題，我實在是覺得

尷尬又莫名，直接把耳朵關起來，面無表情的像是沒聽到一樣，希望他快點跳過這一段。我瞄了楊丹一眼，他的表情好像也是第一次聽到凱哥扯這些風花雪月。

「其實，我人生的目標是想要當旅遊作家啦！」凱哥說，「但是我不小心就變成職業賭徒了！妳是旅遊作家，真的是我心中夢幻的工作。」

「很多人才覺得凱哥可以靠賭賺這麼多錢是夢幻工作吧！」我這不是恭維，是事實。

「希望我們之後有機會合作寫書，寫本拉斯維加斯怎麼樣？」凱哥眼睛發亮。

「好呀！有機會，有機會。」我尷尬笑著，不禁覺得凱哥只考三題就輕易讓我加入算牌團隊，是為了以後可以跟我合作出書？還是我想太多？

我和凱哥第一次的談話，對他的印象依舊是一個問號。雖然聽過他的盛名，實際見到面卻是失望多一點點，粗糙的手和不修邊幅的種種細節，實在讓我很難理解。畢竟在賭桌上賺這麼多錢的人，花點小錢將自己包裝一下很容易，或許他就是不在乎這些細節吧！再加上對初見面的我講她與歷任女友的私房故事，實在不太恰當，或許他不是故意的，但我聽著都覺得難為情，只好當作沒聽到。直覺應該跟他保持距離，至少要避免讓他再有機會跟我講這些內容。或許有人會覺得我的這番批評很嚴厲，可是我對

凱哥的第一印象確實是扣了點分數。

「等一下其他人會在新葡京的大廳跟我們碰面，有你們認識的那個喬瑟夫，還有奧爾特——另一位拿過21點世界冠軍的美國佬。還有一位八十歲的老太太，在我團隊很久了，就是楊丹你見過的那個蓉姨。」凱哥說著一邊起身。

「所以，我們是住……？」楊丹問。

「新葡京呀，我剛剛沒說嗎？你們兩個都住至尊樓層，一人一間，含早餐。」凱哥又性子很急的講了一大串，而我跟楊丹交換了一個眼神，住得可真好呀！

從蛋塔店走到新葡京酒店不用兩分鐘，遠看新葡京酒店是個大鳳梨，似乎象徵招財，但其實那一片一片像是鳳梨葉的東西都是風水上穿心劍，那些很在意風水的老賭客總是說：「你從門下走過就死定啦！熟門熟路的人都知道，進新葡京賭場只有一條安全的路，就是從老葡京旁的天橋直接進二樓。」真要說賭場暗藏讓賭客破財的風水故事，可是講十天也講不完。

遠遠的已經看到喬瑟夫正和一位高個子、褐色頭髮的老美在講話。「很好，大家都很準時，都到齊啦！」凱哥說，邊介紹大家認識。

「你好，你好高，你好漂亮。」喬瑟夫一看到老美奧爾特就操著不標準的中文開玩笑，一聽打油詩般沒有邏輯的三句，應該是中文課程的簡單課文吧！

「你好，你好高，你好漂亮。」奧爾特也學著喬瑟夫唸出一樣的句子，我在旁邊忍不住笑出聲了。

「你們是好朋友嗎？」我看喬瑟夫與奧爾特的互動，感覺他們是很熟很熟的朋友。

「我們認識二十年以上囉！」喬瑟夫說。我果然沒猜錯。

趁著凱哥在櫃檯拿房卡，喬瑟夫與奧爾特用英文聊個沒完，一頭銀髮的蓉姨安靜的站在旁邊。我偷偷觀察她，若不是那頭銀髮，其實看不出來她已經八十歲，更何況誰想得到八十歲的老太太不在家休息，跑到賭場來。她穿一身黑，黑外套、運動褲、步鞋，雙手壓在斜背著的包包上，好像裡面有多少錢似的。

「我原本聽說凱哥的新女友也會加入這次團隊，不過看來是沒有出現唷！」楊丹難得八卦起來，在我耳邊小聲的說。

「顯然這兒沒有呀！」我也超小聲的咬起耳朵。

「聽說是最近在拉斯維加斯交的新女友，會從那邊飛過來跟我們一起合作，不過現在看來是吹囉！」楊丹邊說邊笑，一臉看好戲的表情。

「凱哥的感情世界這麼公開呀？」

「當然公開呀，第一次跟妳見面都可以講那麼多莫名奇妙的私事了。」原來楊丹也有注意到凱哥剛剛不三不四的言論。

「他在拉斯維加斯的時候簡直可以說是燃燒生命般的在求偶呀！」楊丹說完自己就笑了。

「你嘴巴真賤！」我雖然一邊罵楊丹，但也忍不住笑出來了。我在想像凱哥甩著一頭油髮跳著鳥類求偶舞的樣子，笑到說不出話來。

「他每天不是上賭桌，就是在跟不同的女人約會。」

「他約會的對象都是哪種類型的女生呀？」我想到凱哥在我心中評價，到底他約會的對象是什麼樣的女子？

「大約四十歲的女人，有的應該是有過婚姻的吧，有的我看連孩子都有。不過凱哥應該也是有在挑的。」

「是他挑女人？還是女人挑他？」我一時沒有聽懂楊丹說的意思。

「『有錢帥十倍』妳聽過沒有？」楊丹說。「他不眠不休的上賭桌和約會，幾乎沒有睡覺，人家是爆肝，他是爆腎，有一天跑去急診室插尿管，急性腎發炎。」我聽了忍不住皺起眉頭。

八卦聊到一半，看著凱哥拿著房卡走回來，我和楊丹連忙閉上嘴。

「大家進房休息一下，晚上我請大家吃個飯，老葡京四樓的潮州菜，算是接風，六點直接餐廳見呀！」凱哥說完就拖著行李往後方的電梯走，果然是一秒都不耽擱的急性子。

♦

「這次拿到的是A、7。」我看著手上的兩張房卡說。

新葡京酒店的房卡很特別，是撲克牌造型設計，黑底襯著黃

字，沒有分花色，一律以新葡京的圓型Logo替代。很多常來新葡京參加紅龍盃或APPT(亞洲太平洋德州撲克大賽)的人都有蒐集的習慣。

「這次我是2、8。」楊丹說。

整個新葡京酒店從外表就可以看出極盡奢華之能事，遠看發光大鳳梨覺得有點俗氣，但是酒店前總是有觀光客拿著相機與大鳳梨合影，看久了我也覺得確實是澳門明顯的地標，比起氣派的威尼斯人酒店，大鳳梨更有記憶度。

酒店大廳更不用說了，天花板金光閃閃的一道銀河，地板也映照出一樣的耀眼光芒。大廳周圍展示著圓明園的古物——馬首，澳門賭王何鴻燊花了台幣近3億從佳士德拍賣會標下來捐贈祖國，放在這兒展示，顯見賭王何鴻燊的澳門首富氣勢。但真正吸引我的不是這些東西，而是大廳櫃檯上的小丑造型燈，這可是被西班牙政府封為「最具才能的年輕西班牙藝術家」Jaime Hayon的馬戲團系列作品，讓我眼睛一亮。這些金色、銀色的小丑坐在華麗的空間真是挺搭配的。

走進極度華麗的電梯，被一片片的方塊鏡包圍，紅色、白色、金色的方塊鏡，抬頭還有一串串的水晶燈。電梯內一對情侶，看似第一次來澳門的觀光客，女孩忍不住拿出手機拍照，男友似乎覺得拍照很丟臉而露出不好意思的表情。

「電梯很漂亮。」我對他們倆笑了一笑。

　　我們住在三十一樓，楊丹就住在我隔壁。走進房間，我感到有種難以相信的幸福感，看著房間內的裝潢擺設，玄關白色大理石地面，紅色皮革玄關椅，往前走幾步是淺褐色地毯，牆上是四十吋大電視，正對King Size的床，白色皮革菱格皮扣的法式古典風格床頭，原木牆面，紅黑相間的皮椅及被套，我跳上床，被彈性適中的床墊和蓬鬆溫暖的棉被包圍。

　　「啊～！怎麼可能！」我大叫了起來。我是上輩子多燒了幾支香，今天可以免費住到這麼好的房間呀！比起之前住威尼斯人酒店的超大房間，新葡京實在是太奢華了！

　　浴室真是不可思議，併排的兩組鏡子及洗手台，整整齊齊的排滿深綠色的愛馬仕的旅行盥洗用品，兩面鏡子中間是面對按摩浴缸的電視。一間超大花灑淋浴間，還有一間附了電視的廁所，是的，又一台電視。整個房間有三台電視，真是挺誇張的。

潮洲夜宴

6

晚餐時間，我和楊丹在老葡京的地下街迷了一下路，才終於找到通往潮洲餐廳的電梯。通常我不太想走這地下街，都是去去妹[註1]的地盤，而且她們總是繞著地下街一圈圈的走，我和楊丹迷了路又總是看到同樣的人擦身而過，真是有種鬼打牆的感覺。

我們是準時六點踏進餐廳，但看來我們已經是最晚到的了，其他人都已經坐定。這是團隊第一次集合，每個人都掛著客氣的笑容，我想這一刻應該不只我在觀察大家，每個人也都在默默觀察。喬瑟夫和奧爾特這對老朋友相鄰而坐，旁邊是凱哥，凱哥旁邊坐著一位約莫四十歲的可愛女人，我悄悄用手肘頂了楊丹一下，這該不會是凱哥說的新女友吧！

她的妝很特別，不是現在流行的樣子，長長一道眼線加強了她的中國味，看起來像是在美國的華人裝扮。

「嗨，妳好，我叫凱蒂。」她看我正看著她，主動開口跟我打了招呼，口音是捲舌的北京腔。

「我從拉斯維加斯飛過來，剛剛才到。」果然！我真的不得不佩服自己的觀察能力，從一道細細的眼線，我就可以看出他是美國來的。

因為楊丹的左手邊就是凱蒂，坐得太近，我不方便在席間跟楊丹討論未完的凱哥感情世界，只能默默的觀察她與凱哥的互動。想到楊丹說「凱哥也是有在挑」，我便想從凱蒂的外表來推

測凱哥對女人的品味。她個子不高，有點肉，但不算胖的身材，身穿粉紅色的上衣，外加一堆叮叮噹噹的配件也全是可愛路線，但她已不是少女的年齡。我覺得凱哥還是撿到了寶，因為這樣的女人再怎麼說都可以找到更好的男人吧！

凱哥從頭到尾就只忙著用台灣腔調的英文跟奧爾特和喬瑟夫聊天，完全沒有關照她。凱哥的英文說得很快，講話之前不用思考，乍聽之下會以為他英文很好，但是仔細聽就發現文法錯誤連連。凱蒂雖然坐在凱哥旁邊，但是凱哥並沒有特別關照或體貼，很難聯想凱哥冒著爆腎的生命危險才追到凱蒂，總之我是一點也觀察不出來。

凱哥突然開心的跟大家介紹起我是旅遊作家的身分，「我打算以後要跟安一起寫拉斯維加斯的書呢！」凱哥開心的說。

「你的夢想終於要實現了嗎？」奧爾特說。

「終於呀！」蓉姨也開口說話了。

我笑著沒說話，原來凱哥想出書的夢想全世界都知道，同時我也更加感覺到凱哥讓我加入團隊，其實一點不在乎我可以幫他算牌賺多少錢，只是因為我旅遊作家的身分，想要跟我合作出書才是真正的目的吧！

楊丹用手肘推我，要我看坐在桌子另一端的蓉姨。

註1 —— 澳門葡京酒店地下街的應召女，常在地下街攔客人，總是以「去不去？」來詢問客人是否上樓開房間，因此稱為去去妹。

「我不喜歡蓉姨,她很煩!我之前在拉斯維加斯合作的時候領教過。」楊丹悄聲說。我只看到蓉姨靜靜的吃著飯,以她八十歲的高齡,我們聊天的內容她全都插不上話。

「她有多煩,妳開始跟她合作就會知道。」楊丹用任性的語氣說。

喬瑟夫看到我看向蓉姨,突然對我說:「蓉姨是個很棒的女人,她的年紀大了,妳要多體貼她。」這簡直是太錯亂了,前一秒鐘與下一秒鐘,就聽到對蓉姨完全不同的兩種評論。

這餐飯我沒說多少話,光是費神觀察同桌的伙伴,還要在臉上掛著兩小時笑容,就讓我覺得大費心力。而且對於凱哥與凱蒂的奇妙關係,還有完全不熟悉的奧爾特及評價兩極的蓉姨,都感到充滿疑問,我只想回到房間,用奢華的沐浴乳泡澡,早點休息。

◆

走回房間的路上,我和楊丹交換著今晚飯局的觀察心得,就某方面來說我們兩個挺合得來,就是因為我們的觀察力都算敏銳,邏輯也都很清晰,可以就細微的事情做深入的討論。

「我很懷疑凱哥和凱蒂真的在一起?」我覺得他們兩人的互動實在不像情侶。

「若他們真的有在一起,那凱蒂賺到了!」楊丹說。

「凱蒂賺到了?」我剛剛才說我跟楊丹很合,但是對於他這個評論我完全不能理解。「拜託!凱蒂雖然不是年輕少女,再怎

麼說也比凱哥年輕，至少也會打扮，配上不修邊幅的凱哥，是誰賺到了？」我用強烈的語氣反駁。

「凱哥有錢呀！妳知道有錢的男人要什麼都買得到嗎？妳知道凱哥去澳門酒店隨便花1萬元要找一個小徐若瑄是肯定沒問題的。」楊丹說。

「我覺得你的價值觀真的是太扭曲了，還是說全部的男人都是這樣以為？你以為只要有錢身價就高，要什麼就有什麼。事實上酒店找來的女人，跟真心交往並相愛的女朋友不一樣。」我氣憤的說。

「我又沒有這樣想，我只是替凱哥講出他的心聲。況且，我也不會這樣做。」楊丹辯解著。

「你少跟我扯這些讓男人召妓合理化的理由，賭徒的錢來得容易就會花在這些地方，這種男人我之前在撲克選手團看多了，但是不管我看再多，也不可能接受。」我說著竟真的氣起來了，我就是受不了這種行為。

回到我們住的樓層，我沒跟楊丹說再見就直接回到自己房間。路上聊的話題讓我氣得不想多說話，另一方面是我也累了。

五分鐘後，我正想抓起衣服去洗澡，房間的門鈴響起。我以為是楊丹想過來叫我別再生氣，於是對著門口大喊：「幹嘛啦！我沒事啦！」

「哈囉，我是奧爾特。」門口傳來中年男子低沉的聲音。我

馬上跑去開門，看到奧爾特站在房門口。

「我可以請妳教我說中文嗎？我來到亞洲，想要學一些基本打招呼的話怎麼說。」奧爾特說。

我驚訝又感到奇怪，都這麼晚了，還來女生房間打擾，而且他是怎麼知道我房間號碼？

「現在嗎？」我問。

「嗯，我回去拿筆記本，等一下過來，我就住在上一層樓。」奧爾特說。

「好吧。」我一時也不知道怎麼拒絕，竟然就答應了。奧爾特很開心的走向電梯。我馬上衝回房間打電話，打到楊丹的房間。

「喂，我跟你說一件奇怪的事，奧爾特剛剛來我房門口，叫我教他說中文，他回去拿筆記本，等一下就要來了，你可以過來我房間嗎？」我一口氣說完。

「好，我過去。」楊丹馬上就出現在我房間裡了，其實也只是從隔壁走過來而已。

當奧爾特再次出現在我房門口，我打開門邀請他進門，楊丹坐在大辦公桌前用筆電玩線上德州撲克。奧爾特看到他在我房內，簡單的打了招呼。

我跟他坐在沙發上，奧爾特分別問了我「你好」、「對不起」、「請」、「謝謝」、「聰明」、「幹得好」之類的詞怎麼說，然後用字母拼音記在筆記本上。我一句、他一句的教他標準

發音，大約十五分鐘後他就道謝離開。

「我覺得他並沒有什麼意圖啦！妳看他不是問完就走了嗎？」楊丹說。

「說不定是因爲你在這，他才這麼快就走。」我說。

我覺得一個男生在晚上冒然的敲女生房門，只爲要求學幾句中文，再怎麼說都很不恰當，中文可以白天的時候學吧！

「好啦！沒事就好，那妳早點休息，我回去了！」楊丹走了。

到澳門的第一天真是發生太多事了，凱蒂之謎和蓉姨之謎都還沒解開，現在又多了一個奧爾特半夜造訪目的之謎。但無論如何我還是很慶幸在我踏進賭場世界的大染缸時，有值得信賴的楊丹在身邊。

◆ 暗號

7

隔日早上十點，算牌團隊全部成員在凱哥房間集合討論暗號。

「看我左手上的籌碼為暗號，我左手拿一顆籌碼，就是代表大玩家下一顆紫的籌碼；我手上拿兩顆，大玩家就下兩顆灰的。」奧爾特主導訂定這次的暗號，正拿著撕成四分之一的舊撲克牌當籌碼解說。

凱哥、凱蒂、喬瑟夫、奧爾特、蓉姨、楊丹和我，總共七個人擠在凱哥房間裡，凱哥和凱蒂坐在床沿，我們其他人坐在沙發上。還好新葡京的房間夠大，房內還有一組沙發可以坐。

凱哥的東西毫無章法的散布在房間的每一吋地上及每一個角落，牆邊的地上是凱哥打開的行李箱，裡面可以看到他亂七八糟的衣服全像梅干菜似的塞成一球，還有幾本武俠小說及旅遊文學的書丟在地上。

旁邊一個粉紅色的超大行李箱顯然是凱蒂的，她幾件色彩繽紛的衣服掛在牆上的勾子上，沿著床頭放著一排她的保養品。看到這些，我就很確定凱蒂真的是住在凱哥房裡了。

「可是我們上次是這樣，拿一顆灰的代表下注兩顆灰的，一、二、三這樣，這次怎麼會是拿兩顆呢？」蓉姨不停的打斷奧爾特，講上一次的暗號與這次暗號的不同，蓉姨講的我們都聽不懂，我真希望她不要再說了，只是把我搞得更混亂而已。

「蓉姨，上次是上次了，這次不一樣，每次都不一樣，妳不要再說了。」凱哥終於受不了蓉姨的碎唸，出言制止。

「妳看吧，我就說蓉姨真的很煩。」楊丹用氣音小小聲的說。

「牌桌熱了，算牌者會站起來打牌，直到大玩家走到桌邊再坐下。停牌，我會把手握拳舉在半空中，摸右耳是要牌。」奧爾特繼續解說，手一邊示範。

「這個動作不會太明顯了嗎？」我忍不住也提出疑問。站起來打牌分明很奇怪，手握拳舉在半空中，這麼明顯的動作難道不會被賭場注意？而且我始終不太明白，電影演的是算牌者算到牌熱了，就雙手在背後交叉，打暗號叫大玩家過來下大注，可不是像現在這樣，每一手牌的動作都要看暗號，這樣豈不是很容易被發現？

「妳放心，其實不會很明顯，等一下我跟妳解釋。」凱哥說。

「我們來練習吧，我沒有做暗號的時候就照基本策略決定，但要隨時注意我的暗號，需要加注，或是特別的調整，我會做剛剛的手勢，你們要隨時注意。現在蓉姨先來吧！」奧爾特說。

趁著蓉姨練習的時間，凱哥跟我解釋這次的合作方式。

「妳知道喬瑟夫和奧爾特都是21點世界冠軍？」凱哥問。

「嗯，大概知道。」我說。

「每年一月二日在拉斯維加斯都有一個BJ Ball，就是所謂的21點世界大賽(Blackjack Ball)，邀請21點職業玩家去比賽。」楊

丹在一旁補充。

「全世界只有一個人拿過兩次世界冠軍，那個人就是喬瑟夫。奧爾特則拿過一次第一名，一次第二名。我在算牌圈二十多年，這是第一次有機會跟兩位世界冠軍合作，所以這次的計畫有讓他們入股。主要的股份是我和張約尼，就是電影中的那位老師。」

「咦？所以這次的算牌團隊，張約尼也有加入？」我很驚訝張約尼也跟這次計畫有關。

「喔，對呀，這次我和張約尼一起出資，一人一半，沒跟妳提過嗎？」

「原來張約尼也是我的金主之一呀！」哇！我在心中驚喜的歡呼，這次算牌團隊不只有兩位世界冠軍，電影中的老師竟然也是我的金主耶！酷斃了！

「喬瑟夫和奧爾特是乾股，贏了我讓他們拿三成，當然，輸了他們要付一成。他們這次會用其他技術來掩護算牌，所以大玩家輕鬆許多，只要看暗號行事。」凱哥說。

「可是暗號這麼明顯，真的不會被發現嗎？」

「賭場的人都不用心，真的。不會被發現，妳相信我。」

顯然這次的任務相當簡單，如果誇張得明顯的暗號沒有被賭場注意的話。只要照基本策略打，注意暗號，看暗號行事，幾乎不需要用腦嘛！基本策略我都已經熟到像是反射動作了。

我回頭看蓉姨練習的情況，她的基本策略也很熟，像是個賭

喬瑟夫及奧爾特拿著撕成四分之一的舊撲克牌當籌碼解說。

場老手。接著輪到楊丹跟奧爾特練習暗號，喬瑟夫在一旁整理牌，把下一手要發的牌都整理好讓奧爾特方便使用，看他整理的速度就可以感覺他的反應、心算都很快，奧爾特就沒有喬瑟夫這麼精明。楊丹的表現也沒問題，只是偶爾出手動作太快，反而沒看到奧爾特的暗號，或是看到暗號的時候已經來不及了。

「你要專心一點。」奧爾特對他說。

接下來輪到我。

我雖然誇口說自己把基本策略背到像反射動作一樣，但是比起楊丹當然還是慢得很，但是我至少沒有漏看任何一次暗號。

當奧爾特對我說：「妳沒什麼問題，再快一點就更好了。」

讓我鬆一口氣。

接著奧爾特看向凱蒂，叫她過去練習。

「她是MIT的。」凱哥突然說。

「好。」奧爾特轉過頭來請蓉姨再做第二輪的練習。我不禁納悶，為什麼凱哥一句話，凱蒂就不用練習了？而且他說的MIT是什麼？

「原來他是MIT的呀！」楊丹跟我咬耳朵。

「MIT是……？」

「MIT就是電影上演的呀，麻省理工學院的團隊，簡單說，她是張約尼團隊過來的人。金字招牌，不用考試！」楊丹說。

奧爾特看到我們在旁邊聊天，笑著揮手叫我過去再練一次，這次我的速度快多了。

「妳對算牌的概念有多少？」楊丹趁著空檔跟我解釋算牌的邏輯。

「一條牌有六副，牌值是方便計算已經發出來的牌是大牌多還是小牌多，如果發出來的小牌多，牌值就會變大，那就表示牌盒內剩下的大牌多，那就表示桌子熱了，表示可以下大注了。」我說。

「唷，沒想到妳這麼有概念，我上次應該只有跟妳講『牌值』，沒講這麼多吧！」楊丹很驚訝。

「因為我有看電影嘛！」我笑著。

「電影演得很快，妳還看得懂，真不簡單。」

「因為我看了十遍呀！」

「十遍！」楊丹驚訝。

「當然還是有查一下網路上寫的資料啦！」我說。

「不過這次有兩位世界冠軍跟我們一起合作，我們不用算牌，只要會看暗號就好，下多少注都由他們決定。」

「嗯，我知道。」

御匾會

「下午我們前往算牌的地點——御匾會。」凱哥宣布。

御匾會在威尼斯人酒店裡，不同於一般的賭場，是特別的VIP區。在澳門每個酒店幾乎都有專屬賭場，只是有的大、有的小。賭場是由賭場集團經營，跟酒店合作，在澳門最有名的幾個大賭場就是威尼斯人酒店裡的金沙賭場、美高梅酒店、永利酒店、星際酒店，還有澳門本土的葡京及新葡京酒店。

只要妳走進賭場看過，就會發現有一些區域人特別少，地板也比較高一點，有的會用金色欄杆圍起來，那就是賭場內的VIP區。通常VIP區每一桌的最小下注額都比較高，因此，玩的人自然少一點。

再高一級的就是賭場內的VIP廳，通常都在不同樓層，有單獨的十幾個房間，每個房間裡面只擺十張以內的桌子，比起賭場大廳上百張桌海，VIP廳當然是獨立安靜的空間，很多藝人、名人都是在這種地方賭，不跟一般老百姓一起在賭場大廳拋頭露臉。

「御匾會」是金沙集團VIP區的名稱，全澳門最大，擁有最多間的VIP廳，分別以中國各省分的名稱命名，到底有多少間我也搞不清楚。2010年我擔任德州撲克選手團隨團記者時，在澳門住了一個月，當時曾隨著一位賭場認識的富二代進去一次。

◆

「這是要憑臉進去的地方。」當時他是這樣跟我說的。經過

威尼斯人酒店手扶梯旁一個不起眼的入口，高高的門上方懸著小小的一片招牌「Paiza Club御區會」，門口站著一位男侍，富二代向他點了個頭就走進去了，我跟在他旁邊也很順利的走進這個深不可測的迷宮之中。

前方是寬大約三公尺，長三十公尺的一道長廊，兩邊是威尼斯人酒店內一貫的粉色系古典造型拱門，拱門緊閉著，不知道通往哪裡，牆上掛著一整排的歐式古典雕花壁燈。長廊底又掛了另一片招牌「Paiza Club Dining御區會餐廳」，走到底左轉就進入了一個燈光昏黃、很有情調，酒吧一般的地方。酒吧空間向四方延伸出好幾條長廊，我急著跟上富二代的步伐，沒時間細看這個空間，就轉入其中一條長廊。

長廊兩側是一扇接著一扇的拱門，門前放著立牌，寫著「福建會」、「廈門會」之類的名稱。朝裡面探頭一看，一個廳約是二、三十坪大小，每間廳大小不一，裡面放著約十張賭桌。看來每一間都是獨立單位，像是社團來這裡租場地搞個社團專屬賭場的樣子。

長廊還沒走完，富二代左轉進入其中一間廳，我跟著他左轉進小廳之前，看了一眼長廊底端，實在無法判斷後面還有多少廳，而轉過頭來我已經進到人聲鼎沸的空間裡。

一進門，就看到左手邊一道小吧檯，檯前穿套裝的一男一女背對我們靠著吧檯休息。左前方是只有三個窗口的小型出納櫃

檯，雖然只有三個窗口，但還是少不了裝飾繁複華麗的鐵欄杆。

右邊有兩組高級皮沙發，我挑了張長椅坐下來，等著富二代去換小廳內專用的籌碼，而眼前就是十張百家樂桌子，大部分桌子上都坐著兩三個人，只有兩張桌空著，發牌員將兩手掌朝上放在桌沿，表情無聊的等著哪個客人來下注。

「這邊的匯率可真貴，一比八，賺得快，輸得更快！」富二代說。

賭徒就是這回事，嘴上嚷著貴，但手還是要賭。他揚起手上的那顆籌碼告訴我，這一顆抵80萬，驚得我馬上拿出相機偷拍了一張照片。

坐上賭桌馬上有吃有喝，剛剛靠在吧檯前休息的一男一女馬上迎到桌邊，詢問富二代要抽什麼菸。待他們一離開，富二代馬上跟我解釋：「貴賓廳裡的這些高級服務員，幾乎可以用『有求必應』來形容，哪怕你要坐在桌前吃麻辣鍋，他們大概也有本事在賭桌旁幫你起一盆火。要什麼品牌的菸、什麼特殊的飲料，他們都弄得到，當然服務小費肯定不便宜。」聽完富二代的解釋，我就知道一件事，無論如何不要開口跟他們要求任何東西，以免把自己賣了都不夠付小費。

◆

由於以前的經驗，我對於算牌團隊要在御匾會裡進行算牌任務覺得相當不可思議。第一、這是要憑臉進場的地方，算牌團隊

的人怎麼進得去就是個問題。一般來說御匾會員當然可以帶朋友進去，但是算牌團隊的人互相都要假裝不認識，總不可能一批人團進團出吧！

第二、我聽說整個澳門都已經換成自動洗牌機了，每一手牌發完就放回去重新洗一次，完全無法算牌。就連美高梅酒店僅存的兩張高籌碼桌，都在楊丹上回算牌被列黑名單之後撤桌。御匾會中難道有21點的桌子？

「御匾會裡有傳統發牌盒的21點桌子？」我小聲問楊丹。

「凱哥說有就是有囉！聽說是他以前徒弟給他的消息。」楊丹說。

「現在，你們拿到的是每個人上桌用的錢，還有你們的御匾會卡。」凱哥邊說，我就看到蓉姨從隨身包包中拿出一個個信封，發給每個人。

原來蓉姨是凱哥的財務大臣呀！那蓉姨與凱哥的關係肯定是相當密切，凱哥才會將錢都交給蓉姨保管，我一想到楊丹居然說他討厭蓉姨，不禁覺得他在這一點真是太不聰明了，凱哥是我們的金主，跟凱哥的心腹作對肯定沒什麼好結果。

「每個人拿到信封，請現場把錢點清楚，金額都已經寫在信封袋上了。」凱哥說。

我探頭看了楊丹，他拿到15萬港幣，我心算了一下……這不是台幣50多萬嘛！我趕快看著自己的信封，我是1萬歐元，也差

不多是50萬台幣。大家紛紛開始飛快數著鈔票，奧爾特和凱蒂拿的是美金，蓉姨自己拿的是加幣，喬瑟夫和我一樣拿歐元。

「每天下賭桌一小時內把帳結清，跟蓉姨報帳。現在拿御區會的卡，把自己名字記清楚。」

我拿到一張燙著銀色夏洛蒂・揚(Charlotte Young)的卡片，這就是我的假名了，很英國味的名字，「揚」是英國姓氏，卻又帶點華人味道，但至少聽起來不討厭。

楊丹的卡片上印著「Andy Lau Kin Wai」。

「『撈』是哪門子的姓呀？而且前面還加一個Andy，中英文合在一起的怪名字！」楊丹皺著眉研究卡片上的名字，顯然很不滿意。我一把搶過卡片來看。

「是『劉』呀，粵語發音。你叫劉建偉啦，這是香港的菜市場名呢！我一個香港朋友就叫這名字。英國殖民時期出生的香港人，絕大多數都有英文名，也都會把英文名跟中文名並列，就成這樣了。」我哈哈的笑起來。「配你的港幣剛剛好，凱哥取名好用心呀！你是Andy Lau，跟劉德華一樣耶！」我故意補上兩句，看楊丹吹鬍子瞪眼睛的，我就覺得好笑。

「你們不要鬧了，我幫你們取名字有想過的，我看楊丹英文不太好，粵語倒是會一點，你就當香港人。」凱哥說。

「那凱哥是要我當英國妹嗎？」我繼續和楊丹打鬧著。

「安，妳英國腔給我學得像一點。」凱哥投過來一個很有殺

氣的眼神，我跟楊丹憋著笑裝正經，不敢再打鬧。

我沒想到凱哥已經幫每個人都弄到了假身分，說不定連我們的照片都已經貼到御區會的會員名冊上了呢！看來凱哥的神通廣大超越我的想像。

接下來凱哥又說明了每個人進場的時間和地點，每人進御區會的時間相差十分鐘，分別由三個不同的出入口，喬瑟夫和我是從三樓手扶梯旁進入，奧爾特和蓉姨分別搭計程車從御區會專用車道進入。凱蒂和楊丹四小時之後來接我和蓉姨的班。我們都會走向同一個目的地——廣州會廳。

「再說一次，No hello is hello in casino.[註1] 在賭場裡面你們不准有眼神交會，同桌的時候只能看手勢，不能看對方眼睛。你們完全不認識對方，在賭場範圍內都不准交談。不准用手機傳簡訊，賭場的天眼看得到你們手機螢幕上的每一個字。需要聯絡溝通時打暗號到御區會外的廁所，但我認為你們應該沒有什麼事需要去廁所溝通的。最後，牌桌熱了的暗號出現，大玩家請優雅的上桌，不要很明顯的衝過去，記得坐在六號位置。」凱哥一口氣說完了所有的規定。

我的電影人生真的要開始了。

註1 ——— 意指賭場內不能打招呼。

喬瑟夫的怒氣

我在威尼斯人的賭場，靠近門口的百家樂桌邊圍觀，其實我的心思是賭場門外，對面的御匾會大門。從我的角度可以看到喬瑟夫在十分鐘以前，穿著合身又優雅的西裝，紮著銀色的小馬尾，快速的從門房前面通過了。看來我們的假身分沒問題，確實可以憑臉進場。

我拿出手機瞄了一眼時間，兩點十五分，輪我進場了。我穿著黑色皮外套、大耳環、鑲著卯釘的踝靴，煙燻妝，直直的朝向御匾會的門走去。當門房看著我的時候，我也直直的看著他，面露微笑。

「Good afternoon.」他說。

「Good afternoon.」我用英國腔回應。顯然我成功了，外表的裝扮讓他決定用英文跟我打招呼。但我懷疑只要每一個充滿自信要走進去的人，應該都不會被攔阻，因為他根本沒有要我確認身分。

才剛這麼一想，我轉頭就看到一位珠光寶氣的太太被攔在門外。

走過長走廊，穿過酒吧，又問過一位服務員之後，我終於找到廣州會。我努力讓自己看起來熟門熟路的樣子，不要探頭探腦，腳步要堅定。一走進廣州會，我馬上在沙發區坐下來，拿出手機假裝撥了通電話，其實趁這時間仔細觀察房間內的情況。

這個廳比我上回跟富二代在御匾會待過的廳大多了，除了十

張百家樂桌，旁邊還多了一小區的吃角子老虎機，一張輪盤桌，在最裡面有四張21點的桌子，用的是傳統發牌盒，喬瑟夫與奧爾特各據一張，那邊也擺了一套沙發，蓉姨坐在那兒喝熱茶，顯然也是在等上桌的暗號。

我走到出納櫃檯前換籌碼，1萬歐元只換到一顆橘色籌碼。跟外面一般賭客使用的籌碼不一樣，御區會專用的籌碼上有「御區」圖樣，籌碼上還有流水編號。數字一後面跟著五個零，從港幣換算回來，這就是台幣50萬了。我心裡思索著，凱哥本事還真不小，富二代進來匯率都拿到一比八，凱哥可以拿到一比五，肯定很有人脈[註1]。

換完籌碼，我在百家樂桌子前繞了一會兒，又在輪盤桌旁晃了一下，走到21點桌子旁又站了幾分鐘，終於看到喬瑟夫站起身來──這是桌子熱了的暗號。待我坐上桌，喬瑟夫晃到吧檯去要了杯紅酒，掩飾剛剛起身的動作。

「打散。」我一邊說，同時把唯一的那顆籌碼丟上桌，讓發牌員換成零的。

喬瑟夫坐在第一個位置，我注意到他每把牌都下最小注。我也先下最小注熱身，沒有暗號的時候就照基本策略打。

接著我看到喬瑟夫的暗號了！

註1 ── 有人進御區會是用別人的會員，上面的人還要抽1%水錢，所以被抽了幾層下來匯率相對就變高了。

他玩弄著兩顆籌碼，於是我把兩顆灰色籌碼放進前面的框框裡，發下一張9，一張A。

早上練習暗號的時候都只有講籌碼顏色，沒有講面額，我這時仔細算了一下，一顆灰籌碼是1千港幣，兩顆灰籌碼相當於台幣1萬元。

19點，桌子很熱，都是大牌，19點對莊家多少都停牌，我在牌的上方揮了揮手。

莊家是一張圖[註2]，接著發了一張3點，13點，再補了一張9，22點，爆了。

我笑瞇瞇的把桌上的籌碼收回來，喬瑟夫果然厲害。我發現收回來的籌碼和原本下注用的籌碼雖然上面的面額相同，但是花色不同。

接著暗號還是兩顆灰色籌碼，我拿到9和Q，又是美好的19點。莊家是一張A。我瞄了一下喬瑟夫的手，沒有保險的暗號，於是我搖搖頭不保險。接著莊家翻出了6點，17點，不補牌，我又贏了。

我趁著收籌碼的時候抬眼瞄了一下，喬瑟夫手上還是兩顆籌碼，我繼續下。

8和K，18點，揮手停牌。現在的牌真是熱到不行，張張都是大牌。

莊家又是A，我和喬瑟夫依舊不保險，莊家翻出了一張A。

御匾會專用的籌碼上有「御匾」圖樣，籌碼上還有流水編號。

我楞了一下，這該算是12點，接著補了一張3，15點，此時我拍著桌面叫著「Picture！」

莊家補了一張J，爆得好！

「謝謝你。」我甜滋滋的對著發牌員說。

我的桌前漸漸累積了一堆下注用的籌碼，和另一堆不同花色贏來的籌碼。一位服務員走到我身邊說：「跑碼？」

「啊？」我沒聽懂他說什麼。

「跑個碼？」服務員以為我沒聽清楚，用手指了一下贏回來

註2 —— 圖片的牌，指的是J、Q、K，在21點遊戲中代表10點。

的那堆籌碼。

我其實還是聽不懂什麼跑碼，但是微笑應該是最好的答案，所以我不置可否的看著他微笑，他伸手將我桌上的籌碼拿起來。

「會員卡。」他手比劃著卡片的大小。

接著把我贏來的那些籌碼連同會員卡一起拿去了出納櫃檯，我眼睛盯著他，不久後他把贏來的籌碼換成了可以下注的籌碼送回我面前。原來在貴賓廳裡是用這種方式來確認賭客到底輸贏多少。

在喬瑟夫的指導下，我一出手就賺錢，像吃了一顆定心丸，接下來的牌打得很順手，照著喬瑟夫的暗號做事很簡單，我非常信任他。只要賭場經理靠過來桌邊，他就會拿起紅酒喝一口，這是掩飾自己算牌的好方法。但中間發生了個小插曲。

當時喬瑟夫拿到一對5，莊家是9，喬瑟夫把另一顆籌碼擺上去，緊貼著原本的籌碼。這是Double^{註3}的籌碼擺放方式。

「分牌？」發牌員問。

喬瑟夫不回話。

其實每當有對子的時候，大家心中想到的總是要不要分牌的問題，但是在基本策略算出來的表格告訴我們，55對上莊家2到9時要Double。我想發牌員應該不懂什麼基本策略，所以看到喬瑟夫又拿出一顆籌碼，很自然的要跟他確認是不是要分牌。

「分牌？」看喬瑟夫不回話，發牌員又問了一次。

　　喬瑟夫還是不回話，眼睛直直的盯著發牌員，我在旁邊看著都冒冷汗了。這是我們第一次執行算牌任務，喬瑟夫這是在幹什麼？就說一句Double就好了嘛！

　　「Double.」喬瑟夫終於從齒縫中吐出這個字。

　　兩手牌之後，喬瑟夫拿到了11點對上莊家4點，這手牌該要Double，喬瑟夫把籌碼推上前，卻沒有靠緊原本的籌碼。

　　發牌員伸手將兩個籌碼緊靠在一起，問：「Double？」

　　「分牌。」喬瑟夫冷冷的說。

　　發牌員愣住了，由6跟5組成的11點哪能夠分牌呀？我發現喬瑟夫是存心跟發牌員槓上了，才故意做出不可能的指令。

　　「這……不能分牌。」發牌員說。

　　「我最討厭發牌員不停的問我要分牌還是Double，」喬瑟夫突然大聲的說，「籌碼怎麼放是國際標準的規定，靠在一起就是Double，分開放就是分牌，不要再一直問我了！」

　　我很驚訝，喬瑟夫竟然對於這件小事有這麼大的火氣，而且還是在我們執行算牌任務的時候，我懷疑他是喝多了嗎？但是他給的暗號一直很明確，沒有任何問題，也一直讓我贏錢。

　　直到凱蒂和楊丹的身影出現在廣州會廳，喬瑟夫做了撤退的暗號，我離開時大約賺了5萬多港幣。

註3 —— 加倍下注，也稱「賭倍」。

♦ 蓉姨的耳語
10

晚上十點，蓉姨來敲我的房門。

「咦？是帳有什麼問題嗎？」我很驚訝蓉姨出現在我的房門口，直覺以為是帳出了問題，除此之外我想不出來蓉姨有什麼事需要找我。

「我們進去說吧！」蓉姨逕自走進我的房間，在沙發上坐了下來。我開冰箱拿出一瓶蘋果汁，蓉姨揮了手表示不喝。

「是這樣的，剛剛楊丹和凱蒂都回來報帳了，我結完帳就去敲凱哥房門，發現喬瑟夫和奧爾特也在凱哥房裡，正在生氣的告狀呢！」蓉姨說。

「是……告我的狀？我今天有出錯嗎？」我整個人都僵住了，腦中飛快回想今天牌桌上的情況。

「不是妳，是楊丹和凱蒂。」

吼！蓉姨妳是想嚇死我嗎？但是我不動聲色的往下聽。

「喬瑟夫很生氣，說楊丹都沒有看到他的暗號，不知道在想什麼。」

我不太相信會有這種情況，因為楊丹一向小心謹慎。

「那凱蒂怎麼了？」

「凱蒂是MIT來的，妳知道吧！她自己也會算牌，所以牌值一點點高的時候，他看奧爾特沒有打出加注的暗號，她就自己小小的翻了三倍注，她說她在拉斯維加斯都是這樣打。可是奧爾

特很生氣，他說凱蒂今天扮演的是大玩家，就不應該自己做主加注，更何況那兩個老外要承擔輸贏。」

「那凱蒂有多輸錢嗎？」

「她加注那幾把都是贏的，但是整個晚上她跟奧爾特的成績是輸的，輸了8萬港幣，把我和妳今晚贏的都輸回去了。」蓉姨說。

蓉姨突然朝我坐近了一點，怕是有誰在偷聽般的一臉神祕，事實上我們兩個人在我空盪的大房間，說話多大聲都不可能有人聽。

「我跟妳說呀，妳如果想要在算牌圈子混，就跟楊丹保持距離。凱哥不喜歡楊丹，原本這次就不要用他了，是因爲凱哥想認識妳，所以這次讓楊丹加入。他這個人太自我，前幾個月我們在拉斯維加斯合作，他說要睡覺就睡覺……」

蓉姨講到這，我突然想到凱哥在第一次碰面談合作細節時，就特別叮嚀：「該工作的時候不能跑去睡覺喔！」原來是在講楊丹呀！

「我都八十歲了，每次要配合他的作息，都搞到我整晚不能睡。我看妳很聰明，凱哥說妳是寫旅遊書的，妳以後跟凱哥長期合作一定不錯。凱哥對人很好，對伙伴很大方，妳跟在我們身邊好好學……」

我聽著蓉姨絮絮叨叨的說了一堆，反正大意就是叫我和楊丹保持距離。半個多小時蓉姨才終於覺得累了，回房休息。

♦

我卻還沒有睡意，於是上網查了一下BJ Ball 21點世界大賽

的資料，搜尋了老半天終於找到一個賭博的幽默大師馬克斯·魯賓的網頁，上面列出了自1997年以來的21點世界冠軍名單，名單上很多都是假名或曜稱，像是「霍比特人」、「MIT泰德」、「幸運先生」這類的名字，每個名字後面寫了一段文字描述此人的身分背景。其中「葛羅斯金」拿過三次冠軍，「霍比特人」拿過兩次冠軍，而其中當然沒有「喬瑟夫」及「奧爾特」這兩個名字。團隊伙伴告訴我的事，和我在網路上查到的內容兜不上，算牌圈裡的事總是這樣，好像總分不清什麼是真相。

這時我的門鈴又響了，是楊丹。

「來得正好，你來看一下這個。」我把網頁秀給楊丹看，楊丹顯然也未曾看過這網頁，很認真的閱讀起來。

「我在歷年的冠軍名單中完全沒看到喬瑟夫和奧爾特的名字。」我說。

「我想也是這樣，因為凱哥說過，他們都改過名字好幾次，也都擁有好幾國的假護照，每本護照上的名字都不一樣，誰知道他們之前叫什麼名字呢？」楊丹說。

「是呀，看背景描述也猜不出來，我們跟喬瑟夫和奧爾特真是太不熟了，只有工作上合作，沒聊過私事。」我說。「網頁中還描述了BJ Ball的參賽門票，每位收到邀請函的職業玩家，要帶著一瓶冰過的高檔香檳作為入場的門票。」

「帶高檔酒當門票的事情我好像聽凱哥說過。」

「等等，這個人說BJ Ball是由他主辦的耶！」楊丹語氣中透露出疑惑。

「真的假的？查一下他的背景。」我把電腦轉過來，開始在搜尋列鍵入「馬克斯‧魯賓」的名字，跳出來的一些資料顯示，他是一位寫賭場相關文章的作家。

「我開始有點懷疑這個網頁資料的真實性了。」楊丹說。「因為真正的算牌客都很低調，他在這邊第一行寫著『BJ Ball是個你或許聽過，但只有內行人才懂門道的21點職業玩家聚會』……嗯，我覺得他做這個網頁太高調了，不是真正算牌客的作風。」

「我也覺得真實性有點可疑，就算他真的參與這麼多職業玩家的活動，寫出來的時候也會改編，所以網頁上的資料肯定不完全真實。凱哥也要求我，現在發表在網路專欄的每一篇文章，都要先讓他看過才能發布，有一些現在正發生的事不能寫出來，不然我會被職業玩家追殺。」我說。

「凱哥這樣要求妳真是有點好笑，他就常在他自己的部落格寫算牌團隊的事，祕密不用等妳洩露，他自己都已經昭告天下了，他也還沒被追殺呀，只是確實有些玩家都在背後罵他吧！」楊丹說。

我突然想起剛剛蓉姨跟我說的話，對照眼前楊丹的態度，我覺得大家表面上是同一個團隊，但背地裡卻是暗潮洶湧。楊丹和

蓉姨互相看對方不順眼，而凱哥和蓉姨的關係顯然是堅不可破，
剛剛蓉姨跑到我房間的一番勸說，到底是蓉姨自己的意思，還是
凱哥叫蓉姨來說的？最初我只是想要實現「列賭場黑名單」的願
望而加入算牌團隊，沒想到才第一天就見識了這群人互相猜忌的
劇碼。

「對了，聽說你今天跟喬瑟夫的配合出了問題。」我問楊丹。

「有嗎？我覺得很順呀！」

「我聽說喬瑟夫說你沒看到他的暗號，你是不是漏看了？」

「我完全不知道，我覺得今天算牌真的很順呀！」楊丹很肯
定的說。「而且我們很早就收工了，並沒有算到四小時，喬瑟夫
就打暗號撤退。」

「喔，好吧，我只是提醒你一下，明天上賭場前要開會，看
凱哥有沒有提出來吧！」我結束這話題。

職業賭徒的感情世界

　　早上九點接到凱哥的電話：「要不要一起去樓上吃早餐？」

　　當我走進樓上的商務房專屬餐廳，發現只有凱哥一個人坐在那兒，小小驚訝一下。

　　「其他人還沒到呀？」我問。

　　「我只有約妳呀！」凱哥說。

　　「凱蒂還沒起床呀？」

　　「凱蒂？我不知道。她已經搬到另一間房了，她嫌我打呼太大聲。」

　　「喔？所以……」

　　「分手啦！房事不合還有什麼好談的，就當工作伙伴吧！」凱哥又再次提起床上的事，我實在覺得尷尬，所以完全不想回應他，低著頭默默抹著吐司上的奶油。

　　「凱蒂這個人本來就不優！我三個月前在拉斯維加斯認識她，她是MIT團隊的人，我當時就已經跟張約尼規畫了這次的算牌計畫，所以我邀請她一起加入。」

　　「所以，老師是想追她？還是單純想找她加入團隊一起合作？」

　　「妳有看過我的部落格文章嗎？我寫過一篇〈職業賭徒的感情世界〉，就是在談我們的感情觀。職業賭徒們在賭桌上久了，對於感情的作法跟一般人不同，我們輕易的就可以All in[註1]，當然也可以很輕易的蓋牌。」凱哥說。

「通常我對女人說：『跟我一起算牌旅行吧！』這只是代表一個普通的招呼，像我這樣成功的職業賭徒，什麼不多，錢很多，凱蒂這人真是往自己臉上貼金，居然認為我邀請她加入這次亞洲團隊是在追求她。」

「她當時擺出很難追求的高姿態，還問我一起旅行的旅費都由我出嗎？妳看看，男人只要一有錢，就難免遇到為錢而來的女人。我答應了她支付旅費，她又再跟我要求逛街買東西的錢也要我出，妳看這像話嗎？他說是我喜歡她，自己要追求她。我喜歡她什麼？她是離過婚又生過孩子的女人，我哪有喜歡她什麼，問她要不要加入團隊只是職業賭徒打個招呼而已。」

凱哥講得口沫橫飛，我一方面驚訝疑惑：凱蒂是這樣的人嗎？另一方面覺得凱哥也太沒口德了，睡過了才把人家嫌得一無是處，就算凱蒂真的為錢而來，凱哥讓她住進房間，不就是一個願打，一個願挨嗎？而且，這些事情實在是不用告訴我。

我火速吃完了早餐，假裝隱形眼鏡弄痛眼睛，就先回房間了，留凱哥一個人慢慢吃。心中下定決心，之後一定要盡可能避免與凱哥獨處，他講話的內容總是讓我感覺不太舒服。

◆

十一點我等到楊丹來叫我，才一起去凱哥房間開會。果然一進到房間，就看到凱哥板著臉，與早餐時大聊感情故事的時候完全不同。

「楊丹，你知道你昨天出了多少錯嗎？」凱哥劈頭就拿楊丹開刀了。

因為喬瑟夫沒來，接下來凱哥拿著喬瑟夫列的清單，一筆一筆的念出來，哪一手牌的時候漏了什麼暗號。

「你在第二次出錯的時候，喬瑟夫就已經很生氣了，所以他打算要提前結束昨天的任務，如果連暗號都會漏看，那到底怎麼進行算牌任務呢？可是當他打了撤退的暗號，你竟然也沒有看到，他只好很無奈的繼續下去。」凱哥唸到這，我都忍不住想笑了，昨晚到底是怎樣的一個混亂場面呀？

楊丹倒是面無表情的聽著，看不出任何情緒。

「安，妳的基本策略還是要再打快一點，每天晚上都要練習至少兩小時。還有，喬瑟夫說妳的裝扮很好。」

「謝謝。」我淡淡的說。

「我倒是覺得楊丹的打扮應該改一改，太像高中生。」凱蒂在這時候對楊丹補了一槍，蓉姨竟也在旁邊一個勁兒的點頭。我想她們應該是看不慣楊丹的文青風格粗框眼鏡吧！

「我還沒檢討到妳呢！」凱哥接著把凱蒂訓了一頓，說她的MIT資歷跟兩位世界冠軍比起來根本算不上什麼，不應該自做主張加注，更何況她只是擔任大玩家，不用承擔輸贏的人就該乖乖

___
註1 —— 全部籌碼都下注，意指不計一切代價賭一把。

看暗號行事。

　　最後又交待了三個新的暗號，分配了下午的工作時間，才終於散會。

　　「我怎麼覺得，大玩家並不是最厲害的。」走回房間的路上我問楊丹。

　　「本來就不是呀，大玩家是最容易被取代的，只要看暗號行事而已，基本策略也是最容易訓練的部分。」

　　「可是電影上的大玩家很厲害，是要最聰明的人才能擔任，不是嗎？」

　　「電影中演的合作模式是大玩家要接手自己算牌值，跟我們這次合作不一樣。我們有兩位世界冠軍，算牌的工作就交給他們，大玩家看暗號行事是目前最好的合作方式。當然，工作分配會影響分紅比例，責任越重，拿的錢就越多。」楊丹解釋。

　　「所以我們這次擔任大玩家很輕鬆，錢就分得少囉？」

　　「我們拿一個月3萬，簡直是算牌界的廉價勞工，傳出去會被笑死吧！」楊丹說。

　　「其實，我的目的本來就不是錢，有機會可以加入團隊就已經很幸運了。」

　　「妳沒有想要一輩子走這行，當然這樣說。我也是先有個機會合作，等到凱哥不能沒有我的時候，分紅的價錢自然有得談。或者是我在賭場把握機會認識一些金主，未來也有合作機會。之

前在拉斯維加斯就有跟兩位金主保持聯絡。」楊丹說。

　　顯然大家都各自有各自的打算，凱哥因為我是旅遊作家而用我，其實應該是想藉我的專長幫助他出旅遊書；凱哥用楊丹是因為要認識我；楊丹想要的是長期走這條路；而我，在幾次跟凱哥聊天的過程後，我根本不想要跟凱哥合作出書，我只想自己寫下這些故事。

算牌是技術，追蹤是藝術

第二次執行算牌任務，我還是跟喬瑟夫一組，我很高興，因為以昨天的戰績來看，喬瑟夫贏錢，而奧爾特輸錢。

「算牌的技術當然還是有差。」凱哥這樣說。

「所以他們會的技術不一樣嗎？」我問。

「奧爾特會切牌和算牌，喬瑟夫除了這兩個技術之外，最重要的是他還會洗牌追蹤，當然賺錢機會更大。」凱哥說。

「洗牌追蹤這個技術簡單來說，就是在發牌員手洗牌的時候，追蹤剛剛的牌被洗到一疊牌的哪裡，在下一條牌開始之前把大牌切到前面來打，第一手牌就下大注，這個技術可以有效的讓賭場混淆。」

「因為一般賭場判定算牌客的重點在於跳注和牌值高的時候下大注，當然，賭場的保安部門有會算牌的人透過天眼算牌，來判定桌上的賭客是否在牌值高的時候下大注。一條牌最開始的時候牌值是零，所以算牌客總是要算到中段以後牌值變高才有可能下大注。如果第一手牌就下大注，從賭場的理解來看，當然不可能是算牌。」

凱哥解釋這麼多，我雖然有點概念，但也只能用想像，真希望我能親眼看到喬瑟夫表演這一招。

◆

晚上七點我走進廣東會的時候，門口的服務員對我說了聲：

「晚安，揚小姐。」

這把我嚇了一跳！才來過一次，他們就記得我的名字和長相，看來在這裡若是被列黑名單，這輩子都休想再走進來。

我直直的走向21點的桌子，喬瑟夫早在我走進門的時候就做出上桌的暗號。但我坐下的時候發牌員手上已經發出一張黑卡[註1]，這是這條牌的最後一手了。通常不會在這時間上桌呀！我心想著。

接下來幾分鐘是發牌員點籌碼和洗牌的時間，這桌的發牌員是一位臉很臭的中年男子，讓我不禁懷念起首爾長相漂亮、手也漂亮的發牌員，澳門不論哪一家賭場大約都是這個路線，不太注重發牌員外表及服務態度，實在是和韓國賭場差多了！

喬瑟夫一手撐著下巴，另一手玩著籌碼，等待這幾分鐘。突然，我發現到喬瑟夫玩籌碼的手停了，眼睛突然變得有神，似乎很專心的看著發牌員手中正在洗的牌。啊！他該不會正在「追蹤」吧！

發牌員左左右右把牌堆過來、疊過去，大約三回之後，終於把牌放倒，準備進行切牌。喬瑟夫也在很關鍵的時刻把眼神轉開，伸了個懶腰，然後露出迷人的微笑。

「切牌？」發牌員把黑卡遞向我。

註1 —— 賭場為了防堵算牌客，所以一條牌不會發完，最後一副牌不發，在前面切入一張黑卡，當牌盒中發出黑卡，就是這條牌的最後一手，這手牌結束就進行洗牌。

　　我搖搖頭，右手對喬瑟夫做出一個邀請的手勢。

　　「啊，那就我來吧！」他微微的站起身，魅力十足的接過發牌員手中的黑卡，俐落又隨性的切在六副牌中。

　　我看不出他切牌的時候有特別的動作，但緊接著我就看到他拿起了兩顆巧克力色的籌碼。

　　兩顆巧克力色的籌碼，這是我下過最大的注，一顆就是台幣50萬元，同時下兩門就代表我把100萬台幣押在賭桌上了。我覺得自己的心跳簡直要停止了，腦中一直反覆確認自己看到的暗號，再檢查一下手上的籌碼，大約在腦子裡確認過十次無誤之後，我的右手終於緩緩的把兩顆巧克力色籌碼推進眼前的兩個格子中。

　　發牌員俐落的發下一張A，再一張A，我的眼睛跟著發牌員的手，看到莊家拿到一張8，然後喬瑟夫再拿一張牌，輪到我了，我拍著桌子喊：「Monkey！Monkey！」來了一張K，又來一張A，我簡直藏不住笑容了！

　　一手牌是Blackjack，發牌員馬上把一疊籌碼推到我眼前結束這一門[註2]。接著用手勢問我下一門的動作。「AA全分」我腦中默念了基本策略的口訣，再推了一顆巧克力色籌碼上去，用食指和中指比了一個分牌的動作。

　　發牌員把我的兩張A分開，我屏氣，這一刻突然變得很漫長。

　　「Monkey！」隨著我的聲音，落下了一張J和一張Q。「哇！」發牌員也忍不住叫了出來，賭場經理臉都綠了，我竟然

連拿三手Blackjack！我才剛坐下來，這一條牌才開始的第一手牌，就賺了220多萬台幣，喬瑟夫的洗牌追蹤真是太不可思議了，我真想站起來為他鼓掌！當然，這是不可能的，我唯一能做的是沾沾自喜的微笑，對發牌員說聲謝謝。我甚至連丟顆小籌碼當小費都不行，因為開會的時候討論過，團隊算牌一律不給小費。我也不想在牌桌上顯得很小氣，但問題這錢是金主的，不是我的。

接下來的幾個小時，我就像跑完百米賽跑後的虛脫，越打越沒力，下小注無法讓我振奮精神，心中偷偷的想著：今天這樣也賺夠多了，喬瑟夫怎麼不讓我提早下班？

好不容易捱到了喬瑟夫打出撤退暗號，我點了點沉甸甸的籌碼，心中有種很不真實的感覺，我每天的生活好像演電影，今天發生的事情若在電影中演出來，大概還會被觀眾罵太扯吧！但卻是真真實實的在我眼前上演了。

「哇！你們這組贏這麼多呀？還好有你們在，不然我看這次凱哥賠慘了！」蓉姨接到我報帳的電話，誇張的說著。

「凱蒂和奧爾特又輸了？」

「是呀，他們輸慘了，大約輸了台幣90萬。楊丹和奧爾特下

註2 —— 在起手的兩張牌直接拿到21點稱為Blackjack，若是三張以上補到21點則稱為21點。Blackjack的賠率1.5倍，21點的賠率是1倍，與一般的賠率一樣。拿到Blackjack時，發牌員會立刻結帳，不用等莊家的牌翻開，立刻賠1.5倍。

午也是輸，妳贏的錢算進來……我看看……唉呀！還是輸。」蓉姨報告這消息也太壞了，完全讓我今天的好心情大打折扣。

「喬瑟夫畢竟是拿過兩次世界冠軍的人呀！妳也配合的不錯，贏了這麼多。」蓉姨說。

「蓉姨，我今天看到喬瑟夫洗牌追蹤了唷！」我打斷她的話。

「啊，是呀，我見識過！妳知道算牌界有一句話：『算牌是技術，追蹤是藝術。』今天讓妳見識到囉！」

算牌是技術，追蹤是藝術。

掛掉電話，我拿起筆把這幾個字寫在筆記本上。

傳說中的MIT團隊

「這廣州廳這麼小，還有別人在算牌耶！會不會影響到我們呀？」第三天的會議上，凱蒂說出這句話，把我嚇到了。但是用眼神掃瞄一下大家的表情，大概只有楊丹跟我一樣驚訝，其他人都了然於心。

「他是一個人算牌，不是團隊，那個人我認識，應該還好，不至於影響我們。而且他打得不算大，賭場應該根本注意不到他。」凱哥說。

「你們都發現了，卻說賭場不會發現？而且，到底是誰呀？我沒有看出來呀！」我忍不住提出疑問。因為廣州會廳裡就那麼幾個賭客，我仔細回想也不覺得誰是跟我們一樣在算牌。

「我就說妳不用心嘛！用心看，妳就會知道誰在算牌。賭場跟妳一樣不用心，所以賭場也不知道誰在算牌。」凱哥說。

「啊？妳看不出來？」凱蒂用很誇張的表情和語氣對我說。

「你看得出來嗎？」我轉頭問楊丹，他不置可否，大概是覺得在這種情況下承認自己看不出算牌客很丟臉吧。

我覺得有點沮喪。連贏了兩天，才剛開始以為自己上了軌道，沒想到今天凱蒂的一句話，就讓我清楚認知自己其實還是一個很菜的菜鳥，連同行都看不出來，這根本是敵暗我明嘛！

「一個人也可以算牌？」我悄聲問楊丹。

「可以呀！」楊丹說。

「那我們組織團隊算牌，算牌者與大玩家交錯搭配排班，是為了不易被賭場發現，是嗎？」我問。

「是呀，而且算牌者就不需要明顯的跳注，而是等牌桌熱了，讓大玩家來下大注。在賭場看來，算牌者一直都下小注，而大玩家一直都下大注，就是兩個財力不同的人而已。」楊丹說。

今天會議只簡單講了一下目前的成績，以及排班的安排就散會了。楊丹急急的走出凱哥房間，準備換件衣服去賭場，而我今天輪休假，不趕時間，散會了東摸西摸一陣，突然意識到房間內只剩下凱哥、凱蒂這對關係不明的分手情人和我。怕場面尷尬，也怕又被凱哥叫住，我連忙小跑步衝出房間。

「安，妳等我……」凱蒂從後面追上來，「妳今天也休假呀，有沒有打算去哪裡？」

這是我跟凱蒂第一次獨處，她親切的語氣和笑容都讓我覺得有點不自在，感覺刻意裝熟。但一方面我對她也相當好奇，想了解她到底是怎樣的人，所以淡淡的回應。她就這樣一路跟著我聊到我房門口，不請她進來坐坐好像也不好意思，於是我就開了門，邀她進來聊。

凱蒂很客氣的坐了，我們繼續閒聊著昨天牌桌上發生的事。我發現她其實是個很直的人，有什麼就說什麼，不太拐彎抹角。

「安，我問妳一句，楊丹跟妳是一對嗎？」凱蒂問。

「不是呀！」我搖頭，很訝異她會這樣以為。

「我只是看你們兩個常走在一起，所以隨便猜猜。那……凱哥該不會在追妳吧！」凱蒂又問。

「沒有！沒有！沒有！」我用力的搖頭，關於這一點我絕對不能被誤會。而且，凱蒂該不會是對凱哥還有感情，怕我成為她的情敵吧？

「哎，我就直說了唷，我開會時觀察妳，似乎不是算牌圈的人吧！我看妳外表也不像混賭場的，若不是有什麼關係，怎麼可能進得了這個團隊呢？」凱蒂說話還真直接。

「嗯……老實說，我覺得是因為凱哥想要出書，而我出過幾本旅遊書，所以才有這機會進團隊吧！我從一開始就告訴過凱哥，我進團隊的目的是要被列黑名單和寫新書，我並不想要一輩子走這個行業。」我說。

「列黑名單？光是聽妳說這句話，就知道妳不是圈內人。想要走這行的人，哪個願意被列黑名單？就是妳想寫書，所以才不在乎被列黑名單。以前我跟妳一樣很新的時候，總是盼望哪天可以被列黑名單，當時總覺得被賭場列了黑名單才能算是真正的算牌客。」

「第一次被列黑名單的時候，我是自己一個人去賭場，身邊沒有其他的前輩，我高興的咧！這代表我不是沾了人家的光才一起被列黑名單，而是憑我自己的本事。」凱蒂得意洋洋的。

「不過，真想走這一行就知道，每列一個黑名單，就少一間

賭場賺錢，很麻煩的。」

「嗯，我知道，喬瑟夫有跟我說過。」

「那他有教過妳吧，就算真的哪天被請進保安室，不要簽名也不要拍照。」

「我現在知道了！」這一點喬瑟夫和楊丹倒是沒有教過，不過至少現在凱蒂告訴我了。

我突然想到凱蒂是MIT團隊的人，我對這部分實在很感興趣，於是主動問起。

「MIT團隊就是張約尼的團隊。以前張約尼在麻省理工教數學，看過《決勝21點》那部電影吧？從前的MIT團隊只用麻省理工的數學系的男生的高材生，不是麻省理工不用、不是數學系不用、不是高材生不用、不是男生不用。整個團隊中只有一個女的，後來就成為他老婆。」凱蒂滔滔不絕的說。

「現在還有MIT？」

「有呀，現在的MIT選人沒有以前那麼嚴格，因為張約尼也不在麻省理工教書了，哪裡找那些數學系高材生。但凡是張約尼教出來的人，他帶的團隊，我們就統稱是MIT團隊。」

「電影裡演的都是真的嗎？」

「是呀！連暗號都是真的，那個姓馬的，把這故事寫出來，又拍成電影，搞得整個MIT天翻地覆，還因此將所有的暗號及暗語都改掉了。」

「所以MIT團隊現在還有在運作嗎？」

「現在分兩組人，東岸一組，西岸一組。」

我很驚訝自己竟然可以聽到電影中MIT團隊的近況，很好奇的不停追問：「那一組人是幾個人呀？」

凱蒂突然有了警覺心，定睛看了我一眼，說：「嗯……八、九個吧……」

凱蒂大概擔心跟我聊天內容會被全文刊登，所以警覺了起來，不想再講MIT的事。但我真的是純粹好奇所以追問，她不想講也就算了。

「我聽凱哥說妳會把我們現在生活寫成文章，妳都寫些什麼呀？」凱蒂果然把話題轉到這兒來，看來她的擔心和我想的是同一回事。

「我開電腦給妳看我寫的東西呀！」我把電腦拿到她前面，讓她讀了我幾篇文章。

「我怎麼覺得妳寫的東西很普通呀！每天都發生的小事，妳寫這些有人要看嗎？」凱蒂看完我的文章，一臉疑惑。

「妳每天生活在其中覺得很普通，台灣沒有賭場，台灣人也都沒聽過這些事，他們看了覺得很有趣呀！」我說。

「這果然是圈外人才體會得到的東西。」凱蒂下了個結論。

接著她天南地北的聊著自己這五年來的算牌經驗，還有幾次很驚險躲過保安的經驗。

「妳知道，我們MIT的考試超級嚴格，每次考試就是六個人上桌，發牌員發完一整條牌，這中間基本策略不能錯，牌值不能錯，自己計算何時要下大，下大是下多少，只要有一個錯誤就趕你下桌，過兩天再來考。」

「所以，基本策略和算牌都一起考？」我問。

「那當然！沒有分開考這種事。在牌桌上，這些事不都一起發生的嗎？」

聽到凱蒂這樣一講，我就知道為什麼MIT團隊是算牌界的金字招牌了，加入任何一個團隊都不用考試，因為他們是磨練過的。突然覺得自己很心虛，凱哥讓我三題就過關，真是太放水了！

「妳今天說，有看到別人也在算牌，可以告訴我到底是怎麼看的呀？」我忍不住要問這個困擾我許久的問題。

「哎呀，妳就看嘛，如果在桌子很熱的時候跳注就是有問題呀！」凱蒂說。

「可是我又沒有一條牌從頭看到尾，怎會知道桌子熱不熱呀？」

「哎呀，這哪需要從頭算到尾，妳就看發在桌上的牌，如果大牌濃度高就是啦！當然不一定會發在誰的手上。」

經過凱蒂這一解釋，我恍然大悟，原來這麼簡單呀！難怪我問了凱哥兩次，他都不想回答，只是一直說我不用心。

「那妳知道BJ Ball嗎？」

「知道呀，職業玩家都知道，今年一月二日舉行好像是去了

七十六個人，我沒資格去，今年的情況我是聽凱哥說的，凱哥有去。但是他把當天考試的一題拿來考我，他自己答錯這一題，所以連第一關都沒過。」凱蒂講到這故意賣個關子。

「什麼題目？」

「就是『這世界上人多還是雞多？』妳覺得呢？」凱蒂考我。

「人多吧！人口多到要把世界擠爆了！」我不假思索的馬上脫口而出。

「唔！妳還真聰明，凱哥居然寫雞比較多，難怪他第一關就被淘汰。他說：『人一直吃雞，卻怎麼也吃不完，所以雞多。』」凱蒂說完凱哥的理論，我們都哈哈大笑。

「第一關是筆試，像學生考試那樣寫測驗題，只取前四名進下一關。四個人上桌打Blackjack，你會什麼招數盡可能全用出來，最後看誰贏最多錢，只有第一名和第二名的人會在記錄上留下名字。」凱蒂說。

從凱蒂口中聽到這麼多職業賭徒世界的事，覺得相當有趣。每次凱哥在講這些內容，我都覺得多少有點誇大成分，可能是因為語氣的關係，從凱蒂口中講出來的比較真誠，讓我相信她說的是真的。

經過這次聊天，我覺得凱蒂不像凱哥口中那種會耍心機，為了錢而接近男人的女人。但其實我對兩人的認識都不深，現在做什麼判斷也都太早。

祕謀新計畫

　　休假日的下午，我從新葡京走到大三巴。因為每天上賭場的日子雖像電影一般驚險刺激，但也是會膩的。

　　午餐在議事亭前地的黃枝記粥麵店，吃了碗鮮蝦雲吞麵，再到旁邊吃一碗義順的雙皮燉奶，心情真是大大滿足。賭場內免費的高檔美食吃多了，還是會想念起澳門巷弄小吃的味道。記得上回來澳門，還走到福隆新街買了肉鬆蛋捲帶回去給媽媽吃，想到這兒我算一算這次出國從韓國轉到澳門，也還不到一個月，怎麼已經很久了的感覺。

　　手機傳來簡訊，是凱哥：

💬 **今天晚上七點，楊丹和安你們兩人到永利酒店的紅八粥麵莊共進晚餐，商討新計畫，請不要讓其他成員知道。晚上見。**

　　看著這則神祕的簡訊，我突然覺得自己的生活變得複雜起來，這些職業玩家們就這麼愛搞神祕，愛勾心鬥角，現在凱哥不知又在計畫什麼事情，還說不要讓其他人知道，難道連他的心腹蓉姨都不知道嗎？

　　我鑽入議事亭前地旁邊的小巷子，在葡式花瓷磚點綴的巷弄裡，補捉澳門特有的葡式風情，不知不覺天色已暗了下來。看看時間也差不多，我散步回永利酒店赴凱哥神祕的約。

♥

　　紅八粥麵莊一直是我很推薦的一間澳門餐廳，大多數觀光客根

本不知道這間餐廳，因為它位在永利酒店一樓賭場的中間。要先經過賭場門口的安全檢查，不上賭場的人當然不知道這裡藏著一個美食天堂。

我從美高梅那一側的大門直接走進永利賭場，避開了像迷宮一樣的永利精品街，特別繞到撲克室看看，沒遇到認識的撲克選手，於是走向紅八粥麵莊。我故意慢吞吞的在旁邊晃，想避開與凱哥獨處的時間，直到楊丹來了才一起踏上台階。

「來！想吃什麼自己點。」凱哥根本沒打開他那份菜單，楊丹看起來也沒什麼想法，於是我決定替大家點菜。

「流沙尖堆仔、小籠包兩籠、滑蛋牛肉片粥、酸辣湯⋯⋯兩碗，凱哥你重口味，吃牛肉麵怎麼樣？好，牛肉麵一碗。楊枝甘露⋯⋯誰要？兩個，先這樣。」我一口氣將三人份的餐都點好了。

「妳點那流沙什麼的是啥東西呀！」楊丹問。

「凡是人都無法抵抗流沙尖堆仔，追女朋友如果送上一份這個，那就無敵啦！」我半開玩笑的瞎扯起來，但是流沙尖堆仔這一道港式小點無可匹敵的美味，我倒是沒有誇張。

「妳怎麼知道我重口味？」凱哥問我。

「之前吃飯的時候看到你什麼都要沾醬、沾辣椒，我就知道啦！」我說。

「那妳幹嘛在這裡點小籠包、酸辣湯這種東西？」

「這裡的小籠包可是比上海南翔小籠包還厲害，你吃就知道

了。」我說。

「今天找你們兩個來，是要跟你們說我打算去新加坡。」凱哥開門見山的說。

但這計畫的變更也未免太快了，我們才來澳門四天，總成績也還是負的，怎麼就又要改地點，還真是應了楊丹說的：「賭場總是千變萬化。」

「我賭界的朋友說，新加坡金沙賭場現在有賺錢機會，叫我去看看。原本他是自己在那邊打，但是他現在被列黑名單了，既然自己進不去，於是把這賺錢機會告訴我。原本他這消息也是花了1萬美金跟朋友買來的，不然哪邊有好康，大家都自己偷偷賺，不會告訴別人的。」

「但是我好不容易可以跟兩位世界冠軍合作，機會難得，所以我不想要停止現在澳門的算牌計畫，我打算帶你們兩個去新加坡，把凱蒂、蓉姨兩個人留下來跟喬瑟夫、奧爾特配合。當然，我會找個理由，我打算跟他們說，你們兩人比較新，配合得不好，所以我不用你們了，叫你們回台灣。但是我自己的部分，總不能讓他們覺得另外有錢賺不找他們，所以我打算說我自己在廈門有個好朋友要招待我去找女人，都是年輕的處女，我先去看看，等他們算牌計畫結束再招待他們去。那兩個老外都是色鬼，一定能夠理解的。」凱哥講得口沫橫飛，看來是已經把所有的理由都想好了。而我聽到他又扯到嫖妓的事就覺得很受不了，他真

是三句不離賭和色。

　　我跟楊丹只是點點頭，反正能繼續我的算牌旅程，到哪邊算牌都一樣。澳門我也熟透了，新加坡倒是沒去過。

　　「老師安排我都可以配合。」楊丹說。

　　大家開始吃起滿桌菜餚，凱哥也把話題轉到他一對雙胞胎女兒身上。

　　「我兩個女兒跟著我前妻住，我每次跟她們見面，都要給她們大驚喜，所以她們很喜歡跟我見面。上一回兩個女兒生日，我安排她們到紐約曼哈頓，我租了一台直升機，帶她們兩個飛到自由女神的前面，去看自由女神的眼睛！」凱哥用兩隻指頭指著自己的眼睛，手舞足蹈的形容每一次寵女兒的驚喜計畫。

　　「我就是要像追求女神一樣的方式來寵我的女兒，讓她們感到無比幸福。」凱哥說的神采飛揚，可是我覺得他寵女兒的方式實在太誇張了。

　　「凱哥，你有聽過一句話，『千金難買少年貧』嗎？」我說。

　　「哎呀，我懂妳要說什麼，小時候沒有跌過跤、吃過苦的孩子，長大若是跌跤會很慘，爬不起來，妳是要說這個吧！可是有我在，我就是會把她們捧在手心上，不會讓我女兒跌倒的。」凱哥依舊得意洋洋。

　　看來對於教育這一塊，我們是話不投機半句多，所以話題又轉到吃的。

「凱哥你真的很重口味耶！」楊丹看到他不停的往酸辣湯裡加醋、加胡椒，忍不住說了。

「我這個人追求的是及時行樂！如果這不能吃，那也不能吃，那活著還有什麼意思！」凱哥灑胡椒的手沒停。

「這樣腎不會不好嗎？」我皺著眉說。

「其實我只有一個腎，天生的。」凱哥若無其事的態度像在講別人的身體一樣。

「啊……」我張口想說點什麼，但是立刻又決定把話吞回去。

我有一位朋友也是天生單腎，所以對於這個情況略知一二，腎是身體的濾心，飲食太重口味都會造成腎的負擔，所以我那位朋友飲食很清淡，相當忌口。但是剛剛凱哥不斷強調他是及時行樂的人，讓我覺得他一定不會想要聽我勸他養生或是忌口的話，那我不如不要說。

「凱哥，我們到新加坡一樣是算21點嗎？」我突然想到，如果是算21點，凱哥肯定會帶兩位世界冠軍去才對。

「嗯，不是21點，是一個特別的遊戲，去了就知道了。我也是先帶你們兩人過去看看情況。」

♥

回程的路上，我跟楊丹討論起這個詭異神祕的計畫。

「不是21點到底是什麼呢？」我思索著。

「其實，算牌除了21點，多的是可以算的東西。賭場漏洞一

大堆，職業的算牌客最主要的工作其實不是只有坐在牌桌上那麼
簡單，還要到處去不同的賭場發現哪些遊戲有漏洞，用數學公式
破解，算出最簡單的算牌公式，然後偷偷的自己賺。所以很多算
牌客都不讓別人知道他這陣子在哪個賭場活動。」楊丹說。

「那還有什麼東西可以算？」

「凱哥說過，1963年一位索普博士出版了《擊敗莊家》[註1]，指導
賭客以算牌贏21點，從此揭開了算牌客與賭場的戰爭。但是十多
年前出版了另一本書《超越算牌》[註2]，讓大家知道除了基本21點
算牌以外，賭場還有很多漏洞可以鑽，作者是葛羅斯金。聽說剛
出版的時候一本只要1千多台幣，現在已經飆到了800美金，因為
作者特別要求不能再版，所以洛陽紙貴。」

「葛羅斯金，這個名字好熟。」我馬上拿出手機上網查，我
記得看過這名字。

「是詹姆士‧葛羅斯金？這是我們在網頁上看過，拿三次
BJ Ball冠軍的那個人呀！」我驚訝的叫了出來！

「難怪我那天看網頁，一直覺得這名字很熟悉，但我當時沒
聯想在一起。」楊丹也露出恍然大悟的表情。

「所以那本書裡到底寫些什麼？」我問。

註1 —— 《Beat the Dealer》
註2 —— 《Beyond Counting》

「我也沒看過，但是我在拉斯維加斯時有看到團隊中另一組人，他們不算21點，而是專門找三卡撲克[註3]『漏底牌』的桌子。」

「漏底牌是什麼？」

「有的是賭客和發牌員串通，有的是發牌員訓練不好，總之就是發牌員拿牌的時候拿不平，所以賭客由某個角度可以看到底牌，那就提升勝率了。」

「那我們這次去有可能是打這個？」

「誰知道？去了才知道。」

然後我們聊起了凱哥這個人。

「你知道嗎，凱哥的身體聽起來問題很大。」我說。

「我聽到他只有一顆腎，覺得很驚訝，他在拉斯維加斯還搞到自己腎發炎，掛急診插尿管，我有跟妳說過吧！」楊丹說。

「有呀！我記得。而且單腎的人都要少油少鹽，像他那麼重口味，是要把自己逼死呀？」

「說不定……」楊丹欲言又止。

「說不定什麼？」我追問。

「說不定他真的是知道自己身體很不好，已經到不可挽回的地步，所以還不如在最後的時間及時行樂！他對他女兒的教育方式，還有他自己的生活方式都讓我覺得不能理解，但若是一個身體很差的人，自覺剩下沒多少時間，會有這種背水一戰，跟人生賭一把的想法，那好像就有點能理解了。」楊丹沉著臉說。

「真的假的？有這麼嚴重⋯⋯」我仔細一想，楊丹的話也不無可能。一般生病的人總是會為自己的身體做一些努力，除非知道自己已經沒得救，才會轉而盡情大吃大喝，及時行樂。而且，我早就覺得凱哥的臉色總是很暗沉，身體不好的樣子。

「也說不定凱哥是一個怪人，他的想法跟一般人不同，他就是想跟老天賭一把，任性的做自己，賭老天不敢對他怎麼樣。」楊丹又說。

「還真阿Q的想法呀！」我說。

「我有點難過耶，畢竟在我心中，我把凱哥當成我的再生父親⋯⋯」楊丹突然充滿感情的說。

「再生父親？這麼重要的地位？」我很驚訝。

「因為我在高中的時候看過凱哥的報導，當時就知道世界上有人靠算牌在賭場賺錢，我家裡的經濟情況不算好，簡單講，我覺得我如果只是一直念書，念了大學，再找一份普通的工作，賺那份吃不飽、餓不死的薪水，一輩子都無法翻身。」

「這樣的想法一直發芽，到了我大學二年級，終於忍不住寫信給凱哥，想要拜他為師。他當時剛好在台灣辦一個小講座，所以叫我去他的講座跟他碰面，那場講座是要收錢的，門票是1,000元。」楊丹說。

註3 ── 賭場中的另一種遊戲。每位玩家拿三張暗牌，看牌之前先下底注。所以若在發牌時透過某種角度看到一張底牌，則可以大大提升勝率。

「1,000元？」這個講座票價真的是挺貴的。

「對呀，因為凱哥總是在講座中大爆料：最近哪個賭場有什
麼遊戲可以賺錢，技巧是什麼。所以一些好此道的人都固定會參
加他的小講座，得到最新消息。當時他說到一個追A的技術，有
詳細講練習的方法，我就決定休學去練這個技術，還因此離家出
走三個月。後來練成了，我寫信告訴凱哥，他就安排我來澳門，
也就是我之前為什麼會在澳門被列黑名單。」楊丹一口氣講完，
這是我第一次聽到楊丹講這段往事。

「可是你當樂手不是也挺不錯的。」

「當樂手是後來的事了。總之，當年凱哥願意讓我加入團隊，
真的是讓我覺得人生有翻身的機會，我在心中一直很感謝。」楊丹
雖然面無表情的說這些話，但我感覺得出他是真心的。

「凱哥自己是職業玩家，又把這一行的祕密在講座爆料，這
不是很奇怪嗎？我就算是把這些算牌的事情寫在專欄或是書上，
那也是為了我新書銷量，因為寫作才是我的本業呀！」我說。

「這點是真的很奇怪，我想凱哥大概愛『名』勝於愛『錢』
吧，寧願剮自己的肉來賣！」楊丹說。

我哈哈哈的大笑出來，楊丹這個形容真是太經典了！算牌客
把自己的算牌地點和技術說出來，只為了講座一人1,000元的入
場費，這也真是太划不來，果真是剮自己的肉來賣。

「他不只在講座中會講，他的部落格也寫了一堆東西，只不

過以他的文筆，哪怕是一輩子也都當不了作家吧！」楊丹說。

「嗯，上次你開他的部落格給我看，確實是……我看幾篇就沒看下去了。」我說。

「他寫的東西是賭徒才看得下去，流水帳一樣寫每天在哪個賭場算什麼遊戲，簡直是一個放滿上好食材的生肉庫，但是他的菜都不炒就端上桌了！」楊丹批評起來真是一針見血，形容詞精準的讓我立刻寫在筆記本裡。

「我之後寫書可以引用你的話嗎？」

「可以！記得寫上是我說的！」楊丹說完，我們又是一陣大笑。

「你知道嗎？有一次你去算牌，凱蒂來房間找我聊天，有提到凱哥給他看了一篇他的創作耶！」

「寫什麼？」楊丹問。

「凱蒂說是一篇手寫在筆記紙上的文章，開頭內容大約是：『有一位美女……』，美女兩個字前面畫了插入符號，改成『有一位「長髮」美女……』，之後就『美女……美女……』的一直往下寫，凱蒂說：『從頭到尾都沒有形容這美女到底是長怎樣，有多美，我腦中只能想像到一位長髮卻沒有臉的女人，那是女鬼嘛！』」楊丹聽完我的轉述又是哈哈哈一陣大笑。

「我看凱哥讓妳加入團隊真的是為了想跟妳合作出書。」楊丹說。

「嗯，我也這麼覺得。」

「那你的想法呢？你們兩個合出一本書要怎麼合作呀？」

「這我沒有詳細想過耶！」

「他那麼愛寫文字，肯定不願意讓妳插手文字這一塊，因為妳一插手，等於替他重寫，哈哈哈……」我們又一陣大笑。

「可是，如果用他的文字配上妳的照片，妳會不會覺得很吃虧？」

「用我的照片，不放我的名字倒還好，如果放了我的名字在封面，我怕會砸了招牌，毀了我的前程，哈哈哈哈哈……」我自己講著又笑出來了。

♥2 變數

接下來的兩天，算牌越來越順，凱蒂與奧爾特也終於不輸錢了，大家都上了軌道，總成績由負轉正。我雖然沒有再贏大錢，但至少也沒有輸，雖說這次合作方式大玩家是看算牌者的暗號行事，輸贏全掌握在算牌者的手中，與大玩家沒有關係，但是帳表上若自己的名字後面跟著一串負的數字，心裡還是會有壓力的。

我興奮的上網查新加坡金沙酒店的資訊，和楊丹一起等凱哥進一步指示，在其他成員面前當然是隻字不提。

但今天中午開會居然改在蓉姨房間，凱哥沒有出現。蓉姨只向大家報告了目前的總成績，沒人提出問題就散會。我故意留下來，想跟蓉姨打聽一下。但我知道蓉姨和楊丹不合，所以特別把楊丹打發走了，等我問完再去跟楊丹討論。

「凱哥今天怎麼沒出現呀？」我問。

蓉姨看了我一眼，思索了一下才開口。「凱哥已經去新加坡了，他叫我們大家再打兩天就把澳門計畫結束。因為喬瑟夫特別小心又敏感，他說賭場經理查桌子的頻率越來越高，他不要冒這個險，要求整個團隊暫停一星期。凱哥的意思是，如果要暫停一星期，還不如就撤退了吧！」

我聽到這裡，頓時不知該做何反應，凱哥已經先去新加坡，那他怎麼沒有跟我和楊丹說呢？之前安排我們兩個人跟他過去的事，現在到底還去不去？但我好像又不能開口問蓉姨，因為凱哥

要求我們要保密。

「妳知道凱哥為什麼不帶妳和楊丹去嗎？」

蓉姨這句話讓我突然抬頭看著她，原來她知道呀！我就想嘛，凱哥怎會不告訴他的心腹大將呢！

「因為凱哥說楊丹打牌不專心，上次跟喬瑟夫配合出錯，凱哥很生氣，所以他怕帶你們去又出錯，所以他另外從台灣帶人去了。我不是跟妳說過，跟楊丹保持距離，妳要跟在凱哥身邊，就跟他保持距離……」蓉姨又絮絮叨叨說了一堆，最後的結論是，凱哥安排蓉姨、楊丹和我先回台灣等候通知，喬瑟夫、奧爾特、和凱蒂在這邊結束之後直接飛去新加坡會合。

從蓉姨的房間走到楊丹房間，這一路上我在想到底該怎麼跟楊丹說，最後我決定據實以告。因為若是沒有楊丹，我今天也不可能加入算牌團隊。

我一五一十的轉告剛剛與蓉姨的對話，結果又是一場我和楊丹的推理討論。

「凱哥說不要讓其他成員知道，但是他自己又跑去跟蓉姨說，這是怎樣？」我說。

「還是說，他跟蓉姨講的也只是一套藉口，我們按兵不動，等凱哥跟我們聯絡。」楊丹說。

「蓉姨說，凱哥從台灣另外帶人過去，這可能嗎？」

「這我也不知道，凱哥是在台灣有其他學生，但是最近也沒

聽說他們合作呀！」

「凱哥對你真的很不滿意嗎？」我問。

「我不覺得，這可能只是蓉姨的一面之詞，之前在拉斯維加斯，蓉姨就很愛表現出自己很重要的樣子，誰知道她是不是狐假虎威。」楊丹說。

「而且他現在又要讓喬瑟夫、奧爾特和凱蒂過去新加坡，反倒是我們先回台灣等候通知，『等候通知』是什麼意思呀？」我說。

「就是等他通知再過去呀！」

「該不會等著等著，就再也不用過去了吧？」

「這也是有可能，賭場的事什麼都說不準。」楊丹又搬出他那句老話。

「我看是賭徒的話信不得吧！」我說。

總之我們再怎麼想也沒有結論，一切都像是羅生門，每個人說出來的話都不一樣，凱哥之前在紅八粥麵莊說的話，與今天蓉姨說的話，根本是兩個完全不同的版本，也不知道誰說的是真的。跟這些人相處，至少要學會一件事，就是每個人的話都打三折聽就好。

而我沮喪的是自己根本加入團隊沒幾天，這行程居然就要結束了，總覺得根本霧裡看花，什麼都還沒弄清楚。團隊的帳才剛開始打平，正要開始賺錢的時刻，凱哥竟然決定結束計畫，該不

會是新加坡更好賺吧,他才會這樣決定。而「等候通知」這四個字,實在是讓我覺得不妙,心中總有一個預感,難道我的算牌旅程要就此畫下休止符?我都還沒被列黑名單呢!

♥ 3 撤回台灣

回到台灣，一天連上了三個廣播通告，我實在不想把時間浪費在等待上，至少也做點有產值的事。

想到澳門的最後一天，大家都在收行李，蓉姨過來結帳。我原本擔心跟凱哥說好的工作時數因為提前撤退的關係而大大減少，會不會就沒有錢可以拿了，沒想到凱哥還是依約給了1,000美金的薪水，真是挺大方的。分紅當然就沒有了，整個團隊賺的錢挺少的，我有拿到全額的薪水都該偷笑了。

「凱蒂在講，妳跟楊丹憑什麼拿這麼多。」蓉姨發錢的時候說。

「可是我們跟凱哥講好的呀！她也不想一下，她的戰績都是負的耶！」楊丹說。

「戰績不關凱蒂的事吧，她是大玩家，賺錢賠錢都不關她的事。輸錢是奧爾特的責任吧！」我說。

「她管好她自己的事就好了，管到我們拿多少錢，也未免管太多了。」楊丹忿忿不平。

等蓉姨一走，我跟楊丹說：「我現在不知道誰的話可以信了，因為我跟凱蒂聊天的時候，不覺得她是會講這種話的人呀！」

「我也覺得有可能是蓉姨藉著凱蒂的嘴講這些話，說不定是她自己看不慣我們拿全額薪水，所以剛剛那些話我是故意罵給蓉姨聽。」楊丹說。

想到這件事，我就覺得賭徒世界牽扯到錢，一切都變得很複

雜。重點是每個人常常覬覦別人的錢和別人的機會，這就更麻煩
了。我和楊丹原本跟凱哥談好了，為什麼會臨時被趕回台灣，我
怎麼想也想不透。但眼前確實是奧爾特、喬瑟夫和凱蒂飛去新加
坡跟凱哥會合了，我在台灣等凱哥的電話不知道會等多久。

因為心中預期會等待很久，所以回台灣第二天的下午就接到
凱哥電話，心中驚喜萬分。

「喂，凱哥。」我想我的語氣一定聽得出來我的好心情。

「安，在台灣還好嗎？」電話中傳來凱哥的聲音。

「還可以，回來兩天都在上通告。你們在新加坡還好嗎？」

「我就是要跟妳說這個……」此時我的心中萬分興奮，等著
凱哥告訴我哪一天要去會合。

「我們在新加坡的團隊解散了，妳不用過來了。」凱哥說。

「解散？」我的腦子像被雷劈到一樣停止運轉。

「我們第一天進賭場，一個晚上才兩個小時就贏了40萬美
金，賭場就封了大部分桌子！原本三十二桌現在只剩下十三桌可
以打，我讓團隊放假，等賭場再開桌子，等了兩天都沒開，我想
賭場短時間內不會再開放了。剩下十三張桌子的最大下注額也改
為原來的五分之一，沒賺頭了，所以我決定解散。之後有別的算
牌機會我再找妳囉！」凱哥說的輕鬆。

「所以，團隊全撤了嗎？」我不死心的問。

「對呀，全撤了，我現在人已經在廈門度假啦！」

「喔，那……凱哥，我應該會自己過去看看吧！」我突然覺得，無論如何我都應該自己去看一看。

「我不是騙妳耶，團隊都解散了，妳去那邊可以看什麼？不就一般的賭場嗎？」凱哥聽到我說自己要去一趟，感到很疑惑。

「沒關係呀，我就去走走看看，反正機票便宜。凱哥之後有機會合作記得找我呀！」我們就這樣掛上電話。

我在心中盤算著，要寫算牌旅行的故事，如果只有之前不明不白的韓國，加上一星期就無疾而終的澳門，真的是太遜了。另一方面，之前查新加坡的資料，看到金沙酒店像飛行船一樣的外型，以及旁邊造型像朵花兒一般的美術館，真是心動得不得了，再怎麼樣也想要親自走一趟。反正廉價航空便宜，3,000元就能夠買一張單程機票，我又不是付不起，心一橫，就這麼決定了！

不一會兒楊丹的電話來了，我想他應該也接到了凱哥的通知。

「我打算自己去唷！」我在電話中告訴楊丹。

「機票可以省，但是住呢？住宿是一筆大花費。」楊丹提到了最實際的問題。

「我住免錢的。我在沙發衝浪網站上找免費的沙發睡，你放心，這我很熟的，我去很多國家都是這樣的，反正我去定了！」

「那妳有打算進金沙賭場看看嗎？」

「看是會去看，不過應該不會玩，因為我也不知道一個人能玩什麼，更何況我也沒資金。」

「嗯……妳給我一天時間想一想，明天跟妳聯絡。」楊丹突然掛上了電話。

♥

不到三十六個小時之後，我和楊丹已經一起坐在捷星航空半夜的航班，飛往新加坡。

「我問過凱哥，他有大概跟我說是怎樣的遊戲，我在家裡試算了一下，如果下最小注，我大概準備20萬台幣，用半凱利法則[註1]計算，我們的破產率只有1%。」楊丹興奮的解說著我聽不懂的法則，總之就是他這次跟我去，是打算用自己的錢來算牌，但不是算他所熟悉的21點，而是一個金沙賭場獨有的遊戲。

「妳想要加入嗎？」楊丹突然問我。

「我的錢不太夠吧……」之前韓國贏的錢和凱哥給的1千美金薪水，加一加是差不多10萬，但是新加坡的一切都很不確定，我好像沒辦法負擔。

「妳之前什麼都不懂，都敢提光5萬元，跟我去韓國闖，現在怎麼了？」楊丹問。

「對呀，我也覺得自己膽子好像變小了。之前完全搞不清楚狀況，只知道自己跟著你應該沒問題，大不了就是5萬元沒了，也沒多想。賺了一點錢之後，就覺得錢不能亂花，如果在牌桌上運氣不好輸光了，會很心痛。再加上加入團隊在澳門算牌之後，覺得這金額起伏真是太大了……」**人就是這樣，沒有的時候什麼**

都不怕，有了一點什麼，就開始害怕失去。

「那妳去新加坡不算牌，書要怎麼寫下去？」

「嗯……」其實我也不知道。

「這樣吧，我讓妳占一成，但是妳要跟我一起算牌，這次不能只當大玩家囉！要一起算牌喔！」楊丹說。

「真的嗎？2萬元我倒還出得起。」

「先別高興太早，我都是在電話中聽凱哥說的，實際情況還是等我們到了金沙再說吧！」

註1 ——「凱利法則」是美國一位統計學家——約翰‧凱利，用數學證明「按收益率下注賭本成長最快」，這個法則幫助玩家以最小風險獲得最大利潤。半凱利法則是凱利法則除以二，更大幅降低破產率。

♥ 闖新加坡
4

抵達樟宜機場是清晨五點，廉價航空的坐椅實在不適合睡覺，我根本一路沒睡，撐到飛機落地。

走出空橋，我拉住楊丹：「先不要出關，現在出去也沒有交通工具，先在機場睡一下吧！」

於是我們找了兩張躺椅，拿件襯衫蓋在頭上，沉沉睡去。

早上九點，機場的人聲把我吵醒。先去廁所整理一下，才去尋找我們的行李，終於在認領區找到了。

我們兩人一臉睡眠不足的樣子，拖著行李在機場裡吃了亞坤的咖椰吐司早餐，買了張交通卡，直接到金沙賭場報到。因為我聯絡到願意提供沙發給我們睡的網友，要到晚上下班才能跟我們碰面，白天的時間我們只好自己打發。

這趟行程，在我的心情上，旅行的成分大一點，對於賭場的事已經沒有一開始那麼好奇和狂熱了。但是楊丹展現出前所未有的高度興奮，非常期待到金沙賭場看看傳說中讓凱哥一夜賺40萬美金的遊戲。

金沙賭場在新加坡地鐵濱海灣站，聽說是不到一個月前才開的新站，從機場坐過去要轉車好幾次，中間還有要走一大段路的轉接站，真是苦了拖著行李的我們。走出濱海灣站，映入眼簾的是一個圓形廣場，空蕩蕩的，大概是時間還早，購物中心的人潮都還沒出現。

INFORMATION WILL NOT BE RETAINED IN OUR SYSTEM

進金沙賭場之前要出示護照經過重重檢驗。

　　寄放行李是第一要務，拖著這麼重的行李，腦子都無法思考了。在寄物櫃檯前，我感受到新加坡是一個多麼嚴格的國家。每個行李都要打開檢查，這比機場的安檢還花功夫。進賭場的手續就更不用說了，新加坡的賭場是有名的嚴格，所有人都要查驗身分才能進入，賭場入口前面分隔人龍的伸縮欄杆蜿蜒的區隔出外國人與本國人兩條路線，當然一早也都是空蕩蕩的，在櫃檯檢查完身分後，入場前還有一個保全人員做二次檢查，這麼多安檢讓我都誤以為總統在賭場裡面呢！

　　「果然太早來了，沒人。」我說。

　　「沒關係，先找找凱哥形容的桌子。」楊丹跨開大步往前走。

「到底是怎樣的桌，你先跟我說到底是哪種遊戲，不然我怎麼找？」

楊丹停下腳步，轉過身來，看著我說：「好，我跟妳說，是百家樂的桌子。」

「百！家！樂？」我仔細看著楊丹的眼神，想看出來他到底是不是在開玩笑，百家樂這種單純比大小，一翻兩瞪眼的東西，明明是賭徒的遊戲嘛！

「妳先聽我說，是特殊的百家樂。」楊丹說。

是有多特殊？我實在是不相信！

第一次接觸百家樂，是我在擔任撲克選手團隨團記者的時候，正準備要前往澳門參與第一次比賽，一位撲克選手知道我從來沒有去過澳門，馬上把我拉到桌子前說：「去澳門不能不懂這個。」然後很豪氣的把一副撲克牌丟在桌上。

「百！家！樂！」他用誇張的戲劇開場聲音宣布。

接著先解釋百家樂的規則。第一點就是要有一個認知，桌面上畫著莊家和閒家的框框，不代表賭場和玩家的身分，僅僅是代表A與B兩個選擇而已。遊戲開始是由賭客下注決定把籌碼押在哪一邊，很簡單的比大小遊戲。然後發牌員會在莊家與閒家的格子前面各發兩張蓋著的牌。

「這遊戲好玩就在這邊囉！」他興奮的說，「押莊的賭客負

責瞇莊的牌；押閒的賭客，就負責瞇閒的牌，瞇牌就是看牌的意思啦！為什麼要叫『瞇牌』，因為他們都不直接把牌翻出來看，總是要把牌壓在桌面上，再小心翼翼先將牌的右下角折起來一點點，先看有沒有「起角」註1。再從短邊折起來一點點，看有沒有「頂滿」註2 及「三邊」、「四邊」註3，從牌的邊邊角角露出的圖案來猜這張牌的點數。十點和所有花牌都等於零點，兩張牌加起來取個位數，大的贏。」

他興奮的拿紙牌瞇著眼示範，不一會兒他手上的紙牌就被折爛了。

「你幹嘛把牌折成這樣啦！」

「妳不懂，玩百家樂就是要這樣玩，瞇牌才是精髓。百家樂的牌都只用一次就銷毀，因為都被賭客折爛了呀！」

看著他用誇張的動作示範，我覺得這一切簡直匪夷所思，難道賭桌上的賭客全都有默契做這麼蠢的行為，真讓人不敢相信。

直到我第一次踏進賭場，我就知道自己錯了！百家樂桌上的

註1 ── 撲克牌的圖面依點數不同，1、2、3點的右上角是空白的，若蓋著紙牌翻右下角看到有圖樣，就是「起角」，表示這張牌必不是1、2、3點。

註2 ── 由撲克牌的短邊翻開，除了1點以外的點數，都可以看到花樣，稱為「頂滿」。若從短邊折起，沒有看到任何圖樣，就肯定是1點。

註3 ── 從撲克牌的長邊翻起來，4、5點數的牌可以看到邊上印有兩個花色，稱為「兩邊」；6、7、8點數的牌，邊上印有三個花色，稱為「三邊」；9、10點數的牌會看到邊上印有四個花色，稱為「四邊」，由此來猜測牌的點數。

賭客就是這麼好笑、這麼投入，每個人都幾乎把臉貼在桌上，為了從紙牌與桌面的縫隙中瞄到花色；每個人都把紙牌折的爛爛的；每個人都瘋狂的喊著「公！」，希望大聲吶喊就可以讓下一張牌出圖牌。這一點倒是跟21點玩家拍桌喊「Monkey！」是一樣的。事實上，喊多大聲都沒用，下一張牌是什麼，早在洗牌的時候就確定了，但是賭客們還是滿懷希望的聲聲吶喊。

更好笑是我在賭場觀察發現的，當同一張桌上有兩個人都押同一邊的時候，那是誰該瞇牌呢？一般來說發牌員會把牌推給注下的大的賭客，而另一位賭客雖然下小注，那畢竟也是錢，當然還是相當緊張。所以瞇牌的賭客神經兮兮的把臉貼著桌子瞇牌，別的賭客就更緊張的把頭探過他的肩頭，也想要在牌翻看之前搶先看到牌。坐的遠一點的賭客，就會專注的觀察瞇牌人的神情，一個皺眉或是嘴角上揚，都足以讓他們神經緊張。

百家樂在賭場裡占了八成以上的桌子，中國人就愛這一套，澳門超越拉斯維加斯成為全球最大的賭城，也是百家樂的功勞。現在拉斯維加斯賭場也都擺滿了百家樂的桌子。

我一直認定：玩百家樂的人就是賭徒。所以楊丹突然說我們要算的遊戲是百家樂，我真是不能接受。

♥

「凱哥曾說過：『百家樂也能算牌，沒有必勝法，有必勝「地」。』」楊丹說。

「新加坡金沙就是必勝地，這遊戲只有這裡有，我們要找一種桌上印著一張牌7的桌子。」

桌上印著牌7的桌子。無法想像。

所以我們兩人只能土法練鋼，在賭桌間的走道繞著走，一張一張的看，看到了應該就認得出來。

隨著電梯往上一層，哇，我才真正看清楚氣勢驚人的賭場大廳。一片金黃色的S型造型，鋪滿在賭場大廳的賭桌上方，從二樓^{註4}看下去是造景，其實每個S型下方都滿布數十個天眼，監看賭桌上的一舉一動。

二到四樓都是流線型的迴廊圍繞著賭場大廳，整體空間像是一個超大的巨蛋，天頂的造型像是天空破了一個洞，灑下整片的水晶燈像星星一樣。一樓的賭桌少說也有五百張以上。二樓雖說用「迴廊」兩個字來形容，事實上環繞整個賭場，寬度也足以放下六張賭桌及寬敞的前後走道，空間之大真是難以形容，穿越整個賭場大約要走上十分鐘。三樓以上就是御匾會的三十多間賭廳及專屬餐廳。

因為時間還早，半數以上的桌子都圍著紅帶子還沒開放。

「嘿！找到了！」楊丹突然在一張沒開放的桌子前面停下來，我趕忙跑過去。

註4 —— 金沙賭場的Main Floor在B1，文章中所說的二樓其實是指賭場實際樓層的1樓，作者在此以身處在空間中的感覺來描述。

　　桌子上，在發牌員正前方，就印了一張撲克牌大小的方框，裡面是阿拉伯數字7。楊丹走到一側去看桌上放的規則立牌。

　　「確實跟凱哥說的一樣，任何一方只要以7點贏了，就賠四十倍。可是要押在桌上「幸運七」的格子裡，這就是所謂的『幸運七百家樂』……」楊丹彎著腰仔細研究了立牌上寫的每一個字，和牌桌上印的圖樣。我從來就沒注意過百家樂這個遊戲，所以站在幸運七百家樂桌前，也分不太清楚和一般百家樂桌子差別何在。

　　「好了，研究完畢，我們等下午桌子開了再過來，先去吃午餐吧！」楊丹轉過身來，相當輕鬆開心。

　　我們兩人在金沙購物中心中閒晃，吃了美食街午餐，坐在濱海灣前的木棧板上休息聊天。

　　「這邊晚上有水舞表演耶！」楊丹說。

　　「你先別講這個，可以先跟我說一下幸運七百家樂的事嗎？」我其實到現在還一頭霧水，既然要在新加坡拿自己的錢算牌，總是希望搞清楚狀況。

　　「妳剛剛有沒有注意到，幸運七百家樂也是傳統發牌盒？」

　　「有呀！」

　　「既然是傳統發牌盒，那就可以算牌。因為百家樂一條牌有八副，所以發出幾張7，就可以合理計算牌盒裡剩下幾張7。一副牌中一定有四張7，那如果已經發出了一百零四張牌，但是卻還沒有任何一張7被發出來，那我們是不是可以確定，剩下的六副

牌中有多了八張7？」

我思考了一下他到底在說什麼，再心算一下，兩秒鐘之後回答：「嗯……對。」

「這個時候流水數是正8，就是指『牌盒中總共多了八張』，再除以剩下幾副牌，8除以6等於1.333，這就是真數，真數再用半凱利法則算出我們要下多少錢的注。」

「好了好了好了……，我已經聽不懂了。」我急忙打斷楊丹滔滔不絕的數學算式。

「反正，只要真數大於1，我們就下一顆最小注的籌碼，就是25元新幣。」

「25元新幣，台幣600元？！」我不禁笑了出來，講了這麼多，一注才台幣600元，比起之前在澳門御匾會一注50萬，這簡直是小孩的家家酒嘛。

「這是用數學公式算出來的，以我們的資本額來計算，下這麼小的注降低破產率，才不會像之前在韓國大起大落。真數達到2，就下兩顆，以此類推。」楊丹很正經的把話說完。

「所以我在桌上要同時算兩個數字，一個是發出了幾張牌，另一個是已發出幾張7，是嗎？」我思考了一下提出這個問題。

「完全正確。」

「可是下注前還要把流水算成真數，要用除法耶！」

「有比較簡化的方法。每出一張7，流水數就減1，代表牌盒

中少一張。每過13張，流水數就加1。流水數除剩下的副數就是真數了。」

「希望我不要算錯。」我對自己的心算不太有信心，楊丹說比較簡單的方法其實也不是太簡單，只能在心中默默祈禱著。

♥

下午我們一直待在賭場裡晃，新加波金沙賭場裡提供的免費飲食比澳門、韓國都差多了，只有幾款不同口味的汽水和熱飲，沒有餐點小食。但是熱飲挺有趣的，除了黑咖啡，還有一種白咖啡，另一個選項是美祿。

「哇！有美祿耶！」楊丹發出赤子的歡呼。

「美祿是小時候才有的東西吧！」我也開心的拿了一杯。在賭場裡空調總是很冷，有這種甜甜的熱飲已經是這裡最大的享受了。

我們兩人端著飲料在兩層樓幸運七的區域走動，早上沒開放的桌子在下午兩點也全坐上發牌員，準備迎接下午的客人。

「妳看，那個人的背影像不像奧爾特！」楊丹指著一個背對我們的男人說。

「超像！」我移動腳步，看到他四分之三的側面，「等等，他就是奧爾特！」我確定他就是我們在澳門的合作伙伴奧爾特。

「凱哥不是說團隊解散了嗎？」

我們兩人不動聲色的從奧爾特的桌邊走過，停頓幾秒鐘假裝看桌上的牌，我確定奧爾特的眼神瞄到了我，然後我們兩個就走開了。

「好奇怪唷！奧爾特幹嘛自己一個人留在這裡？」我和楊丹心中有同樣的疑問。

不一會兒，楊丹觀察到奧爾特下注方式改變，開始押在幸運七的位置，第一次沒中，第二次就開出幸運七，桌上的賭客羨慕得眼紅，發牌員數了一大堆籌碼給他，奧爾特連一刻都沒多待，起身就走，朝大廳出納櫃檯右邊的出口走去，消失在一堆吃角子老虎機後面。

「妳剛剛有看到嗎？他打滿[註5]耶！」楊丹說。「這樣算一算，剛剛那把就贏了台幣45萬。」

「啊……難怪凱哥說他帶團隊來，一晚上兩小時就可以贏走40萬美金。」我讚嘆著。

「可是這個遊戲的震盪很大，非常大，比21點大多了，所以我們才要嚴守半凱利法則算出來的下注額，不然我們肯定輸到回不了台灣。」楊丹說。

「但是奧爾特很奇怪，他前面坐在牌桌上沒下注，突然出手，馬上就讓他買到幸運七，然後他接下去也不再算，就直接走了，這……很怪。」楊丹回想著奧爾特剛剛下注的動作，覺得事有蹊蹺，一般算牌都會從頭坐到尾，把一條牌算完，沒道理新的一條牌才剛開始，中了一注就離開。

接著我和楊丹都發現賭場有點狀況，剛剛奧爾特坐的那張桌子

註5 —— 打滿，意指下的注額剛好是賭桌規定的最大下注額。

邊出現了兩位全身黑制服的保安人員，在桌邊問了一會兒才離開。

「我覺得，奧爾特這樣突然一手贏太多，賭場肯定會關注。而且我想不透他在搞什麼鬼。」楊丹說。

♥

在賭場混了好幾個小時，我發現手機沒電了。從台灣上飛機到新加坡還沒有地方充電，螢幕上已經顯示電量剩10%，為了晚上能跟住宿網友聯絡，我到賭場外面找服務台求救。

好心的服務台幫我充電，我站在旁邊等著，望向遠方濱海灣前，觀光客圍著一個透明的超大碗公^{註6}開始注水，人群全聚集到透明大碗旁邊觀看，水流嘩啦啦的流瀉而下，穿越兩層樓，灑在室內河流貢多拉船水道上。突然間，我的眼角餘光瞄到熟悉的身影。

一個綁著銀色馬尾，身穿全套運動裝的男子快步從我面前走過，是喬瑟夫！

我三步併兩步的衝回賭場，告訴楊丹這個消息。越來越怪異了，凱哥明明說團隊解散，可是我們來到新加坡第一天，就在賭場中看到兩個熟面孔。

楊丹沒聽我說完，就搶著說：「我正要告訴妳，我剛剛看到凱蒂了！」

「凱蒂！那就是全團都在這邊嘛！」我說。

「該不會等等又看到凱哥和蓉姨吧，那就有趣了！」楊丹說。到底是凱哥騙我們，還是成員自己又留下來了？

趁凱蒂走向女廁的時候，我把握機會，尾隨她到廁所。廁所是賭場裡唯一沒有監視器的地方。

「凱蒂，你們怎麼會在這裡，凱哥說團隊解散了呀！」

「我就是看妳跟楊丹出現了，特意走到廁所來等妳，算妳聰明，曉得要跟過來。」凱蒂笑得開心，在不同的國家見了面，好像突然產生了熟悉感，我也開心的拉著她的手。

「怎麼？凱哥叫妳和楊丹過來的？那蓉姨呢？我剛剛滿場找蓉姨都沒看到。」凱蒂說。

「沒有，凱哥說團隊解散，是我自己要來的，機票錢也是我自己出的。你們到底是發生什麼事呢？」

「凱哥把我們叫來，才打一天就叫我們解散，因為賭場把一位台灣來的大玩家列黑名單，又封了大多數的桌子，又降低最高下注額，從2,500新幣降到500新幣，凱哥要付給團隊成員的薪水不能少，利潤卻只剩五分之一，當然覺得沒賺頭了。可是我們大家都來了，也不想這麼快走，所以各自留下來，用自己的錢算牌，反正小賺也是賺。你們兩個自己來能幹嘛，有錢算牌嗎？」

「嗯……我跟楊丹湊了一點……」我支吾著。

「妳知道算這個震盪很大，沒有2萬新幣不用在這玩。」凱蒂說。

註6 —— Rain Coulus是藝術家Ned Kahn的作品，利用水流出口的方向製造出大漩渦，在直徑二十二公尺的透明大碗形裝置中流動，並落至下方樓層形成像瀑布的造景。

「2萬新幣……50萬台幣呀！」我算一算，若真如凱蒂所說，那我跟楊丹差不多可以收拾行李回台灣了。

「不然你們有多少？」

「一半吧！」我不好意思說出我們拿著少少的錢，就幻想可以靠自己的力量來新加坡算牌，所以虛報了一點數字。

「一半的話……」凱蒂拿出手機計算給我看，「那你們每一手牌只能下最小額了。」邊說邊搖頭。

「我知道，楊丹算過半凱利法則了。」

「都算過了還腦子這麼不清楚，我看你們真的要輸光回去了！」凱蒂又好氣又好笑的看著我。

「你們是算幸運七嗎？凱哥跟我們說的是幸運七。」我問。

「本來是告訴我們要算幸運七，但是喬瑟夫和奧爾特兩個人厲害，來這邊觀察一下子就發現還可以切牌，賺得更快！」

「切牌？那是什麼？」

「這邊的發牌員，在換一條新牌的時候會有一個角度露出底牌，如果看到底牌是7，那就可以把這張7切到前面來打，牌快要出來的時候就押幸運七，當你剛剛看到的那張7出來了，不管有沒有中幸運七，都可以撤退了，再去找下一條牌。」

「怎樣知道這張7快要出來了？」

「他們兩個切牌一次就切五十二張呀，所以可以算的準準的，知道下一張就是你看到的7。不過切牌切不準的就沒這麼好

賺了，像我自己切牌大約有三張誤差，就會在前面先下兩手，當然多下的注就是增加成本。」

「可是，妳說在換一條新牌的時候才有機會看到底牌，但是應該只有十三分之一的機會可以看到7，其他時候看到的底牌不是7呀！」我說。

「妳腦子挺清楚的。確實是這樣呀，所以我們每天在賭場繞八個鐘頭，不就是等一張7的底牌嗎？」凱蒂說完我都傻了，這也太難等了吧！

「但只要押中一次幸運七，妳看看那是多少錢。」凱蒂得意的笑了。「妳和楊丹不會切牌的話，還是可以算牌，只是相較起來真是辛苦多了。」

打聽完這些資訊，我和凱蒂互留新加坡的電話，相約找個時間一起吃個飯。

沙發客

5

晚上我們跟出借沙發的網友約在一個新加坡旅遊聚會上碰面，這聚會在一個專業旅遊用品店舉辦。我們抵達的時候，網友還沒到，於是我們就一起加入了這個旅行愛好者的聚會，先坐下來聽旅行分享，今天在台前分享的兩個人分別走了非洲大草原路線和新疆，果然都是很特別的旅行路線。

台上講者一開口，全英文，但跟我們聽習慣的英文不一樣。

「他們這是什麼腔調呀？我有點聽不太懂。」楊丹問我。

「這就是傳說中的Singlish註1吧！」我說。

我和楊丹試著聽懂他們在說什麼，一邊學著他們的發音與腔調。來到新的國家，學幾句當地語言相當必要，可以和當地朋友拉近距離。台上講了一小時，我們也馬上發現他們講話的特色，習慣在句子後面加上中文的語助詞，聽起來變得不太像正統英文，反而多了一層親切感。

「You tired har？註2」我說。

「Ok la.註3」楊丹說。

我們兩個馬上就笑笑鬧鬧的學會幾句很道地的口語。

旅行分享結束之後，我和楊丹在聊天的人群中跟網友相認。

「嗨！我是一帆！」一位個子比我還高的短髮女生，帶著開朗的笑容跟我打招呼，一看就是相當熱情的樣子。她開心的拉著我，介紹聚會中的旅遊達人給我認識。

「這個人半年前環遊世界一年回來……這個人去環遊世界過兩次唷！」聽著一帆介紹，我都覺得汗顏，我打著台灣旅遊作家的名號，這場神奇聚會中，一個個的旅遊經歷都比我厲害。

原來這是一個叫做「Travel Café」的聚會，Café指的不是咖啡館，而是愛好旅遊的人一起分享的聚會。主辦人是新加坡金融圈一位職位很高的人，去過兩百多個國家，簡直比台灣的外星人專家眭澔平還厲害，也因此他主辦的活動吸引的是全新加坡最會旅行的一群人，我都相形見絀。

一帆也是一個去過三十六個國家的女生，二十四歲，這國家數目真的很厲害。她一路上很興奮的介紹新加坡，然後問到了關鍵問題。

「妳來新加坡要待多久？觀光嗎？」

「我……還沒確定待多久，我要寫一本新的旅遊書，想來這邊找題材寫書。」

一般人肯定覺得這段對話很奇怪，都已經要把人帶回家住了，才問這些基本的問題。但這樣的情況在沙發客來說是稀鬆平常。

註1 —— Singlish這個字是由Singapore(新加坡)和English(英語)兩個字結合而成，照字面上翻譯指的就是新加坡式的英文。除了形容他們的口音以外，還有很多從不同語言中演變而來的當地英文用法，包含福建話(也是台灣所謂的台語)、馬來話、英文俚語、及口語化的語助詞。

註2 —— 此句文法爲中文「你累了嗎？」直譯成英文，har語助詞「蛤？」正確語法應爲Are you tired？

註3 —— la 爲中文慣用的語助詞「啦！」

「妳寫哪方面的書，要我推薦景點給妳嗎？」

「我這次……想寫賭場方面的故事。」我跟楊丹討論過，不要在一開始就說出我們真正在賭場做什麼，一般人大多不會相信，甚至會覺得我們謊話連篇吧。

「賭場呀……」果不其然，一帆的臉上出現了微妙的神情，「賭場我沒去過，金沙賭場很愛賺錢的，連新加坡人進去都收費的呀！你們……該不會賭錢吧！」

「我們不賭的。」楊丹用很肯定的語氣說。我在心中偷偷的說：是呀，我們不賭錢，我們是算牌。

「賭場會不會很可怕呀，裡面有沒有黑社會呀？」一帆提出這些問題，讓我很驚訝，原來一般人都以為賭場是黑道開的嗎？我啞然失笑。回想我跟著選手團第一次走進賭場，也沒有這樣想過呀！

一帆住在新加坡西邊的組屋裡，兩室一廳與房東同住。這個區域放眼望去全是一棟一棟的集合住宅，一帆住的這一棟只有五層樓，有電梯，每一戶前面有一條長長的走道相連，有點像是學校的走廊。原來組屋是這個模樣。

我跟楊丹都要擠進她的房間裡。還好他有一張單人床墊和一張雙人床墊，楊丹是男生自己睡單人床，我跟一帆兩個女生一起擠雙人床。

第一晚聊天就欲罷不能，我跟一帆非常相像，雖然差了六歲，但是我們都一樣是相信夢想、相信沒有不可能的人。從一帆

我和一帆擠一張雙人床。

十幾歲在山東的生活一直聊到她怎麼拿到獎學金來新加坡念書，
我驚覺她相當相當優秀。我從她的口中聽到新加坡政府如何用獎
學金吸引亞洲各國的高級人才，像一帆這樣從中國來到新加坡念
書，進而定居生活的，都是中國各省分萬中選一的精英。聽著我
都替台灣年輕人捏了一把冷汗。

　　我們就這樣聊到清晨四點，楊丹早就睡死了。

　　「一帆妳再不睡，明天起不了床上班了！我不要再跟妳講話
了，晚安。」終於我狠下心停止聊天，為了她好。

　　隔天我起床的時候，一帆已經不見蹤影，想到她跟我聊了一
夜，早上還要趕上班，就覺得真是太抱歉了。

♥ 眞數4

我跟楊丹決定每天下午一點到賭場「上班」，因為賭徒總是晝伏夜出，早上的賭場空蕩蕩，我們會太顯眼，下午人多的時候去比較好掩護，只可惜我們不能太晚回去一帆的住處，所以半夜的時段只能放棄。

楊丹把換好的籌碼交到我手上，一樣是籌碼，拿在手上的感覺差很多。在澳門的籌碼面額超級大，因為是凱哥的錢，出手的時候不緊張；但是輸錢的時候總覺得對凱哥交待不過去，畢竟輸別人的錢壓力很大。而現在手上拿著新加坡籌碼是自己的錢，出手的時候壓力很大，因為總擔心會輸錢；真的輸錢時反倒還好了，心一橫就當錢掉了。

幸運七百家樂的桌子有兩區，分別在不同樓層，我跟楊丹分配一人一層樓，各算各的，桌子熱了就自己下注，若是下到後面錢都輸到不夠了，但是桌子依然很熱值得下注，就用手機聯絡對方送籌碼支援。我們曾經討論過，在賭場中我們兩個是否應該要裝作不認識？但是想到我們兩人的籌碼都不夠，牌桌上的支援很有必要，於是只好放棄「賭場內誰都不認識」這一條規則。

我讓楊丹先選，他選一樓，我到二樓百家樂牌桌間打轉。由於坐在桌上總是不下注也很怪，而我們的資金不夠燒桌子^{註1}，所以我就像逛街一樣在牌桌間走走看看，不然就端一杯美祿站在走道旁像在等人的樣子，其實是盯著某些桌子上的螢幕看發牌情

況。賭場裡像我這樣的女生很多，大多是陪男人來賭場，男人不知迷失在哪個桌子上，只好端杯飲料站在旁邊等。楊丹說我非常像「不太會賭，但是帶著錢來賭場輸的女人」。

我從二樓可以往下清楚看到樓下的百家樂區，楊丹的動作一清二楚，瞇眼甚至可以看到樓下桌子上牌面的花色和點數呢！楊丹的行為很像一般想賭又不敢冒然下注的賭客，總是站在桌後約一公尺的距離，遠遠的瞇著眼看桌上的戰況，關鍵時刻才上前下一注。賭場裡像他這樣的男生挺多的，所以常常他一個人站在兩桌之間算牌，不一會兒他身邊也站了幾個跟他一樣的，臉上顯露出對牌局的關心，卻又不站近一點的賭客。他的掩護也很好。

💬 **妳穿太漂亮了，這樣會引人注意。**

手機傳來凱蒂的短訊，我不著痕跡的環顧四周，凱蒂坐在柱子後面那一桌，正好面對我的方向。我看看自己今天的穿著，牛仔短裙配黑色皮外套，應該還好吧！

抬起頭來看看周圍賭客的穿著，我突然了解凱蒂的意思了。新加坡的賭客怎麼看都像上班族，每個人臉上都寫著「數學資優生」的樣子，男的穿西裝，女的穿套裝，坐在桌子前面不像賭徒，倒像是分析員在做股市分析，想到這我笑了起來。

這和澳門真是差太多了，澳門一般賭場裡面總是一堆大媽來

註1 —— 指算牌客在等待自己要的牌出現前，先拿籌碼下注讓牌持續發出來。

賺買菜錢，打扮就是上菜市場的樣子。而御區會裡的人都是打扮比較有質感的有錢人，當然有的低調一些，有的很誇張。韓國賭場內都是普通的觀光客，最美的反而是發牌員，想到這我又懷念起韓國的美女發牌員了，真是沒得比。

我算了幾條牌，有的從一開始的燒牌[註2]就燒掉一張7，後面又接連出了幾張7，沒算二十分鐘，真數就跌到負一以下，我只好找別的桌子再算。這樣試了四、五次，連出手的機會都沒有。同時我也試著觀察凱蒂口中「新的一條牌開始前可以看到底牌的特殊角度」，但看來看去好像也沒搞懂。

💬 1F，支援籌碼。

是楊丹傳來的簡訊，我從二樓往下看，他不知何時已經坐在一張桌子上下注了。我趕忙下去支援。

「你輸到沒籌碼啦？」我靠在他耳邊輕聲問。

「快了。」他一邊回答我，眼神還是很專心的盯著發牌員的手，我想他的腦中一定正出現一大串數學算式，兩秒鐘後他推了四顆籌碼上去。

莊家的牌開了，沒有7，四顆籌碼被收走了。

楊丹又想了一下，再把四顆籌碼往前推。

發牌員再翻開莊家的牌，沒有7，四顆籌碼又被收走了。

楊丹轉頭跟我拿籌碼，我二話不說把手上的籌碼都交了出去。

　　四顆籌碼再放上去，莊家開牌，發牌員手中秀出黑卡，這是這條牌的最後一手了，開完牌，沒有7，四顆籌碼又被收走了，這條牌結束。楊丹起身。

　　「總共輸多少？」我問。

　　「我這邊輸完了，再加上妳支援我的那幾顆。」楊丹面無表情的說。

　　「所以我們已經輸掉一半的資金了嗎？」我問。

　　「嗯！可是我很確定我沒有打錯。」楊丹相當肯定的說。

　　楊丹安靜了一會兒突然又熱血澎湃的說：「真數4耶，遇到的機率有多低妳知道嗎？我下的注沒有錯呀！」但我其實不知道算到真數4的機率有多低，我只知道我們在第一天就輸掉了一半的資金，這是韓國惡運再現嗎？

　　「輸錢就該輸在這地方，輸在真數4上面我也死而無憾了！」楊丹的眼睛發出光芒。

　　「真數4的意思是剩下的牌中每一副都多出四張，是嗎？」我依照之前楊丹教我的算牌公式推論出來。

　　「是的，可是我一直沒有遇到7，就已經只剩下最後一副牌，表示最後沒發出來的那副牌裡有八張7。」楊丹說。

註2 —— 賭場為了防堵算牌客而設計的規則，在一條新的牌開始之際，翻出第一張牌，牌面的數字即為燒牌的張數，若翻出7，則直接數出七張牌，蓋著牌面放入廢牌堆。這個做法可以有效的防止算牌客清楚掌握剩下哪些牌。

「連這麼衰的情況都被我們遇上了，這麼一想，機率確實是很低。」

「沒關係，長期機率來看，現在的輸都代表之後會贏回來。」楊丹信心滿滿的宣告，似乎是要安慰我，更要安慰他自己。

♥

休息了一會兒，我們重振精神繼續努力。站累了，我找了一張有賭客的桌子坐下來算。經過仔細觀察，玩百家樂的賭客總有一些習慣動作，總是手上拿著幾顆籌碼在手上弄得喀喀作響，在桌子間探頭，每張桌子都研究一下，看到圖面不錯的，就丟出一顆籌碼下注。

高級賭場的百家樂桌子旁有電腦螢幕顯示目前莊家、閒家出現的情況，及用各種不同的數學公式運算出一些圈圈圖，紅色、藍色、實心與空心圈圈的排列是百家樂迷必研究的功課。但在我們算牌客眼裡，那些都是百家樂迷的迷信，不管圖面上莊家的紅圈圈連成多長的一條龍，下一手牌莊和閒的機率依舊是50%，就如同丟銅板一樣。算牌客算牌7出現的機率才真正是有數學依據。

我為了讓自己身分不曝光，要把自己裝得很像真正的賭客，於是也在手上拿著四、五顆籌碼，喀喀作響的玩弄著，這樣坐上桌休息，看起來也很像是隨時準備下注的賭客，再配上認真研究螢幕的表情，發牌員會以為我只是一直找不到滿意的下注時機。

現在坐的這張桌子有兩個男的，分別在我左右，右手邊的人

總是面無表情的下注，輸贏好像也不太在意。

突然，桌上出現了一張7，沒人押幸運七，所以沒有人贏到錢，但我正在算牌，所以在心中把數字加一。但我好像觀察到了什麼，桌上的氣氛有點微妙的變化。左手邊的男人似乎因為這張7的出現，微微的吸了一口氣，然後抬眼看我右邊的男人。而剛剛一直面無表情下注的他，嘴角動了一下。

為什麼一張7的出現，桌上加上我的三個人都有反應？莫非……他們兩個也是算牌客？

這麼一想，我除了算牌以外，更用心觀察他們兩人之間眼神的互動，我相當肯定他們是一組伙伴，而且絕對跟我一樣在算牌7。隨著這條牌真數越算越低，低於負一的時候，他們兩人分別離開桌子，我的眼神跟著他們走，看到他們前後走進賭場另一端的廁所，賓果！

我興奮的把這件事告訴楊丹，我開竅了！我現在已經認得出誰是同行了！

「妳到底觀察到什麼？」楊丹覺得我的形容虛無飄渺，他很難理解。

「哎唷，你就是不用心才看不出來嘛！」我故意把凱哥的台詞搬出來氣氣他。

「那我跟妳說，我也發現那個看底牌的角度了。」楊丹說。

「你快教我怎麼看呀！」

「教你有什麼用？我們就乖乖算牌就好了，我們兩個都不會切牌呀！」楊丹說。

「切牌有什麼難的，可以練呀！」我信心十足。光是數學不好的我都可以加入算牌團隊，可以跟楊丹一起算牌，還有什麼辦不到的。

楊丹帶著我從某個角度，看發牌員換上一條新的牌。

「啊！我好像看到了！」

「對吧，就是這樣看的。」楊丹說。

「所以，趕快查，新加坡哪邊可以買到標準牌[註3]。」我說。

緊接著我看到旁邊一桌剛好要換新牌，馬上閃過去看底牌，不是7，所以這條牌不用切牌，但我已經掌握看底牌的角度了。接著往下算，這條牌的運氣很好，一副牌過去了，只出了三張7，表示牌盒裡還多一張。又一條牌發出來了，期間只出現兩張7，表示現在牌盒裡多了三張。我不停的心算，現在的真數是0.5，「再給我一點好運！」我心中默念著，手上把幾顆籌碼玩得喀喀響。

隨著牌一直出，都不再看到7的牌出現，流水數的數字一直往上加，真數逼近1，我的心算都要來不及了。牌桌上幾位賭客瘋狂的下注，幾乎不用思考，搞得我都沒時間心算，越心急就越怕算錯，心一橫，偷偷把手機拿出來。

我離開桌子假裝傳簡訊，一方面是賭場規定坐在賭桌上面不要用電子用品，雖然不太嚴格執行；另一方面是我要避開頭上

的監視器，所以站離賭桌遠一點。按下計算機功能，飛快的輸入「52×8=241」螢幕上跳出「175」，175÷52=3.365，還剩三副多，所以現在真數是……超過真1了，我趕忙從下一手牌開始下注。一邊用計算機偷偷的算數字，一邊要擔心被賭場發現，我覺得自己真是太天兵了，這種算牌技術說出來真是要笑死人了。

下一手莊閒兩邊同時出現7，耶！我在心中偷偷歡呼。發牌員卻把我的牌收走了。

「耶，那個……」我伸手阻止發牌員。「剛剛這是7點吧！」

「這個不算唒！押幸運七的意思是『莊家7點贏』，剛剛兩邊都是7點，這是和局。」說完毫不留情把我兩邊的籌碼都收走了。

連出了兩張7，流水數又往下減，眼看這條牌的真數已經跌下去，也不用再算了，損失慘重。我嘆了口氣。

還好晚上一帆給了我好消息。

「原本我在網路上跟妳說只能讓妳住兩天，可是我覺得我們聊得來，我回家看到妳也好開心，你們就不要搬了吧！留下來陪我如何？」一帆說。

這趟來新加坡，我和楊丹說好算牌的事他搞定，住宿的事我搞定。所以我不停的找時間搜尋網路上有沒有其他新加坡人的沙

註3 —— 標準牌指的是牌的紙質、厚度、尺寸都與賭場一模一樣的牌，市面上有蜜蜂牌及腳踏車牌是標準牌。

發可以給我們住。資金很少的情況下，如果還要在高房價新加坡花錢住宿，那我們還沒進賭場就先輸了！一帆要我們久住的提議真是大大解救了我。

　　往後幾天我們兩個女生依舊聊天聊個沒完，每天晚上大約十點，一帆就會傳簡訊提醒我快點從賭場回家，因為從金沙賭場到一帆家，搭地鐵加公車足足需要一小時。但好笑的是，不管我幾點到家，我們總是有辦法聊到半夜三點，每天都讓一帆帶著黑眼圈去上班。

利益分配

自從第一天大輸之後，接下來幾天我和楊丹算牌都還算順利，小小的贏一點。但是第一天的洞實在太大了，一點一點的補這個大洞也不知道補到什麼時候。

「哎呀！爲什麼輸錢總是很快，贏錢總是很慢呀？」我哀號著。

「因爲我們那天遇到的是難得的真數4呀！」楊丹好像把真數4當成什麼了一樣。

「我總覺得應該要找人合作。」楊丹說。

「找誰合作？哪裡來的人？你是要找職業玩家還是……？」我弄不懂楊丹打著什麼主意。

我陸陸續續又認出幾個算牌客，好幾個都是在一條牌要開始之前就在桌子旁卡好位置，像是禿鷹準備搶食屍體一樣，當看到底牌是7時，就急著在這張桌子搶位子坐，發牌員整理好新牌時又搶著切牌。若底牌不是7，這群禿鷹則一哄而散。

各家算牌客的集體行動實在是太明顯了，明顯到我都覺得保安怎麼還沒有動作？

突然手機震動起來，一條新簡訊。

💬 **我是喬瑟夫，今天晚上約出來吃飯好嗎？**

接到短訊，我和楊丹決定赴約。在新加坡金沙賭場我們是小蝦米，如果可以多從其他算牌客那邊得到有用資訊，多少都有點幫助。

「妳覺得有沒有可能喬瑟夫他們扮演之前凱哥的角色,也就是贊助我們算牌的資金?」楊丹問。

「我不知道他們會信任我們的算牌技術嗎?目前我們在這邊的戰績可拿不上檯面呢!」我說。

♥

傍晚我和楊丹坐地鐵去買了標準牌,再趕回賭場附近的商務酒店跟喬瑟夫會合。這場聚會不只我們三個人,當然有奧爾特,也有凱蒂,另外來了兩個我從沒見過的台灣男生,跟凱蒂聊得很開心。還有那天被我認出的兩個男生,多了一個成為三人組。

「他們是……?」我偷偷問凱蒂。

「他們是妳還沒來之前,我們團隊的人,是凱哥從台灣叫來支援的。」凱蒂說。

我和楊丹交換了一下眼神,原來凱哥真的從台灣叫人來新加坡,所以蓉姨說的話是真的囉!

三人組經過喬瑟夫的介紹,原來是香港的團隊。

原本以為只是喬瑟夫約吃飯,但是這頓飯越吃,聊天的話題越奇怪。我漸漸理解到,原來這是一場「喬事情」的飯局。

奧爾特很認真的問我:「妳是切牌還是算牌?」

「算牌。」我說。

接著他又問了別人,一組一組的確定大家的目標是什麼。

「我們兩個一組,我們可以退出切牌的部分,只算牌。」那

兩個台灣男生的其中一個說。

「我們三人只算牌。」香港三人組說。

「我要自己切牌，自己算牌。」凱蒂說。

奧爾特對著大家發言：「因為大家都不太會切牌，所以都願意將切牌的機會讓給我和喬瑟夫，事實上賭場裡還有好幾個算牌團隊在運作，光是切牌就太多人在搶，這樣很容易被賭場發現，所以我們才私底下找大家來合作。我們想到的方式是，如果你們先看到桌子即將開新的一條牌，就先坐上桌，其他團隊的人都有共識，以坐上桌為主，有同行在的桌子我們就不碰。

當你坐上桌的時候，打電話或是傳訊息給我，告訴我你在幾樓，我和喬瑟夫會趕快過去切牌，而這個牌是你們先發現，就由你們先決定下多少，沒下滿的我再補滿。」

「這聽起來挺不錯的，反正我們打不滿的額度，讓他們賺，換世界冠軍幫我們切牌也不錯。」我小聲跟楊丹說。

「我不參與你們的合作，我自己打自己的，我下不滿，你們也不要來下，大家各自玩各自的比較不會有問題。」凱蒂堅決的說。

「可是妳這樣……」不知是哪個男生出聲想要說點什麼。

「沒關係，我們尊重妳的想法。」奧爾特說。

我和楊丹就這樣莫名奇妙參加了這場利益分配會議，沒想到新加坡金沙賭場裡的這個漏洞，已經吸引世界各地職業玩家的注意，人數多到我們必須開會喬一喬。

　　算牌客都有個默契：一張桌子上只能有一個算牌客。因爲一張桌上若有好幾位算牌，桌子熱了就一起加注，桌子冷了就一起離桌，實在太容易引起賭場注意。現在金沙賭場的算牌客確實是太多了，很容易就擠上同一桌。

　　我和楊丹兩人加起來的總資金小得可憐。台灣那兩位男生的總資金是300萬台幣，其他人就更多了，喬瑟夫願意把我們當一個角色，還邀請我們參加，已經很尊重我們了。當然，從頭到尾都沒有機會讓楊丹問問喬瑟夫要不要贊助我們。

　　因爲借住在一帆家，不好意思晚歸，於是我和楊丹沒留下來跟大家喝酒，急急的搭計程車趕回遠在西邊的住處。

♥

　　回到房間，我和楊丹打開八副新的標準牌開始練習切牌。目標一次切出五十二張，因爲我們用高標準要求一張不差，所以每切一次就要一張一張的算過。

　　一帆對於我們反覆的動作很有興趣，不知我們在忙什麼，但是我們依舊不敢讓一帆知道我們在賭場幹著算牌的勾當，從她第一天對賭場的誤解來看，至今還讓我們住著就是莫大的包容了。

　　看一帆如此有興趣，楊丹和我使了眼色。

　　我懂他的意思。我和楊丹都覺得一帆真的很聰明，如果可以讓她加入我們的算牌團隊，或是她想要入股也可以，總是多一分力量。趁著一帆在洗澡，我們兩人偷偷的討論著，該怎麼用她可

以接受的方法跟她說。

「就搬出妳那套電影『決勝21點』的說詞好啦！」楊丹說。

「好，試試看。」

於是我趁著睡前的時間，我跟一帆併肩躺在一張床上，聊起了電影《決勝21點》。

「那部電影我知道呀，很好看！」一帆說。

「那妳怎麼會覺得賭場都是黑道？」

「就是看電影裡男主角被打，所以覺得賭場都是黑道呀！」

「打人的部分是假的啦！這部電影是真人真事改編，九成都是真的，就是打人的部分是假的！」我再三強調。

「是嗎？」一帆思考著。

「算牌沒有妳想得那麼可怕，這根本不違法，妳知道嗎？」

「不違法？真的嗎？」一帆從小就是優等生，違反法律的事她肯定不願意幹。

「美國紐澤西州的大西洋城賭場的法律就要求賭場不可以將賭客禁賭。早年大西洋城賭場將算牌客列禁賭黑名單，但是算牌客告上法院，訴訟之後，紐澤西州州法院支持算牌客，理由是：沒道理賭場營業都只讓輸錢的人進來，贏錢的不准來。如果沒有作弊，賭客依照賭場規則來玩，只是用自己的腦子贏牌，當然可以！於是禁止賭場將算牌客列黑名單。」我說。

「那法律都規定賭場不能禁算牌客，賭場難道乖乖聽話一直

輸錢給算牌客？」

「這當然是道高一尺，魔高一丈。賭場會用別的方法讓算牌客算不下去，因為賭桌上的規則是賭場定的。賭場限制算牌客下注的大小，不提供證件的賭客最多下1,000美元，讓算牌客獲利變薄，或是莊家切掉四副牌，讓你根本沒算到幾張牌，這條牌就結束了，就是這類的手法啦！」這也是凱哥帶著團隊來新加坡金沙一晚贏40萬美金之後，賭場做的防賭措施，我沒說出來我們現在面對的就是這種情況。

「可是我在拉斯維加斯的朋友說，賭場對這些搞鬼的賭客都很不客氣的呀！新加坡法律又這麼嚴格，會不會你們兩個被抓到以後，都被丟到濱海灣棄屍吧！」一帆的擔憂惹得我和楊丹大笑不止。

「我們查過了，新加坡賭場第一次抓到就會列黑名單，表示他不願意跟我們做生意，其實沒有法律問題，只是因為賠錢生意沒人做。再次闖進去才會遇到比較麻煩的情況。」

「會怎樣？」

「會被罰錢吧！我記得入口處有個牌子上寫的。」楊丹輕描淡寫的說。

其實我根本沒注意再闖會有怎樣下場，因為我如果真的被列黑名單，那就實現夢想了呀，我本來就不賭，實在沒理由硬要闖進去。

直到她快要睡著前，我已經讓他對我在賭場到底觀察些什麼

感到興趣，甚至要求我找一天帶他去賭場導覽。我想這是招募新
成員成功的開始吧！

♥8 同行

現在我算牌的技術大大提升，已經不用再拿出計算機了，不但如此，還進步到可以分心聽聽音樂和哼歌的程度。

我發現，賭場裡真的很多熟面孔。新加坡明明限制自己的國民進賭場，所以規定本國人民進場要付100新幣，相當於台幣2,000多元，還沒賭就先輸了。不但如此，還限制停留二十四小時，以免你在裡面賭到死都不出來。但是賭場為了賺錢還是替賭客開了方便之門，如果繳交年費2,000新幣就可以一年之內無限次進出。對這些賭場常客來說真是划算太多了，於是賭場中就出現一堆熟面孔，我每天像上班一樣的來賭場算牌，他們也像上班一樣的來賭場賭錢。但是穿著都還是像一般正常的上班族，有的人甚至還戴著公司的識別證就坐上賭桌了。

百家樂永遠是賭場中最熱門的區域，這些常客每天互相看也看熟了，所以常常「帥哥，你來啦！」或是「美女，幫我下一注。」這樣喊來喊去。我在百家樂桌前待久了，也學會一些賭客愛說的行話，例如：「這個『呆』都是這樣出的，三點『呆』，我看這個圖就知道等一下會『呆』。」原來他們說的『呆』是指Tie，就是和局的意思，新加坡腔調念起來就是全場都在「呆」來「呆」去的。

偶爾我也為了掩飾自己的身分，必須跟同桌的賭客攀談閒聊，討論下一注該押莊還是押閒。

「你看上面那一條顯示要押莊，下面這個圖看起來也是莊，

所以下一手押莊準沒錯。」這類的話我講著講著也就習慣了。

同時我也發現賭場中其他的職業玩家。之前在利益分配會議上，聽奧爾特說賭場內還有許多其他玩家也在算牌，我也漸漸辨認出他們來。

有一組來自澳門的馮先生團隊，總共有五個人，其中一個是他美麗的老婆。要不是喬瑟夫用簡訊通知我，我其實很難發現馮先生這組人。馮先生頭有點禿，坐在牌桌上的樣子看起來就是一般的有錢賭客，下注的情況也沒什麼蛛絲馬跡。而他美麗的老婆莫約四十歲，有時候跟他坐在賭桌上談笑，有時把手背在身後，帶著微笑像小女孩一樣在賭桌間左右閒晃，腳步輕快、裙擺搖曳，常有陌生賭客向她搭訕，完全是楊丹形容：「不會賭，卻帶著錢來賭場輸」的樣子。

經過喬瑟夫指點之後我才開始觀察他們。「馮先生是澳門來的高手。」喬瑟夫的簡訊上這樣寫，我當然更要搞清楚高手有什麼不同的作為，也因此才有機會兩次親眼看到馮太太精準的切牌技術。

當時馮太太跟我同時看到新開的一條牌，她距離比較近，已經坐上桌了，而這條牌剛好就是7的底牌。她輕鬆的拿黑卡一切，然後坐下來玩。桌上沒有其他客人，她只好自己燒桌子，拿小小的籌碼打三寶[註1]，或是莊閒隨便押，突然一手牌押在幸運七

註1 —— 百家樂桌上同時押「莊對子」、「閒對子」、「和局」的押注就叫三寶。

的格子上，打滿，然後那手牌就中了。再押兩注沒中就起身離桌，完全是超專業水準。

而我自己算牌遇到最大的問題竟然是：我不像算牌客。

雖說算牌客都會掩飾自己，但是同行之間只要有經驗就認得出來，說穿了還是有一種固定的行為模式和氣息。如果押幸運七的人，可能是算牌客，因為一般賭客就只是押莊和閒。如果幸運七可以一押就中，那肯定是厲害的算牌客。如果在一張正要開新牌的桌子邊徘徊，十之八久也是算牌客，一般賭客忙著找其他桌子去了。另外，算牌客總是有一種「很篤定」的神情，下注的時候也顯得老神在在，贏錢的時候喜滋滋的表情也多了一種「預料中會贏」驕傲神氣。

而我，常常花時間觀察別的賭客，對於賭局本身少了禿鷹搶食的狠勁。贏錢的時候常常自己也相當驚訝，好像不知道自己怎麼會贏。這些是楊丹對我的觀察。

因此，其他團隊的算牌客認不出我是同行，有時我先看到的桌子坐了下去，其他的算牌客也一屁股坐下來，讓我相當困擾。

除了這點小煩惱，算牌是越來越上手了，我跟楊丹第一天輸的錢也快要打平了。

尋覓新成員

今天是一帆約好要來賭場「參觀」的日子。

對於找新成員的事我們還是沒放棄，雖然開始小小的賺錢，但是真的挺少的，而且只是帳面上的平衡，如果把我們兩人每天八小時的人力成本算下去，我們到目前為止還是在做白工。

除了一帆之外，還有另外一位從馬來西亞來的朋友凱川，在幾天前看到我網路更新的算牌消息，大感興趣，於是開車五個小時穿越國界來新加坡找我學算牌。

「妳就讓他來吧，我們先看看他是不是適合算牌的人，另外也可以看看他想不想入股，當不成算牌伙伴，當我們的金主也行。」我本來怕影響我跟楊丹算牌工作，但是楊丹覺得見了面或許會有其他機會，於是跟凱川約了碰面。

在金沙酒店的大門口與凱川碰面，先找了一個面對濱海灣魚尾獅的咖啡座，先聊一聊並介紹楊丹跟他認識。

「我從小就對撲克牌類的遊戲特別有興趣，所以我才會過來。」凱川很大方的自我介紹。

「那你平常會去賭場玩牌嗎？都玩些什麼？」楊丹問。

「玩百家樂最多囉！」聽到這句，我和楊丹交換了眼神，一則以喜，一則以憂。因為他至少懂的百家樂怎麼玩，但是一般玩百家樂的人都有賭性，不知道能不能照著數學機率下注。

「看了安在網頁上寫的21點算牌的事，我就馬上搜尋了所有

的資料，練了好幾天。」凱川說。

「那就現場算一下吧！」楊丹決定現場小考試。

讓我們驚訝的是凱川的心算速度之快，與楊丹不相上下，當然是比我快多了！基本策略也都背得滾瓜爛熟。

「我覺得自己可能有一個問題，就是我只要一進賭場就會受到氣氛感染……」凱川真是個坦白的人，我很喜歡他這種真誠的個性，在新朋友面前也不做作，我相信在他內心相當有自信，才能夠不隱瞞的說出自己的弱點。

「嗯，這個就等一下進賭場試看看囉，看你能不能在賭場氣氛下還依然遵守基本策略下注。」楊丹說。

接著換凱川問問題，而他的問題相當的精準。

「這樣算21點，獲利率到底是多少？我如果真的想要算牌，應該要準備多少錢呢？」

「一年獲利率400%，但這要長期算，平均每天的獲利率就是1%。資金的話，九十小時至少要3,000美金來承受震盪。」

楊丹說完，凱川表情一愣。他拿出手機計算之後，抬起頭說：「這樣我做生意的獲利率都比算牌高，風險也沒那麼大呀！」

「是呀！這是事實。」楊丹也毫不隱瞞這一點。

其實太多人對於「算牌」這件事存有不切實際的幻想，以為少少本金就能以小搏大，一夕致富。我從澳門算牌算到新加坡，有一個很大的感想：「算牌」是有錢人才玩得起。機票、住宿不

講，光是每天上賭桌要準備50萬台幣的基本籌碼，就是一般上班族的年薪了。但是真的有錢這樣一擲千金的人，就不會想要靠「賭」賺錢了。況且，凱哥一夜賺了40萬美金，這也不是什麼一夕致富，因爲他是準備了300萬美金，才可以一晚賭贏40萬。

接著我們帶著一帆和凱川進賭場，在幾種特殊的遊戲前停下腳步說明。一帆第一次進賭場，好奇的眼神像是小女孩走進遊樂園。凱川對賭場比較了解，跑去換了500新幣的籌碼，坐上21點桌子小試身手，一帆在一旁看得投入，跟著大家一起喊「Picture！」其實新加坡金沙賭場的21點都是自動洗牌機，根本不能算牌，凱川坐上桌只是玩玩氣氛。

「現在還是下一顆籌碼？」凱川連輸了五手，轉頭問楊丹。

「不然你想怎麼下？」楊丹反問。

「我想要下兩顆，贏一次就翻兩倍回來了。」

「不行。」楊丹一口拒絕。「算牌客所下每一注的大小，都是經過計算得出的結果，注下越大，風險越高，越容易破產。」

凱川在楊丹的要求之下，只好繼續一顆一顆的下，但接連著幾手牌還是輸。楊丹悄悄的用手肘推我，使了個眼色，我看到凱川推籌碼的手微微的顫抖。看來，對於喜歡賭的人來說，在賭桌上按照數學行事，確實不容易。

接下來，有輸有贏，十分鐘之後，凱川的籌碼又一顆顆贏回手上。此時一位女賭客坐上我們這一桌，跟我們閒聊了起來。

「你不押對子呀,那我押你的對子喔!」女賭客說。

「請。」凱川說。

出現對子的機率,粗略計算是十三分之一,賠率十三倍才合理。但是賭場設定的賠率是十一倍,對於賭客來說押對子當然是穩輸不贏,所以算牌客絕對不會押對子,只有賭徒才會這樣做。接下來,凱川拿到一手A、7,莊家的牌是2。凱川毫不猶豫的揮了揮手,停牌。因為我們背的基本策略表格上面寫的最佳動作就是停牌。

女賭客探過頭來說:「這樣你也停牌呀?」顯然對於凱川的決定相當不以為然。

「數學這樣說囉!」凱川笑笑的回答。

「數學?」女賭客噗哧一笑,用相當輕蔑的語氣說:「哪有這種事?」

凱川笑了笑沒回話,我和楊丹站在他身後也僅是微笑。一帆在旁邊忍不住小聲問我:「她那個語氣,是不相信數學囉?」

「是呀!**大部分的賭徒相信運氣,可是賭場會賺錢,是因為機率。**」我說。對於別人不相信算牌這回事的質疑與取笑,我早在還未踏上算牌旅程就已經體會過了,現在很有免疫力。

半小時後,凱川玩得過癮了,收了籌碼,一行人決定到別處晃晃。

「我常覺得來賭場就當是『消費』,就像是唱KTV要付包廂

費是一樣的。」凱川說。

「大部分人上賭場的人，應該也是這麼想的。上賭場就是開心、放鬆嘛！」我說。

「對呀，我上賭場玩，就是想要賭桌上那種緊張刺激的氣氛，贏錢的時候就特別高興，覺得賺到了；輸錢的時候我也不傷心，反正我也輸的不多。我會控制預算，這次來賭場玩就只帶400新幣，輸完了就回家。」凱川說。

「這樣也挺好的，不要輸到破產就行了，是吧！」一帆說。

繞完賭場一圈，一行人決定上金沙酒店天空花園的KUDETA酒吧看夜景。

來到新加坡，不能不看濱海灣的夜景；而看濱海灣夜景最好的角度，就是金沙酒店頂樓的空中花園。

但是要上去可不容易，空中花園最讓人讚嘆的，就是房客專用的無邊際泳池，游泳池襯著遼闊的景色，就像是可以與浮雲一同游在空中一般。網路上瘋傳的照片也為金沙酒店帶來大批的住房人潮。但是住一晚金沙酒店近萬元台幣，不算便宜，況且金沙酒店相當熱門，哪怕是有錢也沒有空房。

非房客想要登上空中花園觀景，大家所知道的就是收費觀景台，票價新幣20元，就可以登上觀景台一覽整個新加坡的景色。但是觀景台角度僅能看到濱海灣以北的方向，並不是最好的觀景角度。

　　「你們知道嗎？看濱海灣的夜景，最聰明的方式就是上KUDETA酒吧！因爲上觀景台要付入場費，沒有椅子坐也沒有飲料。到酒吧花同樣的錢，可以點杯飲料，還有音樂可以聽，又有美女可以看。」我興奮的介紹著。這些資訊是我某天在賭場晃蕩的時候，向我搭訕的賭場服務員說的。

　　金沙酒店大廳三號塔的電梯旁邊有一個KUDETA的小櫃檯，跟他們說要上酒吧，就會拿到一張卡片，搭電梯直上五十七樓。隨著爵士樂的音符，轉幾個彎就進了酒吧，果然充滿熱帶夏日氣氛，一旁的沙發上慵懶的躺著放鬆的人兒，侍者端著雞尾酒穿梭，輕爵士配上各國美女，還沒喝就覺得醉了。

　　延著玻璃圍欄是一張張高腳桌，好位置全都擠滿了人，我們端著各自的調酒在桌與桌之間找角度拍照。新加坡濱海灣的夜景真不是蓋的，超過一百八十度的美麗景色很有層次感，左手邊是無邊際泳池襯著遠方的港口，接著是新加坡商業區萊佛士坊林立的高樓，右前方是一片較低矮的燈火向遠方延伸，低頭可以看到著名的魚尾獅及外型像大榴槤的濱海灣藝術中心，再往右看是延伸、分岔後向右彎去的高速公路上流動的燈火。隨著夜幕低垂，右下方像花朵一樣的藝術科學美術館點起了燈，簡直美得像場夢一樣。

　　我們聽著音樂，喝著調酒，從黃昏看到夜光初上，音樂越來越大聲，我幾乎都忘了自己在這邊每天很有壓力的算牌生活，眼前只有燈海和每個人的笑臉，一帆玩得很High，楊丹也難得雙眼

迷濛。

「妳好會享受呀！」凱川在我耳邊大聲喊著。

這是我來新加坡後難得感覺到放鬆的一晚。

回到一帆家，我和楊丹討論今天的觀察。

「你覺得，他們兩個人之中，有任何合作的可能嗎？」我問楊丹。

「凱川我看是不可能了！因為他有在做生意，對他來說，算牌客這種獲利是很低的。」

「對呀，他聽到算牌獲利率其實不高的時候，那表情真是相當驚訝！」我說。

「算牌本來就是以大搏大，有本金的人才玩得起。雖然凱哥總是說：『算牌的投資報籌率比買股票還高』，但算牌客是每天八小時坐在賭桌上工作，並不是如一般人夢想中的坐享其成。」楊丹說。

「真的有本事做生意，又弄清楚算牌的事，就會發現還不如生意好好做，生活也單純。凱川的算牌夢碎之後，回去經營他的生意應該心裡更踏實。」

「真可惜！凱川的反應和心算都那麼快，若他真的能夠依照數學運算下注，那肯定能成為算牌團隊一名大將。」楊丹說。

「他最大的弱點就是會被賭場氣氛影響，興奮起來就沒辦法

跟著數學走了！」我說。

「所以妳知道妳自己厲害的地方了嗎？」楊丹笑著問我。

「我？我只是依照數學行事而已呀！」我不懂楊丹說我厲害在哪。

「這就是妳厲害的地方。妳知道，『依照數學行事』六個字說起來簡單，大多數人都做不到呢！數學計算出來該下多少注碼，妳可以絲毫不帶個人感情的執行，這就是妳厲害的地方。而且，妳一點賭性都沒有，真是不可多得的人才。」楊丹說的我都不好意思起來。

「那妳覺得一帆會加入我們嗎？」楊丹問。

「我覺得她還是會怕耶，可能中國人根深蒂固的儒家觀念就是覺得賭非正途吧！雖然他數學邏輯都可以跟得上，但是我覺得她過不去自己心裡那一關，要說服她加入團隊可能還要再一段時間。」我說。

「那就再看看吧！」楊丹顯出失望表情。

眼前既然找不到適合的成員加入，我們兩人也只好靠自己的能力好好的算下去。

♥ 10 新金主

　　每天早上去賭場以前的時間，我和楊丹都窩在一帆房間裡練切牌和上網收信。我們已經取得幾位不同團隊算牌客的聯絡方式，大家透過手機簡訊或是網路郵件互通消息。包含每個星期三賭場又把誰列為黑名單，或是其他賭場方面的動靜。

　　「昨天你睡了之後，一帆說她受邀去上一個新加坡的廣播節目，但是她這週末要出國不能去，要我代替她去受訪，所以我星期六要上節目，結束再去賭場找你。」我對著楊丹說。

　　「好呀！旅遊作家才是妳的本業，上節目也挺好的。」楊丹頭抬也沒抬。

　　「我在拉斯維加斯認識的一位金主好像來到新加坡了！」楊丹隔著電腦螢幕對我說，語氣中充滿興奮之情。

　　「誰？」

　　「阿濤。他很年輕喔！現在可能才二十五歲吧！大學沒念畢業就看了算牌的書而休學。」

　　「那不就跟你一樣？」

　　「我想他比我厲害很多。他最開始是從賭博網站上找到漏洞賺進第一桶金10萬港幣，後來在澳門加入凱哥團隊，又自己將團隊中學到的技巧發揮，贏了100萬港幣，還送凱哥10萬港幣，感謝凱哥教導他入行。之後短短三年就賺到100萬美金，現在拉斯維加斯的算牌團隊也有入股。」楊丹形容他的語氣充滿崇拜，看

來是把阿濤做爲他職業賭徒之路的目標。

「這麼厲害，那他來新加坡有沒有機會一起吃個飯呀！」我也想認識這麼傳奇的人物。

「我聯絡一下，但我先跟妳說，他的外表看起來就是一個傻呆呆唷！」楊丹說。

「什麼是傻呆呆？」

「等妳見到他自然就明白了。」楊丹說。

下午，我們約在地鐵濱海灣站的那個圓形廣場碰面了。

阿濤這個人，怎麼說呢，就是很像宅男的裝扮，真要細講也沒有什麼特別，普通的襯衫配上普通的牛仔褲，粗框眼鏡和不打薄的髮型，但就是一點文青味也沒有，可能是因爲臉上總是掛著帶點尷尬的笑容，講話廣東腔調，語氣總是把尾音拉得很長，每個回答都有猶豫不決的味道。

「你大老遠從拉斯維加斯飛過來，是要算幸運七嗎？」楊丹問。

「是呀～」阿濤廣東腔的尾音拖得老長。

「那你有帶人來？」

「有呀～」

「你的人會算幸運七嗎？」

「會呀～不過算得不好啦～」

「那要不要合作，我跟安當你的算牌者，你的人當大玩家。」楊丹還真是不廢話，與阿濤見面不到十分鐘就切入重點，

直接提出合作的要求。

「可以呀～那你們要拿多少？」

「因為輸的部分我們不付，所以利潤少拿，可以嗎？我跟安總共拿一成，兩個人合併計算，如何？」

「可以呀～」阿濤不是絕頂聰明就是真的傻，談這些跟錢有關的事，他好像也不需要打點算盤就一口答應了。不過我想他應該是絕頂聰明，不然也不可能年紀輕輕，不到二十五歲就在賭界當金主了。

「那你的資金夠嗎？每一注可以打滿嗎？」楊丹問。

「打滿是多少？」

「一注500新幣。」

「那可以呀～」阿濤說。我站在旁邊一句話都沒說，三兩下楊丹就把合作方案談定了。

「等一下要不要一起進去賭場看看？」楊丹提出邀約。

「不行呀～我已經被列黑名單了。」

原來阿濤這個人，外表雖然傻呆呆，其實是個很有膽識的人，腦子也非常聰明。其實光看他大學一年級看了算牌書就休學這件事，就可以看出一些端倪，他肯定是個非常有想法的人，相信自己的判斷，不盲從，而且不在乎別人眼光。他當時念的是香港大學，全球排名前百大的學校。

至於他被列黑名單，是個很有趣的故事。因為他當時打的是

底牌漏洞，要能夠看到莊家底牌，當然是坐得越低越好。老兄他異想天開，居然叫其中一位伙伴假裝腳傷，買了一把輪椅，喬裝成傷殘人士進賭場。輪椅很低，莊家底牌看得清清楚楚，大贏一場。當他們贏夠了要離開賭場時，賭場早就覺得有異，派人跟蹤查證，傷殘人士馬上站起來跑路。聽過這故事的人都笑倒，阿濤也未免太天才了！

「其實我剛剛本來想要闖闖看……」阿濤說，「可是檢查我護照的保安，就是之前把我抓進去列黑名單的那個人，天底下有這麼衰的事。」

「那你就不要冒險了吧！反正我們明天開始工作，你的大玩家會負責下注，兩邊的人都記帳，結束之後兩邊跟你報帳，帳是對的就沒問題了。」

阿濤的大玩家都是廣東人，普通話說的不好，我們確認好暗號，明天開始合作到月底結算。明天起我和楊丹就可以放膽上桌廝殺，不用擔心輸到沒錢回台灣了！

♥

第一天和阿濤的人合作，我和楊丹提前到賭場。我們的合作方式是由我跟楊丹算牌，而阿濤的人擔任大玩家，所有籌碼都在他們手上，兩邊的人擔任不同角色也有互相牽制的作用，以免算牌者和大玩家串通，把金主的錢給騙走了。但金主多半還是會希望能夠在附近看我們進行的情況，更何況第一次出任務，阿濤肯

定想要知道我和楊丹的算牌技術到底值不值得信任,所以,阿濤出現了!

「你怎麼會進來?」楊丹躲進廁所跟阿濤說話。

「今天試走另一個門,驗護照沒問題就走進來了呀!」阿濤嘻皮笑臉的。

楊丹負責二樓,我負責一樓,阿濤則帶著他的兩位大玩家站在二樓女兒牆邊,可以同時看到楊丹,也可以同時往下看到我。

我在桌邊晃,尋找可以算的新牌,發現了一張新的桌子,我坐了下來。突然一個高個子的男生也在我的桌子坐了下來,轉頭看了一下,才發現他跟我一樣緊盯著發牌員手上的那一條新牌。

該不會是同行吧?我心想。可是這個人前半個月都沒見過呀!怪了,賭場裡又多了新的同行,卻不知道是哪邊來的。

這位新來的怎麼會不懂行規:一張桌子只能有一個算牌客,有同行的桌子就不該過來。我一方面有點生氣,卻又不知該怎麼處理他。反正先算再說吧,說不定這條牌沒有出手的機會。

沒想到我牌運真好,這條牌一開始牌值就是正的,一張7都沒看見,表示後面很有機會可以下大注。眼看著牌值一路上漲,我傳簡訊給阿濤,叫他帶著大玩家過來。

當我做出第一個下注的暗號時,阿濤與大玩家剛好趕到桌邊,直直的走過來就把500新幣的籌碼押在幸運七的格子中。這一注已經押到賭桌規定的最大上限,那位新來的坐在桌前手腳不

夠快，沒有押到注。他轉頭怒目看著大玩家，大玩家看著阿濤，
而阿濤沒有要撤注讓一點給他下的意思。瞬間，這位新來的好像
終於認出我們是同行，起身憤憤的離開。

　　一押就中！

　　發牌員忙著數籌碼，招手請賭場經理來確認，大筆金額的輸
贏都需要經理點頭才付錢。我內心興奮到不行，這簡直太好運
了，好想跳起來歡呼，這一注可是台幣45萬呢！但我只是瞄了大
玩家一眼，對著發牌員說：「唷！運氣怎麼這麼好！」雙手將籌
碼弄得喀喀響。這響聲是繼續下注的暗號。

　　經過好幾手牌都沒押中，牌值仍然大於一，當然繼續下注，
我也不停的玩弄手中籌碼。旁邊又坐下一位新的人，看起來只是
一般賭客，看了我的手一眼，大概是在暗示我籌碼聲很吵，但我
不可能停手，因為這是我們的暗號呀！

　　超好運！又中了一手牌！又45萬進帳。

　　牌值也在此時掉到真數1以下，看看後面的牌沒剩多少，這
條牌大概就這樣了吧！而且我想要見好就收，於是我把籌碼收進
手拿包，對著發牌員說：「好運都給他贏光了！不玩啦！」起身
離開。

　　幾分鐘後手機收到簡訊：「+35500」，是阿濤傳來的帳。
大約台幣80多萬耶！這是第一次靠我自己算牌贏到的錢，跟我在
澳門配合喬瑟夫下注贏到的錢感覺完全不一樣。阿濤對我算牌的

表現非常滿意，我也高興極了，覺得自己已經脫胎換骨，不再是之前那個菜鳥。

我躲到廁所去發布臉書動態，又發了一則簡訊給媽媽：「剛剛大贏80萬，真是超爽的！」幾分鐘後媽媽傳來簡訊：「贏到自己口袋的才是妳的。」老媽真是太有智慧了，這一條簡訊短短十一個字，讓我頓時清醒不少。

我跑到二樓觀察楊丹算牌，卻看到凱蒂和另一位同行的紛爭。

當時凱蒂坐在桌子上押三寶，算牌客當然是不押三寶的，所以我知道她在燒桌子。果然，下一手她就把籌碼押到幸運七的格子裡了，只押了300新幣。這時候一位同行走過來，把他的200新幣也押在幸運七的格子裡。我不是很確定他到底是哪一個團隊的，好像是馮先生的人，又好像不是，賭場今天真的出現很多新的同行。

「不可以唷！」凱蒂轉頭瞪著他。

他伸手把籌碼收回去，卻拉了張椅子坐下來。發牌員開出牌，沒中。

凱蒂再次押幸運七，沒想到這位老兄又再次把籌碼押上來，這回真的激怒了凱蒂。

「我告訴你唷，你不能這樣，別人花錢燒桌子，你就等著揀現成的。你再這樣做，以後我來也不自己花錢燒桌子，我就跟在你後面，等你要下注的時候我就來插花。我叫我們的人都來插花，看誰的人多！」凱蒂用高八度的聲音，大聲又飛快的罵他。

但是老兄他臉皮夠厚，拿起手機假裝講電話，站得遠遠的。沒想到這一手卻中了，凱蒂氣得發抖。老兄繼續假裝講電話，走過來拿了贏得的籌碼就走。

這算是我在賭場看過同行之間最失控的爭執，凱蒂大吼大叫的，保安要不注意也難。我都很擔心凱蒂這樣一嚷嚷，等一下就被保安架出去了。

晚上我和楊丹討論到這件事，「我覺得凱蒂這樣做一點道理也沒有。」楊丹說。

「為什麼這樣講？」

「賭場本來就沒有規定幸運七只能一個人下，只有規定一桌最高下注總額，所以你自己財力不夠雄厚，下不滿，別人本來就可以下。」這是楊丹的看法。

「要是一般賭客跟著下注也就算了，明明是同行，不自己花錢燒桌子，專門等在旁邊撿便宜，確實是挺低級的行為。」我說。

簡單來說，遇到錢的事，不管在哪都容易有紛爭，更何況是賭徒的世界。

♥ 凱哥的邀約

早上我一上網收郵件就看到這封信。

安：

　　我寫這封信是要邀請妳四月分前往拉斯維加斯算牌，同時可以進行我們說好的新書計畫，不知妳有沒有興趣同行。前往的時間是四月一日，預計在拉斯維加斯待一個月到兩個月，薪水一樣是每個月 1,000 美金，贏錢另外有分紅，食宿機票都由我出，如果願意接受這樣的安排，請回信給我。

　　Ps：請不要告訴楊丹，我這次拉斯維加斯算牌計畫不打算用他，因為他不夠專心，算牌出錯頻率太高，英文不夠好又不會開車。對了，如果妳可以同行，請先準備好國際駕照。

妳誠摯的凱哥

　　大約花了半秒鐘思考，我就決定要告訴楊丹。因為沒有楊丹，我今天也不可能有機會在這裡算牌。再說我也不想要跟凱哥保有什麼兩人祕密。

　　「我收到凱哥的邀請耶，他問我要不要去拉斯維加斯。可是……他說不要告訴你。」我說。

　　「我可以看一下信嗎？」楊丹面無表情。

　　「好呀！」我把電腦轉向楊丹。他仔細的看了大約三遍，然後語氣平穩冷靜的說：「嗯，妳應該會想去吧！」

　　「嗯……我是在想，沒有你在的話，我應該答應他嗎？」

「妳擔心什麼？」

「我其實不懂他爲什麼讓我去，而不讓你去。」我說。「上面寫的理由我覺得不成立，就算你算牌不專心，我想你還是算得比我好吧！」

「還有他寫的英文不夠好和不會開車……」楊丹已經無法假裝平靜，露出不滿的神色。「我上次看那份英文的菜單，只是沒看過那道菜的名稱，問了他一下，他就以爲我英文很爛……」

「對對對，我知道，你有說過。」我安撫的說。

「還有開車，拉斯維加斯的團隊成員又不是每個都會開車。」楊丹深吸一口氣，很努力的壓抑情緒。

「所以我覺得他不讓你去的理由很怪嘛！同時我也不明白他邀請我去的理由。」我說。

大約等待楊丹又看了信兩遍的時間，我小心翼翼的開口問：「那你覺得我該答應嗎？」

「既然他願意安排妳去，那妳就去吧！能夠免費去拉斯維加斯玩，又可以算牌賺錢，要是我也會去的。」楊丹換上平靜的語氣。「在妳去之前，如果可以，幫我說點好話吧！或是他再不讓我去，我就找其他金主安排看看。」

雖然接到這封邀請信可以去拉斯維加斯，但是這一波三折，讓我也高興不太起來了。

♥

　　下午我沒跟楊丹去賭場，而是接受一個新加坡超老牌的廣播電台——麗的呼聲專訪。這是新加坡相當有歷史的廣播電台，早年鄧麗君到新加坡都一定會上麗的呼聲的節目，能夠到這麼有歷史分量的節目受訪，真是覺得相當光榮。

　　主持人蔡韻又是一位讓我大開眼界的女孩，大學還沒畢業已經是廣播節目主持人，大學念的是傳播，與我的所學有點相關。外表是溫柔美麗的福建姑娘，說一口標準好聽的普通話，思緒敏捷，講話的速度很快。他跟一帆的背景很像，從中國拿獎學金到新加坡念書，做過幾個很棒的紀錄片計畫，一聽就是台灣大學生想不到的等級，又是一位中國精英。

　　她去過台灣，對於台灣的印象很好，加上我們的興趣相近，從下午一見面就聊個不停。原本計畫碰面先聊一聊，培養上節目的默契，沒想到一見如故，聊個沒完沒了，從見面聊到五點節目開始，中間的節目休息時間，直到七點現場直播節目結束，我們的話題好像還沒說完。

　　等我訪問結束，趕到賭場已經晚上八點多了。

　　「我正打算要回家了呢！」我一見到楊丹，他就這樣說。

　　「我一結束就趕過來了。」我急忙解釋，因為我看得出來楊丹不快的神色。

　　「我今天已經累了，走了吧！」楊丹說。

　　於是我到賭場一條牌也沒算，就跟楊丹打道回府。一路上我

默默無語，心中想著他一定是因為早上的事心情不好，再加上今天只有他一人在算牌，所以不平衡。

「今天要上節目的事，我早就跟你說過了。」我說。

「我知道，我又沒說什麼。」楊丹說。

看來他並不想聽我解釋，但事實上我覺得自己也不需要解釋，我並沒有做錯什麼呀！只是我們兩個人在新加坡像是相依為命的伙伴，這低氣壓實在是令人難受。

♥

第二天的早上，我又收到了一封凱哥的信。

安：

不知妳有沒有收到我昨天的信，我想跟妳說新的計畫。我預計在拉斯維加斯算牌一個月之後前往歐洲旅遊，外加前往幾個小國算牌二至三個月，妳有沒有興趣一起同行？

希望盡快收到妳的回信。

妳誠摯的凱哥

收到這封信我頭都痛了，楊丹可能還在為昨天那封信不開心呢，今天又來一封。去拉斯維加斯的機會我當然不想放棄，但是我也不想為了兩封信，就搞得我和楊丹現在內鬨。

「凱哥還有再聯絡妳嗎？」沒想到楊丹主動開口了。

「我看你跟凱哥有心電感應唷，你怎麼知道他會再寄信給我？」

「他的作風。他急性子，對方若是沒回信，他一定隔天再寄一封。」楊丹說。

看完了凱哥寄給我的第二封信，楊丹平靜的說：「妳就回信說妳要去呀！不用管我，反正我可以找其他金主。」這次楊丹的語氣是真的沒事了。

「可是，我還是有另一層擔心耶！」我說。

「妳擔心他對妳有企圖唷？」

「嗯……有點怪怪的。」

「妳別想太多，妳忘囉？凱哥說過：『跟我一起旅行吧！』其實只是等於問妳『吃飽了沒』。所以他第一封信是問妳吃午餐了沒，第二封信是問妳吃晚餐了沒。他不是再三強調他對凱蒂一點意思也沒有，只是邀請她來亞洲一起算牌，一切都是凱蒂往自己臉上貼金嗎？」楊丹的比喻把我逗笑了。

「好吧，那我就回信答應他，一起吃午餐和晚餐。」我說。

中午出門前我接到一帆的簡訊

> 安，房東說我房間裡的客人住太久了，想趕你們走，可能只能讓你們住到這週末了，趕緊跟妳說，妳要快點找住處。

「這件事該怎麼辦？」楊丹顯然不知怎麼處理。

「房子的事我來搞定……我覺得應該要跟房東講講話……」我思索著。

「可是現在應該出發去賭場，我們跟阿濤合作不能遲到。」
楊丹說。

「那不然你先去，我想辦法跟房東說上話，晚點就過去。」

一帆的房東雖然跟我們住在一個屋簷下，但是我只見過他一
面，平常作息時間不同，根本遇不上。我想大概禮貌不夠周到，
加上確實住太久了，整整三個星期，難怪人家要趕人了。其實我
沒有什麼具體辦法，只是想要見上房東一面，見面三分情，到時
候看情況。

在屋裡晃了一個小時，房東臥室的門終於打開了。我連忙站
在我的房門前向他打招呼。房東先生客氣的笑一笑，沒有多說
話，走到廚房打開冰箱拿水喝。

「房東先生你有看書的習慣嗎？」我主動攀談。

「很少。」

「那這樣你應該沒看過我的書吧！」我端上超親切笑容。

接著我在客廳沙發坐下來，房東先生像是被我催眠一樣，在
我身旁坐下。我用甜蜜的笑容和溫柔語氣緩慢的跟他說我來新加
坡是為了寫新書的事。房東先生看起來年紀也老大不小了，大約
三十五到四十歲之間，現在仍是單身，跟他短短說幾句話，我就
感覺到他是一個非常、非常宅氣的人，根本不懂的怎麼和女生聊
天，我只要對著他笑一下，他就臉紅的說不出下一句話。

「那、那……妳其他的書是寫什麼呢？」

「歐洲旅遊、台灣旅遊，都有呀！」我甜甜的說。

「那、那……新加坡買的到嗎？我買一本來看好了！」

「我不知道耶，可能從台灣的網路書店訂書寄過來也可以。」

「那……我買妳的書，之後……之後去台灣可以找妳玩。」房東講這句話之前彷彿鼓足了勇氣。

「好呀！你來台灣打電話給我，我帶你去玩呀！」我臉上堆滿笑容說出這句話，心中忍不住偷偷喊著：「耶！應該搞定他了！」又與房東天南地北的聊一下，我拿出手機看一下時間，「那我下午還有事，差不多該出門了。」

「啊……妳先忙，妳先忙……」房東連忙站起身來。

我帶著標準微笑，揮手說再見，出了大門再回頭笑一次，房東先生還在客廳裡隔著鐵門跟我揮手。

前往賭場的地鐵上，收到一帆的簡訊：

💬 **安，妳做了什麼？房東先生剛剛傳訊息說，如果你們有需要，可以讓你們住下去：)**

看到這封簡訊，我忍不住揚起勝利的微笑！

到賭場的時間比平常晚了兩個小時，但是今天一連解決兩件惱人的事情，一是答應凱哥的邀約，另一個是差點流落街頭的住宿問題，真是老天的眷顧。

　　隔天我又跟楊丹和阿濤告假了。自從上了廣播節目之後，通告一直來，一大早就受邀上一個全新加坡最有名的廣播節目，100.3，據說是全新加坡人早上上班途中一定會聽的廣播節目。

　　節目相當有趣，像流動攤販一樣每天換地點做現場收音，我錄音的這天在新加坡碧山公園。

　　「歡迎回到100.3，今天我們在碧山公園，聽眾朋友如果在這附近，對我們的節目內容有興趣，都可以直接到現場，看今天的來賓……」節目主持人在每個廣告破口都會說上這樣一段。

　　這一集的主題是：「賭」。聊一聊對賭這件事，以及新國政府同意興建賭場的看法。前一天，新加坡政府才剛通過一條法令，發給賭場仲介執照以合法招攬國外大額賭客，保守華人社會一片嘩然，全國上下鬧轟轟的，大部分的公眾人物卻不願意在節目上公開發表反政府政策的言論，剛好我又以台灣作家的身分來到新加坡寫賭場故事，當然就邀我一同座談。

　　節目進行中不只開放觀眾來現場旁聽，同時也開放網路聊天室讓遠端的聽友留言評論。受到台灣民主過了頭的社會風氣薰陶，我隨便一開口，自己覺得沒有講什麼尖銳言詞，對於新加坡的聽友來說已經相當重口味。

　　「妳是怎麼會想要寫賭場這個主題的故事呢？」新加坡最紅的廣播主持人——文鴻操著特殊的新加坡口音說。

　　「我是因為認識了一些職業撲克選手之後，才發現原來世界上有這樣的行業⋯⋯」

　　「等等，妳剛才說這些撲克選手是怎麼樣？他們的工作是什麼？」主持人打斷我。

　　「職業撲克選手的工作就是每天上賭場，賺的錢就可以養家了。」我話說完，竟是好幾秒鐘的沉默，主持人好像一時不知該怎麼回應。

　　廣播節目沒有人發言，這樣冷場也不是辦法，於是我又補充一句：「我說的是真的。」

　　「你確定這可以播嗎？」另一位來賓，新加坡早報的主編開口問主持人。

　　現場的來賓一陣大笑，意外造成很大的娛樂效果，或者是說針鋒相對。

　　「如果，如妳所說，真的有一種方法，可以透過訓練，進賭場可以贏錢，那我們的大學怎麼不開設系所來教賭博呢？以後我們父母要怎樣教小孩？」一起上節目的來賓用很激動的語氣說。

　　「妳立志要三十五歲前變成賭場黑名單，根本是把自己的前途賭上去了！哪一個賭徒是以為自己會輸還去賭的？」早報總編輯說。

　　很多收音機旁的朋友屬於保守派，一聽到我說：「開設賭場也有某些經濟上的好處⋯⋯」話都沒聽完就上聊天室留言：「這

裡不是台灣，滾回台灣去！」

「我要把留言都念出來囉！」主持人故作神祕的語氣。

「不要不要不要……我不敢聽！」我連聲阻止。

原來新加坡雖靠著金沙賭場讓經濟一飛沖天，但這是政府的強權決定，大部分保守華人社會的人民還是持反對態度，我到上節目當天才真正明白這樣的狀況。

「廣告結束後，下一段我就要用很兇的語氣罵妳唷！沒辦法，節目效果，不然聽眾要罵翻了，多多包含。」一同與談的新加坡早報總編輯說。

節目一結束，現場來了新加坡晚報的記者要求訪問。

「節目真是太精彩了！」她說。「一般在新加坡，可沒有人敢講這些話呢！」

「啊！是嗎？」我其實覺得自己並沒有講什麼。

「妳好有勇氣呀，直接在節目上談到開設賭場其實也是有經濟好處，其他來賓都不敢講這樣的話，甚至應該說，沒有來賓願意上這一集。」

「聽你這樣一說，那邀請我來談這個主題豈不是陷我於不義嘛！」我笑看著主持人。

「反正妳不是新加坡人嘛，大不了就不再來新加坡，不是嗎？」主持人開玩笑說。

晚報記者的訪問又花了兩個小時，等我終於坐上地鐵前往賭

場時，已經下午四點多了。

💬 **今天算得怎麼樣？**

我傳簡訊問楊丹。

💬 **輸**

楊丹只回傳一個字。

聽到楊丹輸錢我也沒敢多說，因為我自己忙著接受訪問，都沒有乖乖的來賭場算牌。照數學來看，輸贏都是機率的一部分，楊丹至少是每天都來算滿八小時，無論輸贏我都不該多說什麼。

此時，楊丹傳來第二封簡訊：

💬 **剛剛凱蒂被黑衣人抓走了！**

♥K 內鬨

　　我趕到賭場，楊丹、阿濤及大玩家已經相約在附近隱密的咖啡座。

　　「怎麼會？這麼突然！」我說。雖然每星期都聽說有人被列黑名單，但是自己認識且合作過的玩家被列黑名單，真的讓我有點驚慌。

　　「凱蒂才剛進來沒有多久，坐在第一排最後面那張桌子，不久我就看到她身後站了四個黑衣人，然後她就不見了，前後絕對不超過十五分鐘。」楊丹說。

　　「她是下注下到一半被抓走的嗎？還是她已經被注意很久了？」我覺得楊丹的說明一點都不詳細，感覺莫名其妙的凱蒂人就不見了。

　　「那她現在人在哪？」我繼續追問。

　　「不知道。」

　　「那有打電話給他嗎？」我問。

　　「妳是傻了嗎？現在打給她，妳是要自首當共犯呀？」阿濤提醒我。

　　「誰有在賭場內跟她說過話？」阿濤問。

　　大家面面相覷，沒有人。

　　「賭場裡面好像只有一些同行有注意到，所以撤退了，但是還有一些人在裡面，目前情況看起來也還好，大家自己小心一

點。」阿濤說。

接著大家的手機都突然響了起來，我們都接到同一則短訊：

💬 **我被黑了，剛離開賭場，你們自己小心。我不會立刻離開新加坡，保持聯絡。凱蒂**

♥

會議結束，我跟楊丹說要去賭場旁的便利商店買報紙。

「今天上廣播節目有順便接受報紙採訪，說今天晚報會登。」我說。

「哪一家晚報呀？」楊丹問。

「我也不知道新加坡到底有幾家報紙，反正就翻翻看嘛。」

走到便利商店的報架前，我和楊丹都愣住了。

我的照片被大大的放在晚報頭條，臉被放大到超過十公分以上，照片上的衣著與我現在身上穿的完全一樣，因為就是今天下午稍早前拍攝的。斗大的字體寫著：**賭場美女作家獅城獵賭事**，旁邊的小字寫著：「**唐宏安表示：澳門賭場多阿嫂阿姨，韓國賭場多俊男美女，新加坡則個個長得像『模範生』。(二版)**」

待我仔細看完這幾行字，轉身楊丹已經不見蹤影。打手機問他跑到哪去了，他只說了一句：「妳在賭場附近都離我遠一點。」就把電話給掛了。

我感到背脊發涼，我想這篇報導惹火了他。

晚上回到房間，一帆不在。她留了一張紙條說要去朋友那兒

準備公司的考試，今晚不回來了。房間只有我和楊丹，他的脾氣終於爆發出來。雖說是爆發，也沒有大吼大叫，只是用冷冷的語氣說話而已。

「我決定，每天在賭場待多久都要算時間，我們兩個拆帳也依照時間計算，這樣比較公平。」他說。

「你是不是覺得我最近一直在上節目，都不去算牌。」我決定直接攤開來講。

「是呀！我就是這麼覺得！而且妳昨天也遲到，今天也沒算到牌。」楊丹冰冷的語氣毫不留情。

「昨天是為了要跟房東談話，不然我們怎麼住下去？你不能認定只有在賭場算牌才是有貢獻，今天我們生活在新加坡這麼長時間，如果不是我安排免費的住宿，早就待不下去了！這雖然不是實際賺進多少錢，但也是貢獻呀！」我盡量壓抑住脾氣。

「今天沒有算到牌是因為凱蒂列黑名單的事，阿濤找大家出去討論，又不是我不算牌。」我補充到。

「沒錯！凱蒂都已經被列黑名單了，妳今天還把自己的照片搞到登在報紙上這麼大張！喔！對了！我忘了妳在上節目，所以沒有看到凱蒂被抓走的那一刻。」

「你這樣對我發脾氣有什麼意義嗎？要照時間拆帳也可以呀，你就計時吧！」我說。

「因為現在我們跟阿濤合作賺的錢，兩人總共拿一成，工作

時數當然也要相當，這樣才公平。」楊丹邊說，邊拿出紙筆開始寫下這幾天的工作時數。

「之前還沒跟阿濤合作，我們兩個合資，我只占一成，你占九成的時候，我還不是每天準時跟你上賭場，當時你可沒有這麼講求公平。」

「那時候我也沒說妳不能出去玩或是上節目呀！」楊丹說。

後來我們達成了共識，就是楊丹提議的按時間及輸贏的比例分紅。我不想為了這一點點錢跟楊丹翻臉，同時我也一再提醒自己，要不是因為有楊丹，我根本不可能加入算牌團隊。但另一方面，心中忍不住覺得楊丹真是個幼稚鬼，心中只有錢而已，我替

我們安排的住宿,花時間跟一帆建立好感情、跟房東溝通,都被
他看作不值一文的付出。真應該把住宿也換算成價錢,列入比例
計算分紅!我心中忿忿的想著。

　　這一晚,我們倆都沒睡好。

♠ 告白

　　早上，我又收到凱哥的信了。原以為他約我吃了午餐和晚餐，該不會又要約我吃宵夜吧！我指的是他可能又要約我一起去某個地方。

安：

　　有些事我覺得有點迷惑，所以希望妳可以把心中真正的想法告訴我，幫助我釐清想法。

　　我約妳一起去拉斯維加斯和歐洲，妳都一口答應了，其實我的意思是，希望妳當我的女朋友。如果妳願意當我的女朋友，這兩個旅程的旅費及機票都由我來出。同時，妳也知道我需要一個助理，妳的英文夠好，如果當我的助理幫我處理一些事情，我每個月給妳1,000美金的薪水。我們有同樣的興趣，都愛旅行、寫書及算牌，如果一起算牌賺了錢，當然一起分紅。況且，妳的年紀也到了適婚年齡，相信妳對婚姻有一點期待，我想我們也有結婚的可能。

　　我知道我的年紀大妳很多，如果妳拒絕，我也可以理解。但是去拉斯維加斯算牌就純粹是商業考量，我就不會安排妳過去，因為當地的成員已經足夠了。

　　希望盡快接到妳的回覆。

妳誠摯的凱哥

　　「楊丹，你要不要看一下這個。」

　　我反覆看了這信三遍，還是覺得腦中一片空白，完全不知道

接下來該怎麼做。

「哇！妳真是萬人迷呀！連凱哥都愛上妳了！」楊丹顯然在幸災樂禍，但我看得出來，凱哥這封求愛信，完全轉移了我們的注意力，我們都把昨天的爭執拋到腦後，開始研究該怎麼回應。

「接到這種信，真是一點也不會開心。」我說。

「凱哥在妳心中評價真的這麼差？他可是很有錢的職業算牌客，而且身體又不好……哇！這種人最適合結婚了。」楊丹使勁的開玩笑。

「他身體那個樣子，還敢用『結婚』來當作求愛台詞……」我猛搖頭，覺得這一切真是太不堪了。

「他還把薪資條件講得清清楚楚耶！這種老闆最棒了！」楊丹還在笑。

「他是覺得有錢就可以買到女人是嗎？你還記不記得之前在澳門，一起吃飯那次，他得意洋洋的說他絕不上酒店買小姐，原來是因為他根本把身邊每一個人都當成小姐，看到喜歡的就發一封郵件出價，真是太低級了！」我說。

「我覺得……」楊丹換上正經的語氣，「他到底怎麼敢提出這種要求呀？他那個外表，又離過婚，還有小孩，身體又不好，根本不知道可以再逍遙多久，竟然敢跟妳說結婚，真是癩蛤蟆想吃天鵝肉！」

「他不是你的『再生父親』嗎？」我反過來取笑楊丹之前把

凱哥的地位封得那麼高。

「再生父親提出種要求，我也是要大義滅親的！」楊丹笑著，「其實我覺得，仔細想想，確實不意外他會寫這封信。他的賭徒性格，再加上他也沒多少時間可以玩樂，當然遇到喜歡的女生就要All in啦！」

「All in也是要先評估勝率吧！他難道以爲我真的有機會點頭答應？」

「賭桌上All in若輸了是輸錢，他若被妳拒絕反而是省錢，不用贊助妳去拉斯維加斯了。」

「我覺得，凱哥這個人，應該不好惹，所以我的回信一定不能斷然拒絕，若讓他沒台階下，他肯定會用其他方式整我。光看他在背後怎麼說凱蒂就知道了。」我說。

「嗯，很有可能，名字跟她連在一起好像沒有好下場，會被傳得特別難聽。」

「我突然有點同情凱蒂，說不定凱哥說的都不是真的，她被我們用有色眼光看了這麼久。」

「妳別一下子就同情起別人，凱蒂來到澳門第一晚是住在凱哥房間，這是我們都確定的事。」楊丹說。

「那你覺得這封信到底該怎麼回？」

經過我和楊丹討論了幾百遍之後，我寫了一封客氣、有禮、又很給台階的信。

凱哥：

　　謝謝你邀請我同遊拉斯維加斯和歐洲。

　　你說的對，我們確實有相同的興趣，都喜歡旅行和寫作，但是我不能冒然答應凱哥的要求。因為我覺得男女交往需要感情累積，而我與凱哥的認識還不夠深。

　　從第一次見面至今，我們只吃過三次飯，我還不了解凱哥。如果現在我可以因為這一封信而答應交往，為了免費去拉斯維加斯和歐洲，那我豈不是成了凱哥口中「為了錢而來的女人」嗎？相信這也不是凱哥要的吧！

　　若是能跟凱哥一起在拉斯維加斯寫旅遊書，應該還是很棒的，請凱哥考慮一下。無論最後是否安排我去拉斯維加斯算牌，都尊重你的決定。

安

　　「嗯，確實寫得不錯，凱哥應該不會生氣被拒絕，況且妳也沒有明白拒絕。」楊丹說。

　　「寫這封信字字斟酌，真是累死我了！」

♠

　　八卦總是傳得特別快，下午算牌的空檔，阿濤就過來打聽了。

　　「誰告訴你的？」我問。

　　「妳覺得咧？」阿濤嘻皮笑臉的回答。

　　「既然你都知道了，我要問一下，凱哥就是這樣的人嗎？他

在拉斯維加斯該不會也是遇到每個女生都這樣吧！」

　　「他就是這種人嘛～我都不意外～」阿濤帶著似笑非笑的表情。

　　「我覺得名字跟他連在一起，好像沒有好事。」

　　「還好囉！現在妳在算牌界很有名囉！」

　　「這種名不如不要。」我說。

　　「如果我不跟凱哥去拉斯維加斯，你有沒有辦法安排我過去呀？」我突然靈機一動，阿濤既然能在這邊當我的金主，他在拉斯維加斯也很熟，說不定他就可以安排我過去，我又何必捨近求遠跟凱哥瞎攪和。

　　「我的資金不夠啦～安排妳去拉斯維加斯還要包含吃、住、機票。要安排的話，我要問問拉斯維加斯另一個金主囉！如果妳真的不想跟凱哥去，那其實也可以不去呀！拉斯維加斯現在也比不上澳門了，妳要算牌，亞洲多的是地方。」阿濤說。

　　「我要寫書呀！算牌旅程寫一本書，如果沒有拉斯維加斯會不會有點遜，你覺得？」

　　「還好囉！在美國，『去拉斯維加斯算牌』根本不是一個新聞，稀鬆平常，根本沒人要看。妳寫寫亞洲賭場，說不定大家還感興趣一點。」阿濤說。

　　「那亞洲還有什麼特別的賭場好寫？」說到賭，我還真應該請教阿濤這位賭遍好幾國的職業玩家。

　　「越南和柬埔寨都有賭場，我最近剛好聽同行說有可以算的

東西，不過消息不確實，正打算安排去北越和中越一趟，做個市場調查。」

「真的嗎？我也要去！」我馬上睜大眼睛哀求阿濤讓我一起去。我這個愛旅行的人，怎能夠放棄大好機會？

「也是可以啦！」阿濤答應的挺爽快的。

阿濤覺得我是個旅遊達人，讓我跟著應該可以省很多事，我也不會替他添麻煩，於是答應我的要求，約好了出發日期，我也火速訂好了幾天後飛往河內的機票。

♠ 移送法辦

我決定盡量不要再讓訪問占去算牌時間，一方面是因為楊丹之前已經表達不滿，我總不好一直挑戰他的忍耐極限；另一個更重要的原因是，在我沒去的幾天，楊丹一直輸錢。阿濤都半開玩笑的說楊丹沒有贏錢的運，我仔細看看阿濤的帳也確實是這樣，我算牌的時數少，但是錢贏得多。

下午三點半，我坐在一條快要熱的桌子前，傳簡訊給阿濤，要他帶大玩家過來準備下注。但是等了五分鐘都不見人影。

牌桌上有其他賭客，不停的押注，所以牌跑得很快，牌值一直往上加，眼看著已經超過真1。我心急的不得了，傳了兩次簡訊都不回，我索性站起來打電話，但是鈴響沒兩聲就被按掉了。

我轉而打電話給楊丹。

「今天阿濤和大玩家到底有沒有來？」

「有，剛剛還在我這邊下注呢。」

「那就奇怪了，怎麼會找不到人呢？」

我只能眼睜睜看著這條牌流失，沒有資金，牌再好都沒有用。我放棄這張桌子，繞著整個賭場尋找阿濤和大玩家的蹤跡。終於在一根柱子後面看到兩位大玩家，阿濤則不見蹤影。

「我剛剛有一條牌要下注，你們怎麼沒過來？打電話也不接，簡訊也不回，阿濤呢？」我滿腹怒火質問，該賺的錢沒賺到，怎麼能不生氣。

「老闆……被抓走了。」其中一位大玩家說。

「抓走了？你是說被保安抓走了？」他們兩人猛點頭，「什麼時候的事？」

「大約三點十五分左右。」

我馬上把手機拿出來看撥出記錄，我的好幾則簡訊和奪命連環叩都差不多是在三點半，阿濤剛被抓走的時間。老天呀！如果他的手機被賭場拿去搜證，那我和楊丹都會一起被抓起來吧！

「他剛剛想要看一條牌，就坐上一張桌子，不到一分鐘，後面就站了四個保安把他帶走了。錢現在是在我們手上，可是老闆不在，不知道還要繼續算牌嗎？」大玩家說。

「當然呀！」我想阿濤都已經是算牌界響噹噹的人物，被列黑名單經驗應該很豐富，嚇不到他。再說，上次凱蒂被抓進去，一個小時之後就離開賭場了，肯定沒有什麼大問題。

「老闆都被抓了，我們不好好算牌，他會開心嗎？我們當然是繼續幫他賺錢呀！」我笑嘻嘻的說完，要了大玩家的手機號碼，又去找張新的桌子算牌。

當然，我沒忘了，發一則簡訊給同行們：

💬 **今天阿濤被禁。**

賭場內互相通風報信很重要，之前仰賴凱蒂及喬瑟夫通知我賭場最新的情況，今天我站在阿濤被抓走的第一線，當然要趕快

通知大家。

今天牌桌上的運氣很好，我馬上又算到一張發熱的桌子，新一條牌算沒兩下子，牌值就超過真1，大玩家也接到我的暗號開始下注。前面幾手押幸運七都沒中，但是牌值很高，所以我繼續把玩籌碼指示大玩家下注。

旁邊一位賭客開口對大玩家說話：「你不要押這個啦！押這個雖然賠率高，但是不好中呀！後面那張桌子擠了滿滿的人，一條龍，你把籌碼拿去下都贏多少次了！」

大玩家沒有搭理他，繼續把手中的籌碼放到幸運七的格子裡。

「我就說你這樣是浪費錢嘛！有一條龍幹嘛不去追呢？」囉嗦賭客又說話了。

大玩家還是不理他。

發牌員發給莊、閒各兩張牌，把莊的兩張推向囉嗦賭客，他揮了揮手要閒家先開牌，閒家6點。他快速的翻開第一張牌，7點。這時候全桌都緊張起來。另一張牌如果是0點，那我們就中幸運七了！

站在身後圍觀的人大喊「公！」，他用誇張的慢動作，掀起牌的一角……全場屏氣凝神。

「公啦！」囉嗦賭客大喊，豪氣的把牌甩在桌上，整個人興奮的跳了起來！

「這把牌我替你贏的！」他說。「這回你總甘心了吧，別再下幸運七了。」

266 · 我的
決勝21點

但是我繼續把手中籌碼敲出喀喀響聲,現在牌值很高,照數學機率來看,我們應該繼續下注。大玩家看到我的暗號,也乖乖的把籌碼再放進幸運七的格子。

「你怎麼還不走呀?」囉嗦賭客又在咕噥。

下一手牌,閒家又開出6點,囉嗦賭客翻出一張3點,緊張兮兮的把手中的牌推到桌上四號位置前,在桌面上印的數字4上猛力的摩擦。每次看到百家樂玩家這樣做,我就想到電影《賭神》中的橋段,用力搓牌花色就會改變,但那是電影,真實世界的牌發到你眼前就不會改變了,搓多用力都一樣。

接著他開始瞇牌,緩緩的……掀起一角……

「中啦!」他又再次大喊著跳起來,超級投入!

其實真正應該要開心的是我,我們連中了兩手幸運七,手氣超順!可是我要忍著開心,只能用羨慕的表情看著大玩家。

「你應該滿意了吧!」囉嗦賭客又對著大玩家說。

但是,還沒停呢!數學告訴我們應該繼續下。

「我告訴你,我是天天來的,一個月前我看到一個台灣人像你這樣一直押幸運七,連中三手,他就被列黑名單了!然後賭場就改了最高下注額。真的啦,把錢拿去押一條龍多好,聽我一句勸。」囉嗦賭客還真不是普通的囉嗦,不停的想要阻止我的大玩家下注。而他所說的,我猜想就是凱哥團隊抵達新加坡第一天的事吧!

我突然被前方走道上小小的騷動吸引目光。

一個、兩個、三個、四個保安，後面……是阿濤！

他被上了手銬，前前後後共八個保安護送，一行人往賭場大門的方向去。我站起來想看個清楚，但怕自己身分曝光所以不敢走上前，就這樣遠遠的看著阿濤被押上警車。收回目光，大玩家和場中其他同行也都注意到了，但無人動聲色。

最後我們在全場圍觀及不可思議的讚嘆聲裡，押中五次幸運七，囉嗦賭客也看得目瞪口呆。

除了阿濤被抓走這個小插曲以外，今天的運氣真是太好了！

大玩家一大早打電話來說，阿濤一夜沒回飯店，楊丹和我心急得很，不懂新加坡法律，不知道是不是需要拿錢去保釋他。想要打電話問賭場阿濤到底被送到哪，但又怕打電話去就是共犯自投羅網。我靈機一動用Skype，假裝是他女友打了十幾通電話，幾乎把賭場上下各單位及新加坡警局的好幾個分局都騷擾了，才終於問到拘留的地方。

「我們依新加坡法律有權拘留他四十八小時，明天早上八點開庭，妳是他的女朋友，那時候過來可以見到他。」警局的人說完，哐噹一聲，掛了電話。

「誰敢去呀？如果開庭時賭場的人也去，那我們的臉就會被記下來，不都擺明了自己是共犯！」楊丹說。

「啊！」我驚叫一聲。

「幹嘛？」

「我忘了，明天就是我跟阿濤要去越南的日子呀！」

「那現在怎麼辦？阿濤什麼時候能出來也不知道，若是拘滿四十八小時，那要明天晚上了吧！」楊丹說。

「機票都買了，阿濤也有跟我說要去看哪幾個賭場，不然……我自己去。」我說。

「對了，凱哥有回信嗎？」楊丹突然問起這件事，我都差點忘了，趕快上網查看。

「有！凱哥說：『謝謝妳沒有立即拒絕我。妳說的對，感情需要培養，我還是會安排妳去拉斯維加斯，一起算牌和寫新書，順便培養感情……』喔！天啊！他還不死心。『至於歐洲是否同行，我們在拉斯維加斯培養感情之後再決定。』」我大聲的把信唸出來。

「看來他很想跟妳在拉斯維加斯培養感情唷！」楊丹說。

「我可不想。」

「那妳最好想點辦法，透過別的方式過去，不要拿他的贊助，拿人的手短。」楊丹告誡我。

「我知道。我現在的想法是，就算不去拉斯維加斯也沒關係，但我一定不會跟凱哥去。」我說。

凱蒂的勸告

經過昨天阿濤被移送法辦的事件，今天再進賭場簡直是自殺行動，因為我和阿濤在賭場內說過話，真是大失誤。在澳門算牌時，有喬瑟夫在，大家都嚴守不能在賭場交談的規定。我和楊丹在新加坡，起初是因為籌碼不夠需要互相支援，所以非得在賭場內交談。後來雖然和阿濤合作組成新的團隊，但由於幸運七的桌子分布兩層樓，聯絡上也非用手機不可。

今天進賭場主要是想要看看情況，沒有大問題的話，當然繼續算牌賺錢。我和楊丹都做好今天可能被抓進去的心理準備。

走進賭場晃了半小時，沒事。坐在賭桌上半小時，也沒事。我和楊丹應該暫時安全，阿濤應該沒有把我們供出來。場內的算牌客好像減少了一些，馮先生坐在其中一張賭桌上，美麗的馮太太坐在他身邊，兩個人濃情蜜意的說笑。但是我突然留意到，馮先生看似沒有花什麼心思在牌桌上，好像只是隨手把籌碼押在莊閒上碰運氣，但不時的會押幸運七，平均押五手中一手，這就厲害了。

仔細觀察了一會兒，從他贏錢的頻率來看，我確信馮先生正在算牌。只是能夠算得如此不著痕跡，一心多用的跟太太打情罵俏、又跟發牌員閒話兩句，那可真是高手中的高手。之前聽喬瑟夫說馮先生是澳門來的Pro[註1]，卻一直不明白他的厲害之處，今

註1 —— Professional的簡稱，指專業或是很厲害的意思。

天算是見識到了。

♠

下午我和楊丹分頭行動，楊丹去找喬瑟夫探聽其他消息，我則約了和凱蒂碰面。

凱蒂被列黑名單也一個多星期了，這期間她開心的周遊新加坡各觀光景點，坐在摩天輪上還拍照傳給我看。她玩夠了，差不多要離開新加坡，我想把握時間跟她碰個面，近一個多月來我們也算是一起經歷不少事情，感情不一樣。而且，我想要看看賭場驅逐令到底長什麼樣子，因為我嚷著要列黑名單嚷了兩個月，現在看來一點機會也沒有，想跟凱蒂借驅逐令來研究一下。

當然，還有另一個理由，我有件事想問問凱蒂的意見。

我們在魚尾獅碰面，一看到凱蒂，我就開心的衝上前去，她看見我也笑得很開心。

「我第一次從這個角度看金沙酒店呢！」我說。「看起來好像風景明信片一樣，真的好美。」

「那就是我們『上班』的地方呀！妳來新加坡一個月了，都還沒有到處去玩吧！」

「還是有逛一逛，中間花了一點時間上節目，也去了不同的地方。」

我們沿著新加坡河，一路往克拉碼頭走，經過駁船碼頭那段路，看到河的右岸一排低矮、彩色的房子，高低參差的屋頂，遠看

像是小模型一樣可愛，很有馬六甲的味道，於是坐下來欣賞一下。

「我有件事想要跟妳說耶，關於凱哥。」我說。

「妳是要問我跟凱哥的關係嗎？」凱蒂真是直接，但我不是要問這個。

「不是，那是妳的私事。我是要跟妳說，凱哥寫了信叫我當他女朋友，我不知道該怎麼處理。」

「他信裡寫些什麼？」凱蒂問。

我把三封信的內容一五一十的講給她聽，她很認真的聽，中間沒有插一句話。直到我全說完了，她才開口。

「根本一模一樣！」她說。

「什麼一樣？」

「跟他寫給我的信一模一樣，只差換了個名字，換了旅行的地點，其他一模一樣。」凱蒂說。

我沒想到凱哥竟用這種手法，追求信還有通用範本。

「唉，我就跟妳直說好了，他這個人滿口謊言，根本不能信，他答應要給妳那些錢妳也絕對拿不到，因為他根本就是一個混蛋。」凱蒂氣憤的說。

「我從拉斯維加斯飛澳門，當時他跟我說會出機票錢，叫我自己先訂機票，他之後再給我，等我到了澳門也沒給我。當時我在澳門不是跟奧爾特一直輸錢嗎？結算的時候，蓉姨有沒有跟妳說，我一毛錢都沒的分，因為凱哥說我們這一組輸錢，所以我不

能拿分紅。天底下有這種事？大玩家本來就只是看暗號行事，沒聽說還要承擔輸贏的。

「到了新加坡，我們只打一個晚上就走了，那個晚上幾乎百分之九十的錢是從我手上贏來的，我當算牌者，凱哥當大玩家。結果三天後結算，他分給我的錢很少，少到不合常理。我質問他，他說算牌是團隊合作，別的大玩家跟算牌者的帳都合併計算，所以不能因為我賺的多就拿的多。話都是他在講，輸錢了要我承擔，贏錢了我又不能多拿。」

「還有，其中一筆帳記錯了，他語氣中講得好像是我污了團隊的錢，這對我是很大的侮辱，因為我沒有拿團隊的錢，是記帳的那個人正的記成負的。凱哥有一個在一起很久的前女友，我不曉得妳聽過這個人沒有？她那時也在，帶了100萬美金來新加坡跟凱哥合股。我找她對帳，說什麼也要把這筆帳對清楚，我要凱哥給我個道歉，沒想到凱哥像縮頭烏龜一樣躲起來，最後是他前女友來跟我道歉。」

「她說：『凱蒂，帳弄錯了我跟妳賠個不是，妳就不要生氣了，凱哥他是個爛人，妳氣也沒有用，只是氣壞自己。』聽她這樣說，我就回她：『他是爛人，那妳還跟他在一起？』她說她早就跟凱哥分手了，這次只是為了有錢賺，過來合作。妳看這個人多失敗，連交往多年的前女友都這樣說他。」凱蒂氣的一口氣把凱哥幹過的好事全說出來。

「原來，這中間還發生這麼多事。還好我到新加坡就沒再拿他的贊助了。」我說。

「妳還是不要跟他有牽扯的好。」

我們在克拉碼頭吃晚餐，喝酒聽歌，直到回到家，我才發現忘了看凱蒂的那張驅逐令！

♠ 獨闖越南

因為阿濤還沒被放出來，所以我一個人搭上往越南的班機。

相當匆促決定自己一個人前往，所以完全沒有事先計畫，只知道飛往首都河內，再想辦法前往第一個目的地——海防與下龍灣，這兩個地方聽說有賭場。

我又再次發揮旅遊達人的本事，出發前一晚在沙發衝浪網站上找到在河內的一位研究生，願意出借沙發供我睡一晚，隔日搭他的便車前往海防。我要找的賭場在海防郊區的酒店裡，聽說這些酒店裡的賭場都是手發21點，現在要找到手發的21點還真不容易，很多都已經換成自動洗牌機，所以我要親自跑一趟看狀況，如果桌數夠多就有賺頭。

研究生在信中將他的地址給我，並提醒我：「盡可能用越南文寫下我的地址，再交給計程車司機看，比較不容易被騙。」我也依樣畫葫蘆的把越南文抄下來了。

「大部分的人都不會說英文，而且外國人在越南特別容易被騙，妳要小心。」新加坡友人、飛機上隔壁的台商，及研究生都有一樣的提醒，真讓我不由得擔心起來，到底是有多容易被騙？

♠

隔日一早，研究生貼心的安排我搭計程車，前往海防靠海邊的幾間飯店尋找賭場。越南的計程車是出了名的會坑殺觀光客，他還特別幫我談好了價錢。

「綠色的計程車是口碑最好的。」

「所以搭綠色的計程車就不會被騙了？」我問。

「也不一定。」研究生露出不好意思的表情。

他與計程車司機一陣交涉之後，轉頭跟我說：「他會帶妳去酒店門口，然後車子停在外面等妳，妳看完賭場出來，他再載妳回來海防市區。妳回到這裡打給我，我再載妳去搭客運，前往下龍灣。」

其實這趟探查賭場的行程，我所知道的資訊相當少，僅僅知道幾個城市名稱，連賭場到底在哪兒都不知道，一切都只能到當地再打聽。計程車將把我載去哪兒？到底有沒有賭場？或是賭場內到底有沒有可以算牌的遊戲？我全然無所知。想起來雖然非常誇張，但喬瑟夫也跟我聊過，算牌客總是需要這樣探險，憑藉著微乎其微的資訊，才能找到新的必勝地，只不過我是自己一個人。

計程車開了近半小時才終於看到窗外海景，我聽著跳錶的聲音覺得膽顫心驚，不知道這一趟計程車會花費我多少錢。才想到這，計程車已經駛進一幢飯店前的專屬車道，門侍已經替我打開車門。計程車司機比了比手機，示意我出來的時候打給他，我點點頭下了車。

賭場在酒店的二樓，是我見過規模最小的賭場。裡面僅有八張賭桌：可以坐二十人的大百家樂兩桌、一般大小的百家樂兩桌，還有一桌骰寶、一桌輪盤，最後我終於在角落看到我的目標──21

點的桌子，共有兩桌，重點是：傳統發牌盒。

　　下午時間，賭場的人少得可憐，只有大百家樂桌上有幾位中國客人，其他的桌子都空盪盪，我的出現也顯得相當顯眼，我繞著賭場走一圈，每一桌的發牌員眼睛也跟著我繞一圈。

　　我在大百家樂桌上坐下來，偷偷觀察賭場的人員配置。百家樂桌旁最多人，整個賭場只有一位經理坐鎮，這麼小的賭場確實也不需要更多人了。

　　對於這麼小的賭場到底能不能算牌，我還真是沒概念，每位賭客的一舉一動都無法隱藏。只能盡可能把我所觀察到的細節都記下來，回去報告阿濤再說。

　　我晃到21點賭桌前，兩位發牌員都一臉無聊的坐在位子上。

　　「六副牌？」我問。

　　「是的。」

　　「規則跟拉斯維加斯一樣嗎？」

　　「不一樣，我們是跟澳門一樣的規則。」發牌員回答。

　　「晚上人應該比較多吧？」

　　「是的。」

　　我假裝思考了一下說：「那我晚上再來玩。」接著離開了賭場。

　　計程車帶著我到附近幾家酒店，賭場都大同小異，一樣小，沒有幾張桌子，也沒多少人。但是全是傳統發牌盒，這點挺好的，只要是傳統發牌盒，我們就有機會算牌。

考察完賭場，我向計程車表示要回到海防市，又是半小時的車程，計程車在一個陌生路口停了下來。這時有人直接拉開了後座我的車門，把我放在身邊的旅行大背包拿了就走，我一時亂了手腳，難道我是遇到搶劫了嗎？

我趕忙跳下車，追著那個拿走我背包的人，在我身後，計程車司機也大呼小叫的追著我。

前面的小賊扛著我的背包，衝向一台小巴士，我在巴士前追上了他。他把我的背包丟上巴士，然後轉頭也把我拉上巴士。

天啊！該不會劫財還要劫色？我嚇得半死，從車上往下跳，才跳下車，迎面而來的是剛剛載我的計程車司機，跟我追討計程車費。

小賊與計程車司機比手畫腳的指著巴士，又一直說著：「下龍灣！下龍灣！」我想這巴士大概是開往下龍灣的，探頭看看車上，坐了約十個人，正等著開車。一團混亂中，我付給計程車司機200萬越南盾，然後坐上小巴士。

車上沒有一個人會講英文，剛剛那位小賊原來是車掌，用越南話問了我一串聽不懂的問題，我只有用越南發音說：「下龍灣。」這是我唯一會的字，其他問題我聽不懂，也無法回答。

我拿起手機打電話給研究生。

「那妳現在到底在哪裡？」他的語氣相當緊張，但是我根本搞不清楚自己在哪裡，索性把手機遞到前座一位越南小姐的手中。

　　她莫名的接過我的手機，不知道是怎麼回事，對著聽筒說了聲：「喂？」

　　她跟研究生講了幾分鐘，又把手機遞回給我。

　　「我剛剛問過了，這是往下龍灣的小巴士，計程車司機大概是聽到我們的對話，知道妳要去下龍灣，就直接把妳載去坐巴士了。妳放心，沒有什麼問題，到了下龍灣有人會提醒妳下車。往後的行程自己保重呀！」掛了電話，我嘆了口氣。在這麼混亂的情況下，我該不會連自己什麼時候被賣了都不知道吧！我第一次覺得自己貿然決定隻身來越南找賭場，真是個太衝動的決定。

　　我在這台小巴士上是眾人偷偷關注的焦點，大概是因為剛剛那場鬧劇，且我又是個外國人，一個女生獨自一人和一車的越南人在一起，我默默看著窗外，覺得未來幾天可能也遇不到一個可溝通的人了。車掌在車子開動的時候向全車的人收費，由於一路上被提醒在越南要小心被騙，我仔細的看著他收別人多少錢，然後拿出一樣的數字給他。想到剛才的計程車費，換算成台幣大約是3,000元，這趟計程車果然所費不貲，也不知道是真的這麼貴，還是我被坑了？

♠

　　快到下龍灣的時候，車掌把我叫醒，這一趟路五個小時，中途我就睡著了。看窗外，遠遠的已經可以看到下龍灣的海面及圓頭的山。

　　車子駛進蜿蜒的山路，在一個岔路口，車掌動作神速的拿起我的背包，車門突然打開，他把我的背包交給一個騎機車的人，然後把我推下了車。

　　這裡到底是哪裡呀？我站在路邊，不知所措。騎機車的人拿著我的背包，往車上一捆，把我拉上機車。

　　「下龍灣！下龍灣！」騎機車的人對我說。

　　我好像也別無選擇，只好坐上機車。機車司機駛到一座橋的中間，突然停下來向我收費10萬越南盾，大約140元台幣。太貴了吧！在台北坐計程車也沒這麼貴。我心想，竟然還有這一招，前不著村、後不著店的地方向我收費，我連議價的機會都沒有，況且下了車，我還真不知能往哪個方向走，只好再當一次凱子。

　　五分鐘後，確實到了下龍灣港邊，機車司機在一個小旅館前面把我放下。我想打聽一下可以住在上面過夜的仿古船，走進去問，老闆看到我一個外地人，竟開了個天價──120美金。

　　「我在網路上看到的價錢明明只要40美金。」我跟老闆議起價來，老闆兩手一攤，轉過身不再理我。

　　我沿著路走，試圖要找其他的旅舍，但一間比一間開價更誇張。我試著詢問路邊的店家：哪邊有便宜的旅社？不是語言不通，要不就是兩手一攤不回答。越南大部分的店家都把觀光客當肥羊，更讓人心寒的是，連一般人也都覺得觀光客被坑是理所當然的事，所以沒有人伸出援手。我一個人，背著大背包，在下龍

灣的路邊求助無門，天色漸漸的暗了。

　　我心中不禁氣起阿濤來，幹嘛那麼不小心，讓自己被金沙賭場抓走了，導致我孤單一人跑到北越。眼看著天色漸漸暗下來，旅社更會更吃定我找不到住處而獅子大開口，我心急又無助，眼淚在眼眶裡打轉。

　　「Hotel？」一位越南男子對我說。

　　我抬起頭看他，沒有回答。觀察了一下，他應該是專門替背包客安排住宿或船票、車票的捎客。

　　「Cheep hotel？」他又問了我一次。「我可以帶妳去一個晚上8塊美金的便宜旅社。」

　　8塊美金？我沒有聽錯吧！這是老天派來的救星嗎？

　　我跟著他由大街轉進巷道中，他在一間我完全沒注意到的陰暗小旅社前停下來，看起來沒什麼客人，櫃檯邊及客廳牆角都積了灰塵，他在門口喊了好幾聲才終於有一位婦人從櫃檯門簾後探頭出來。我和旅社老闆娘交涉的過程中，那位捎客就靜靜的在旁邊等著。

　　待我拿到房間的鑰匙，捎客上前詢問我有沒有需要船票與車票，不斷推薦我一定要到海上看看，還拿出漂亮的仿古船照片。我想，雖然我此行最重要的事情是勘察賭場，但人都來到了下龍灣，不出海看看舉世聞名的世界遺產美景，好像白來了！於是託他買了船票，以及我要前往下一個城市——峴港的車票，並約好

時間請他明天帶我去看下龍灣的賭場。

我上樓踏進8塊美金的房間，開門就是一陣霉味撲鼻而來，地板有微微的沾黏感，細看才發現磨石子地板上有一層厚厚的灰。古老的小梳妝台上是蓋著放的水杯，用手指輕輕滑過，不意外的摸到一層灰，床鋪也像是許久沒有人動過，我懷疑這房間可能有半年沒人走進來過。

「唉！8塊美金還想要求什麼呢？」我對自己說。

沒有選擇，當晚我沒把外衣脫掉，就鑽進這充滿霉味的棉被。

隔日上午，走出旅社的時候，掮客已經在門口等我，載我到碼頭坐船。上船的那一刻，我注意到船只是普通白色船身，與昨天他指的仿古船相差甚遠，顯然我又被騙了，但是我已懶得抱怨。

人稱下龍灣是海上桂林，因為同樣是石灰岩地形，所以形成的半圓形山頭與照片上的桂林一個模樣，只是桂林的山腳下是平坦的田地，而下龍灣山腳下是波光鄰鄰的一片海。

清晨與陰天霧氣濃，是下龍灣最美的時候，水面上群山雲霧繚繞，遠近的山只剩下深深淺淺的墨色，就像水墨畫一樣。耳邊是遊船馬達的嗡嗡聲及船滑過水面的水聲，下龍灣的美果然名不虛傳。

看著眼前的美景，耳邊竟傳來一陣陣的賭經，我的耳朵豎了起來。

「昨天晚上跟我同桌的是越南賭王阮先生呀！」

「聽說那位阮先生是台灣人來著？」

「是呀！下龍灣海岸的地都是他開發的，越南政府發的五張賭牌，阮先生就有兩張呢！澳門賭王何鴻燊和馬來西亞雲頂賭場老闆林梧桐，都是他的手下敗將，出了好幾個億美金要跟他買越南的賭牌，阮先生就是不賣⋯⋯」

「先生你們打哪兒來？」我上前攀談。

「我們是海南島過來的賭團。」看起來像是領隊的人說，語畢引起大伙兒一陣笑聲。

「其實我們就是一群朋友，找個熟悉賭場的人帶著我們玩，來賭是真的，倒不是什麼旅行團。」另一個人解釋。

也因為這船上的巧遇，下午我索性跟著他們一行人，到下龍灣幾間大酒店的賭場勘察。這邊的酒店附設賭場比較大，擠滿了中國客人，所以場中最多的還是百家樂的桌子。仔細聽他們聊天，發現大部分的中國客都是從海南島及廣西過來，海南島與下龍灣隔著海相望不過短短三百多公里，實在近得很，難怪北越沿海城市的酒店裡全都附設賭場，全為了發中國賭客財。也因此，這邊的21點規則為了讓中國賭客玩得習慣，也和澳門相同。桌數不多，所以也是傳統發牌盒。

「妳不玩一把？」坐在百家樂桌上的賭客說。

「不了，我不玩百家樂。」

「那妳玩什麼？」

「21點。」

「那也行，妳教教我吧！」

這位賭客就拉著我坐上21點的桌子，把他手上一大疊籌碼分了一半到我面前，瞄一眼，大約有20萬台幣。

「這……怎麼好意思，把你的錢輸光了，我可賠不起。」我說。

「沒事兒！」賭客雙手一揮，滿不在乎的樣子。

於是我在21點賭桌上，替他下了兩門。桌上只有我們兩人，賭客又跟我發牌員有一句沒一句的閒聊著，我輕輕鬆鬆的算起流水數與真數，發牌員也發得很慢，漸漸的這條牌的流水數一直往上加，桌子熱了起來。

因為只有一個人算牌，沒有大玩家的掩護，我不敢跳太大的注。牌值熱的時候就增加三倍籌碼，這條牌結束時，不知不覺我竟替他贏了一倍有餘。

「妳贏的錢就送給妳吧！」來自海南島的賭客竟如此大方。

「不行不行，本來就是你的錢，這我不能拿。」我推辭，他卻硬是大方的要把籌碼塞進我手裡。最後我只拿了一顆面額最小的籌碼。

「就當這顆籌碼給我打賞好了！」我說。

♠

晚上，我搭臥鋪巴士前往越南中部的峴港。阿濤聽說其他算

牌客兩年前曾在峴港算牌，但是不知賭場經過兩年時間是否有變化，於是也提到要勘察這個地方。

捎客跟我說，晚上八點坐上臥鋪長途巴士，隔天早上十點就會抵達峴港，說完就把我留在巴士站。而這正是我此趟越南行荒腔走板的開始。

八點上了巴士，車上點著昏暗的黃燈，車上要脫鞋，司機給了一個袋子裝鞋。車子的寬度就與一般遊覽車一樣，車內的設置卻完全不同，三排臥座中間夾了兩條走道，臥座還分上下鋪。所謂臥座，就是幾乎躺平但不是完全躺平，上半身椅背是三十度仰角，椅背下方的空間剛好可以讓後座的乘客放腳，如此可以有效利用空間又讓大家都躺得舒服。算了一下，車上的臥座約有四十個左右。

每個位子都附一條薄毯子，毯子不怎麼乾淨。冷氣不冷，對著胸口吹才微微覺得涼。我把自己擠進這個小空間，雖不滿意也只能接受，半躺著看著車窗外的街燈一座座閃過眼前。「其實這有點像是『哈利波特』裡寫的騎士公車呢！」我這樣一想，忍不住笑了起來。十小時的路程相當遠，對於沒有坐過長途巴士的我，是新奇的體驗。車速不快，車身搖晃著，我也漸漸有了睡意。

睡了幾小時之後，因為一陣尿意而醒來，走到廁所前開門，卻是強烈的尿騷味迎面而來，我嚇的馬上關上廁所門，躺回我的位子上忍耐。終於等到司機在加油站停靠，我下車尋找廁所，加

越南長途臥鋪巴士，一輛遊覽車上可以擠進四十個臥座。

油站工作人員向我指了一個方向，我卻只找到一間空空的儲藏室，連個馬桶都沒有。加油站員工雙手一攤，不再理我。

　　我開始擔心起這趟旅程了，連個上廁所的地方都找不到，該不會要忍到目的地？

　　回到車上的臥座，透過窗外的光看到我的座位周邊，靠牆的細縫中，竟有數十隻小蟑螂！心頭一驚，把手上的毯子丟在座位上，小蟑螂們一溜煙的消失無蹤。這簡直太噁心了！但是我別無選擇的，很不甘願的還是只能躺回我的位置。

　　早上六點，我被車上的音樂聲驚醒。左顧右盼，全車的人都拿了牙刷與毛巾下車，我也趕快從背包拿出牙刷與毛巾，跟著大家走。

　　原來我們到了一個類似休息站的地方，越南式的屋子，中庭旁邊有廚房，後面一排廁所，大家在門前排隊。我正高興終於找到了廁所，一開廁所門卻相當傻眼，除了牆上一個水龍頭和角落的排水孔，連個馬桶也沒有。觀察了大家的使用方式，大概是在地上就地解決，再用水龍頭的水沖一下地面吧！

　　難道越南的鄉下真的沒有馬桶嗎？我簡直要瘋掉了！

　　坐在車上度日如年，眼看著時間從七點到八點，再一分一秒的數到了十點，車子卻沒有到站要停靠的樣子。我拿著車票問司機，他只瞧了一眼就揮手打發我回座位，我不死心想詢問身邊的乘客，才發現我面對的又是一車完全不會說英文的越南人。

　　這時候我想到了手機衛星定位功能，我怎麼會忘了呢！趕忙拿出手機，開啟軟體定位，卻發現一個恐怖的事實──經過了十四個小時，我距離目的地竟還不足一半的路程！

　　「老天，你安排我被困在這台巴士上，到底是為了什麼？」我心中忍不住悲從中來。拿著手中的車票研究一下，又發現我竟然被那個掮客收了兩倍票價，心情真是跌到谷底。

　　二十二個小時過去了，我還在車上。途中全車一起吃了午餐，現在又到了停車吃晚餐的時候。差不多的休息站，廁所還是一樣的可怕，只是晚餐的菜色由每人一碗麵變成一桌合菜，車上的陌生人一起吃六菜一湯，當地人吃得很自然，我卻覺得相當不習慣，

在一開始把幾道菜夾進碗裡後，我就只吃自己碗裡的東西了。

正當我默默低頭吃飯時，旁邊一位同車的男乘客與我攀談。

「English only.」我說。

「妳心情不好嗎？」他竟馬上用英文跟我說話。

這位乘客在兩小時前上車，外表看起來像是個小生意人，打理的乾乾淨淨，帶著友善的笑容。終於遇到一位可以溝通的人，我忍不住大吐苦水。

「你們越南人一直騙我，什麼都要騙，房間的價錢、計程車的時間都騙我。明明跟我說十四個小時會抵達峴港，現在我都已經坐了二十二個小時了……」我滔滔不絕的向他抱怨起來，這段旅程我實在吃了太多苦頭。

「那妳訂好峴港的住宿了嗎？」他問。

「當然還沒呀！我就一直被困在這車上！」我說。

聽完，他馬上拿起手機替我聯絡起來。

接下來回到車上的時間，他忙著打電話替我安排住宿，訪了幾個旅館的價錢，最後幫我選了價錢便宜——15塊美金，又面海邊的一間。有了當地人幫忙，房間的事情一下子就搞定了，我也把心情振作起來。

第二十四個小時，巴士終於停靠在峴港的巴士總站。好心人替我把行李拿下車，我揮揮手向他說再見，他卻拿著我的行李向車站外走。

「我要替妳攔到計程車，確認車子會把妳載到旅館才行，安全很重要。」他說。

我簡直感動的要哭了，素昧平生的陌生人竟對我這麼好。旅程中最讓人感動且難忘的往往不是風景，而是善良的人們溫暖旅人的心。

「巴士不會開走嗎？」我問。

「我跟司機講過了，可以等我替妳攔到車再開。」

他替我攔了計程車，告訴司機地點，很快的我就被送到旅館。我付了錢下車，計程車司機卻跟著我走進旅館，櫃檯小姐一看到我們走進來，確認我的身分，馬上拿起電話。原來好心的乘客把一切安排得如此周到，要求司機和旅館櫃檯人員都要跟他回報，確保我有安全抵達。我對他的感謝更深了。

這幾天在越南的心情像是洗三溫暖一樣，被騙得很慘，讓我心情跌入谷底，卻也遇到非常善良的好人，讓我受寵若驚。

♠

隔日勘察峴港的賭場，是兩年前新開幕的大型賭場，但是21點用自動洗牌機，毫無算牌的機會，賭場內也沒有其他可以算牌的漏洞。有我跑這一趟，阿濤就不用再來浪費時間了。

下午我帶著無比雀躍的心情搭機回新加坡，能夠結束越南的歷險我是再高興不過了！這趟毫無心理準備的旅程真是嚇壞我了，最讓人沮喪的是總是被騙，每天擔心被騙就已經弄得我精疲力盡，再好的美景也是枉然。

♠ 5 從中作梗

好不容易從越南歷險回到新加坡，覺得在新加坡生活真是美好，不用擔心被騙，廁所又相當乾淨，心情大好。

隔日馬上回到賭場繼續算牌，只是賭場裡已經沒有阿濤。他在四十八小時期滿的時候被放出來，但是護照被扣留了，半個月後才開正式庭，在這之前他都被困在新加坡，去不了別的地方。阿濤用電話跟我們報平安，但是我和楊丹都沒有見到他。

他會被抓進去保安室，原來是因為他不該坐下來看那張該死的牌，因為賭場監視系統的面部掃瞄系統是對準坐在牌桌上的高度。他早就被列黑名單，雖然天天偷闖進賭場，但他總一直站在旁邊看，站著的高度掃瞄不到臉部，所以才安然闖關這麼多次。

賭場把他移送警方，所用的條例是：**擅闖私人領域**。因為他在兩年前已經被列黑名單，賭場有明確告知：本賭場不願意跟你做生意，請不要再踏進來一步。而他還是闖進去了，所以賭場用這一條告他。

「你既然沒辦法來賭場看我們算牌，那就利用閒時間幫我安排一下怎麼去拉斯維加斯吧！」我在電話中對阿濤說。「還有，我這次去越南吃了這麼多苦，你要請我吃飯！」

「那沒問題！」阿濤一口答應。

金沙賭場固定在每個星期三禁一批人，這個星期三上榜的竟然是馮先生。馮先生和他的伙伴同時被列黑名單，在他們被請進

去一小時之內，場中、場外的所有同行都靠簡訊得到消息。馮先生是澳門來的高手，在亞洲的算牌圈無人不知，連他也被列黑名單，賭場內現在是風聲鶴唳了。

「馮先生怎麼可能會被盯上呢？我觀察過他算牌，技巧很好，不著痕跡呀！」我不解的問阿濤。

「這妳就不知道啦，因為他早在金沙賭場剛開幕的時候，就來這邊算牌。當時他從一個很大的遊戲漏洞中賺了很多錢，但是在賭場還沒來得及列他黑名單的時候就把團隊撤出，賭場沒抓到他，卻也因此把那個遊戲全換成自動洗牌機，這個遊戲的漏洞就沒有了。」阿濤說。

「那這次他又怎麼會被抓呢？」

「我想是他底下的伙伴露出馬腳吧！」阿濤說。

我回想到跟凱蒂最後一次見面時，她跟我詳細說了她自己被列黑名單當天的情況。

「我那天一進賭場就覺得怪怪的，因為幸運七的區域裡，除了賭場經理，還多了幾個穿西裝的高級主管。以我在拉斯維加斯的經驗，覺得一定有什麼事，所以特別在門口就攔了那兩個台灣來的同行問，他們一直跟我說：『沒事呀，今天很正常。』我這才走進去。找了一張剛開始的牌坐下來，沒想到發牌員就停手了，不發牌了。我正覺得奇怪，後面就幾個黑衣服的保安把我請進去保安室。」凱蒂說。

「那在裡面情況是怎麼樣？」我問。

「裡面小小一間，八個保安圍著我，逼我交出護照。我跟他們說，我是拿美國籍，你們有什麼權力要我交出護照？但是他們就跟我僵在那邊，我不交出護照，他們就不放人。」

「妳一個弱女子，幹嘛派八個保安？」

「我怎麼知道。所以最後我還是把護照拿出來了，不然沒辦法呀！」凱蒂解釋著。

「然後呢？」

「他們就逼我簽了一張驅逐令，我不簽也不行，後來簽了名才放我走的。」

「可是喬瑟夫跟我說不要簽，他說他從來不簽名的。」

「可是我不簽名走不了呀！」

因為凱蒂被列黑名單的事，讓我學到一些事，第一、就是每天進賭場要先觀察場內有沒有主管或是黑衣保安出現，不要像以前呆呆的只會看發牌員漂不漂亮。第二、凱蒂的情況顯然是已經被盯很久了，才會一進賭場，連賭都還沒賭，就被抓走了。所以我現在雖然沒事，有可能是已經被列入觀察，今後要更小心才行。

我去找凱蒂的那天，楊丹和喬瑟夫碰面，喬瑟夫當時特別叮嚀楊丹一些賭場內要注意的細節。除了賭場內誰都不認識，不能眼神交會，不交談這些基本的以外，他甚至連很小的細節都注意到了。例如，大部分的算牌客在切牌的時候，都會切一副牌，也

就是五十二張，就連我和楊丹也是，但喬瑟夫覺得這樣很容易被賭場歸類為相同行為的一群人，所以他切兩副牌。他跟大部分的賭客一樣，在兩、三張桌子周邊輪流下注，因為一般的賭客就是這樣在下百家樂的。另外又教了一些賭場內要注意拿手機的角度之類的細節，聽完楊丹轉述之後，我真是對喬瑟夫佩服的五體投地，不愧是世界第一的職業玩家。

全場職業玩家都撤光了，難得有這麼多桌可算不用搶。但喬瑟夫和奧爾特不受影響，依舊每天報到，我想連喬瑟夫這樣小心的人都敢來，應該表示還不到撤退的時候，所以我跟楊丹也一樣每天持續到賭場算牌。只是連續兩天都沒有算到熱牌，總是苦等不到出手機會。算牌雖然可以提升勝率，但還是需要一點牌運相助。

眼看與阿濤約定合作的日期已經剩下沒幾天，總帳目只賺了一點點，大約是我和楊丹的來回機票錢而已。總想要把握最後幾天，若是幫阿濤賺多一點，我們自己當然也就多賺。

「我跟妳說，有人提醒我不要替妳找金主。」阿濤在我算牌的時候打電話來，剛好這條牌的牌值一直在0的上下徘徊，不如出去休息，順便跟阿濤討論一下安排去拉斯維加斯的事。

「發生了什麼事嗎？」我問。

「我原本想要替妳找的金主是拉斯維加斯的米蘭，但是有人提醒我，叫我不要替妳開這個口，說米蘭一定會生氣。」阿濤說的不明不白。

「有人？是誰？」

「哎唷，我就直接說了吧，反正妳也一定會猜到。就是凱哥啦！」阿濤說。

我就知道是凱哥，他一定是被我拒絕之後就要阻止我用任何其他方法去拉斯維加斯！

「他是怎麼跟你說的呀？」我故作輕鬆的問。

「凱哥說他在部落格上寫了米蘭團隊在拉斯維加斯算牌的事，米蘭看到非常生氣，要求凱哥刪除文章。米蘭很重視低調與保密，妳是作家身分，米蘭一定會擔心妳把團隊算牌的機密都洩露出去，肯定會把我這個介紹人罵一頓，所以先提醒我不要自己去找罵。」阿濤說。

「那米蘭真的會生氣嗎？」

「我還沒問，所以我也不知道他會不會真的如凱哥所說的生氣。」

「或者……是凱哥希望你不要幫我牽線？」

「我也不知道……」

掛上電話，我反覆想了又想，米蘭會不會生氣都只是凱哥的假設，阿濤明明都還沒開口，沒錯，百分之百是凱哥從中作梗！

我真是怒火中燒，明明合作寫書、算牌這麼單純的事，凱哥就是硬要把它搞複雜，硬要把感情牽扯進來。就算是對我有好感也無所謂，但我氣的是他用這麼不尊重的方式求愛——寫封信來

開價錢，對我而言實在是種侮辱。儘管如此，我依舊顧及他的顏面，拒絕得相當客氣，還給他找了台階下，沒想到他還要在背後整我，故意讓我去不了拉斯維加斯。

我突然想起媽媽最常叮嚀我的一句話：「寧可得罪十個君子，不可得罪一個小人。」這句話真是太有智慧了！

喬瑟夫的肯定

　　楊丹也希望結束和阿濤在新加坡的合作之後能夠前往拉斯維加斯，他的理由是拉斯維加斯看不完的高水準秀實在太令人嚮往，這麼有氣質又沒有銅臭味的理由，楊丹不愧是個職業樂手。

　　我們商討之後打算由楊丹親自跟米蘭聯絡，如果可以通上電話就更好了，如果米蘭親口跟我們談好合作，那凱哥就一點都不重要了。

　　電話打了兩天才終於接通。

　　「喂，米蘭，我是楊丹。」

　　「楊丹唷，你現在人在哪兒呀？」米蘭的聲音聽起來熱情又親切。

　　「我在新加坡，四月分想要去拉斯維加斯算牌的話，可以直接加入你的團隊嗎？」

　　「你不是在凱哥底下嗎？」米蘭顧慮到凱哥。

　　「對呀，可是這次凱哥有別的安排，沒有要帶我去。」

　　「這樣呀，那你跟凱哥說一聲，知會他一下，他說行就行，我這邊沒問題的。」聽起來語氣放心不少。

　　「那……米蘭，我這邊還有另一個伙伴也要去，可以一起加入嗎？」

　　「也是會算牌的嗎？」

　　「對，之前加入凱哥團隊的女生，算牌算得不錯，她叫安，

是一個作家。」我聽得出楊丹故意講出我的名字和職業，更能確認米蘭的反應。

「喔，有在凱哥團隊算過牌，你又說算得不錯的話，沒問題的，就一起來囉！機票訂好跟我確認時間，我會安排人去機場接你們，最好在四月底前到，這邊賭場有活動，到時候需要多一點人。」

我跟楊丹簡直可以用歡天喜地來形容，跟米蘭通上話，直接確定我們的拉斯維加斯之行沒問題了。

「而且米蘭聽到妳的名字一點反應也沒有，顯然，之前是凱哥從中作梗。」楊丹說。

♠

下午帶著非常愉悅的心情上賭桌。楊丹又研發出新的、更簡單的算法，雖然沒有之前算的精準，但是可以一次算兩桌，大大提高工作效率。

其實，若想要走算牌客這條路，至少要能夠研發算式才能走得長久。楊丹就可以研究賭規，進而研發出算牌的公式。而我，數學沒有好到可以研發公式，但我厲害之處在於完全不受現場氣氛影響，可以完全跟著數學走。因為我是個完全沒有賭性的人，若是沒有基本策略和算牌公式，我甚至根本不知道該怎麼下注。

很多愛賭的人腦子都很好，心算又很快，他們總以為是這樣的人最適合算牌，其實完全相反。愛賭的人相信運氣，不相信數

學，所以在賭桌上總是會讓自己陷入兩難，到底該照著算牌公式來下注，還是要跟全桌的賭客一起追一條龍？當賭桌上氣氛沸騰的時候，更是難以克制自己。

剛開始加入團隊時，總以為重點在於『算得快』，後來漸漸發現，賭桌上並不需要快到哪裡去，一心多用反而是更重要的技能。當個稱職算牌客，必須算牌同時演戲，跟旁邊的賭客聊天，喜怒不形於色，心中算的流水數被一陣聊天打斷之後，還要能接著繼續算下去。喬瑟夫就是一心多用的高手，一邊算牌還可以同時喝著紅酒並跟發牌員打情罵俏；馮先生不著痕跡的算牌過程我也見識過。

最重要的是，不把籌碼當錢，只當成一個數字。在輸了十手牌之後，如果數學告訴我們應該繼續下注，能不帶感情的繼續把籌碼擺上去。像凱川那麼聰明、心算又快，但是會被賭場氣氛影響就是最大弱點，不能夠加入算牌團隊。

今天試著用楊丹的新算法同時算兩張桌子，很好運的，其中一張桌子馬上就熱了。

大玩家坐在右手邊，我左手邊還有一對情侶，跟我有一搭沒一搭的聊著。

「妳看右邊那個人，他好厲害唷！押幸運七一直中耶！」左邊的女孩對我說。

「是呀！他運氣挺好的。」我回應著。其實心中正在偷偷笑

著，因為大玩家是依照我打的暗號下注，哪是什麼運氣好。

「唷！妳看，又給他中了一手！」女孩又大聲的說了，「你好厲害呀！怎麼押的，教教我們吧！」她對著我的大玩家說。

大玩家低著頭不敢回應，因為保持低調是他的第一要務。

「妳叫他教教我們吧！」女孩看他不回應，轉過頭來叫我也跟大玩家說兩句話。

這時候我再不開口好像也挺怪的，於是我轉過頭去對著我的大玩家說：「你真厲害耶，教我們兩招吧！讓我們也中一手幸運七好不好？」說完，我又做出下注的暗號。

大玩家尷尬的對我們兩個女生笑一笑，然後把籌碼押上去。我覺得這一幕可真是有趣，厲害的是我吧，卻還要開口叫大玩家教我們兩招，女孩可不知道，真正會贏錢的坐在她身邊呢！

這條牌結束，兩小時贏了80多萬台幣，我決定見好就收，今天就此收工。馬上傳簡訊向阿濤報帳。我開心得不得了，帳上的數字若能夠每天這樣增加，那月底我就發財了。

我現在算牌已經進步到與呼吸一樣自然的境界，心算也練得愈發快速，同時算兩桌的牌對我而言一點也不是問題。而且在賭場待久了，像在走自己家的廚房一樣，神色自然也與賭場常客一般。以前坐上賭桌，總是在心中默默提醒自己要注意的細節，生怕出錯；現在我可是非常從容，還有餘裕可以聊天及演戲。對於自己現在的進步，我真覺得不可思議，短短兩個多月的時間，竟

能有如此大的轉變。

　　喬瑟夫大概也注意到我的轉變，在我傳訊息跟阿濤報了帳之後，剛好收到喬瑟夫的簡訊。

💬 **安，我看妳現在已經是一個真正的算牌客了，而且是很厲害的。恭喜妳啦！妳最近除了算牌，還有打切牌嗎？我跟奧爾特打算贊助妳和楊丹替我們算牌，不知妳是否有意願？**

　　啊……喬瑟夫難道不知道我們已經在替阿濤算牌了？雖然錯過與世界冠軍合作算牌的機會很可惜，但是受到喬瑟夫肯定真是至高的榮譽。

　　高興哼歌的當下，收到阿濤回傳簡訊

💬 **安：+850000 楊丹：-800000 Total：50000**

　　心情馬上跌到谷底，我贏的全都給楊丹輸回去了，他運氣怎麼這麼背呢！真是兩小時大起大落一場空呀！

♠ 下一個目標

7

　　我從未懷疑過楊丹算牌的專業度，但是他的牌運真是太背了，總是輸。好不容易贏，又只贏一點。雖然之前他很認真天天上賭場報到，我都在外面接受訪問外加玩樂，但是不可否認我只要進賭場算牌就是贏多輸少。

　　今天在賭場外面準備分頭入場的時候，其實我很想跟楊丹說：「你怎麼都沒有贏錢的運呢？」但我好不容易把想說的話吞回去，改口說：「喂！楊丹，今天贏多一點唔！」

　　我找了張人多的桌子，坐在靠邊的位置，方便我同時算兩桌。不是我在說呀，我的牌運是真的有夠好，今天竟然兩張桌子都熱了，這讓我苦惱了起來。一般時候我坐在哪一桌，就是那一桌要下注，但現在兩邊都要下注的情況，我一時不知所措的站在兩張桌子之間。

　　大玩家接到訊息來到我身邊，看看我站的位子，又看看兩邊的兩張桌子，不懂我是什麼意思。牌一張一張的跑，如果再不想個辦法，我們就要錯過下注時機啦！

　　我拿起手機，正要傳簡訊告訴他，沒想到大玩家自作主張挑了右邊的桌子下注。這時候就很恨手機打字這麼慢，我顧不得，立刻撥電話給大玩家。

　　他看到是我打去的電話，別過身去接。

　　「左邊啦！」我用氣音說。

「喔喔喔」他聽了馬上掛了電話，衝到右邊桌子把籌碼拿回來，下到左邊的桌子上。兩邊的發牌員也剛好在這一刻都比出停止下注的手勢。

左邊開牌，幸運七！

桌上的一群婆婆媽媽大聲嚷了起來：「這個人怎麼這麼好運，接一通電話，換邊張桌子下注就中啦！這通電話好神呀！」

此話一出，我就覺得大大不妙了。婆媽們可能不覺得有異，只是覺得很好運又神奇，但她們嚷得太大聲，我很怕賭場的人聽到，賭場經理可沒這麼笨，一定會聽出一些端倪。

我小心的用簡訊告訴大玩家，看我哪隻手拿籌碼以分辨下哪一桌。趕緊把手機收到包包裡，以免引人注意。

怪事！我運氣好到讓我自己都不敢相信，簡直如有神助。我一打出暗號，下注就中幸運七，下哪一桌就中哪一桌，沒幾分鐘就連中九手。還記得那囉嗦賭客說過，一位客人押幸運七連中四手就被列黑名單，我一邊打著下注暗號，一邊手都微微顫抖起來。

兩張桌子熱得快，冷得也快，連中幾手之後，牌值就跌到負數去了，我打暗號叫大玩家撤退。

喬瑟夫傳來簡訊：

妳在一樓嗎？幫我留意一位穿紅洋裝的女生，剛剛聽到賭場保安指著樓下討論紅洋裝的女生，應該是下一位被賭場盯上的黑名單。

我四處張望，甚至站起來在百家樂區繞了一圈，沒有什麼穿紅洋裝的女生呀！

💬 **我沒有看到紅洋裝的女生。**

我回傳簡訊。

晚上我和楊丹說了這件事：「喬瑟夫說他今天有觀察到可能是下一位黑名單候選人喔，他叫我看，但是我沒看到。」

「他是怎麼說的？」楊丹問。

「他說是一樓有一位穿紅洋裝的女生，但是我繞了一圈，沒看到有人穿紅洋裝呀！你有印象嗎？」

「紅洋裝的女生……該不會……就是妳吧！」楊丹指著我說。

我低頭，看到自己今天就是穿著一襲紅洋裝，頓時愣得說不出話來。

♠8 保安室

經過昨天喬瑟夫的警告，我決定今天還是要上賭場。

「妳要不要緩兩天再去呀？」楊丹問我。

「除非我打算撤退不打了，不然晚兩天去和今天去有什麼不同？」我說。

走進賭場，我觀察了一下，沒有黑衣人出沒。繞了兩圈，看到一條牌發到了尾，一坐下來就看到發牌員拿到黑卡，等都不用等就有新一條牌可以算。發牌員很正常的繼續發牌，旁邊的賭客也依然「公！公！」的叫個不停，一切都再正常不過了，我想喬瑟夫說的紅洋裝女生應該是指別人。凱蒂被盯上的時候，一坐上桌就被帶走了，現在我可是好端端的在算牌呢！

這條牌很旺，開始沒幾局就連莊，螢幕上的紅圈圈一個接一個的連成一條龍，吸引周圍的賭客。「帥哥，幫我下一注」的聲音此起彼落。很快的，桌邊就圍上了數十個人，擠的周圍的空氣都熱起來。

才二十局，桌子已經熱到可以叫大玩家來下注了。桌上寫著「莊」的那一條格子，連著二、三十疊籌碼，每一手牌結束，光是等發牌員結算每個賭客的輸贏都要花上十幾分鐘，牌局進行的越來越慢。

旁邊的賭客跟我搭起話來，我一邊聊天，也沒忘記同時要向大玩家打暗號，運氣如前兩天一樣順到不行，每次打暗號下注都

中,在人這麼多的桌子,大玩家贏得很顯眼。

我一邊擔心贏得太誇張引起注意,另一方面,大玩家不停的被人群擠到外圍,已經幾次來不及下注。這一注,他託了前面坐著的賭客將籌碼擺到幸運七的格子上。

「剛剛已經開過幾次幸運七了,沒有天天過年的,你就跟我們一起押莊吧!」前排的賭客嚷著。

發牌員兩手一揮做出停止下注的手勢,我看了一眼,幸運七的格子是空的!

大玩家居然還沒把籌碼放上去,怎麼會這樣?

「Pic~ture!」全場又一陣歡聲雷動,莊7點贏,幸運七中了!可是大玩家沒押到這一注!

我怒火中燒,搞什麼嘛,該贏的錢沒贏到,這樣可是損失台幣40萬耶,我一定要打電話跟阿濤告狀。我拿著電話起身,有人不停輕拍我的肩膀。下注找別人幫忙去,我現在自己的事都處理不完,哪有空幫你放籌碼!我心中不耐煩的想著。

又有人拍我的肩膀,我轉頭,發現是一位女保安,站在我身邊。

「不好意思,可以請妳跟我去一下辦公室嗎?我們有事想要請教妳。」她說。

我腦中飛快的想到前輩叮嚀過的事,到底應該要抓了籌碼就跑,還是要跟他進辦公室?

突然我冷靜了下來,想到自己到底為什麼會坐在這賭場裡,

到底為什麼會踏上這瘋狂的旅程，心中有了答案。

「好。」我決定毫不掙扎跟她走。

我想，我應該是要被列黑名單了。我的夢想實現了！

跟著她往旁邊的電梯走去，電梯門上寫著「員工專用」。她按了通往地下一樓的按鈕。在電梯裡我仔細的打量她，大約不到一百六十公分的瘦小女保安，我心中不禁偷偷的想著：金沙賭場派這樣一個人來抓我也未免太看不起我了吧，難道就算準我不會逃？

出了電梯，轉個彎，進入一間辦公室。兩坪大小的空間，兩張桌子擺放成L型，桌上放了一台電腦。保安指著一張椅子客氣的說：「請坐。要喝水嗎？」

「好呀！」我也大方的接受了。

女保安在我前方桌上放了一罐金沙賭場專用的礦泉水，走出了這空蕩蕩的辦公室。我環顧一下四周，一、二、三、四、五、六，六個監視器。門一開，走進八個黑衣保安，圍在我身邊。

原來凱蒂說的是真的，金沙賭場對付一個弱女子，確實是高規格的派出八個保安呀！

他們就站在我身邊，沒有人跟我說話，我也不動聲色的坐著。

到底要幹嘛？怎麼還不開口呀？我心想著。

「不好意思，等等其他人。」其中一個聲音說。

啊？還有其他人，到底會是誰？門一開，我轉頭看，是我的大

玩家。他往我右手邊的椅子一坐，不看我，我也面無表情轉回頭。

「你們兩個認識吧？」

「我不知道他是誰。」我說。喬瑟夫教過的，在保安室裡，什麼都不要承認，也不要簽名。

八個保安依然沒有動作，外面卻傳出騷動的聲音。保安的耳機裡似乎有人傳達了命令，其中幾位用手壓著耳機聽了一會兒，隨即走出門。

門又一開，騷動的來源被請進來了，是楊丹！我們全軍覆沒了。

我依舊死盯著桌面上那罐礦泉水，假裝不認識他們任何一個人。突然楊丹很用力的推了我的手臂一下，「恭喜妳呀！願望實現啦！」

我轉頭愣愣的看著他，他是怎麼搞的，我裝作跟他不認識，他卻開心跟我相認，真是要氣死我。

「幹嘛，妳不開心呀？」楊丹說。

「沒有。」我眼看裝不下去，也只好開口回應他。

保安要求我們拿出護照登記，我本來不想拿，但是想一想，凱蒂僵持那麼久，最後也是要交出護照，乾脆就不用演這一段了，我乖乖的把護照交出去。楊丹看我的行動也跟著交出護照，大玩家還在頑強抵抗。

一位保安坐在電腦前把我的基本資料輸進電腦，然後列印出一張表格，我眼睛都亮了起來，那該不會是傳說中的「驅逐令」

吧！每個人都有，一式兩份。我和楊丹的表格中有完整資料，大玩家因為沒交出護照，所以基本資料欄都是空白。

「身上有籌碼就拿出來。」一位保安對著我們三個說。

「為什麼需要籌碼？」我問。雖然之前都聽團隊的人說，賭場不會拿走我們的籌碼，我們已經贏到手的錢一定可以帶走，但是現在還是挺擔心的。

「妳放心，我們金沙賭場什麼不多，籌碼最多！只是拿出來拍個照，該妳的還是妳的，我們不會拿走。」保安說。

我打開手拿包，把裡面的籌碼拿出來，放在桌面上。其中一位保安上前來點籌碼，手勢就和發牌員一樣標準，點完籌碼就立刻把手心向上一攤，這是讓發牌員不能藏籌碼的標準動作。

另一位保安上前拿出手機拍照，我們三人及桌上的護照、籌碼都一起入鏡。我不禁想到電視新聞的畫面，警方查緝毒品走私的時候，也總是要拍一張走私犯與滿桌毒品的照片。

一位女性賭場經理走到我們正前方，用很正經的態度，正式的官方語氣，大聲宣布：「我代表新加坡濱海灣金沙賭場在此宣布，你已被列為本賭場不受歡迎名單，未來不歡迎你進入本賭場，如果再次闖入，將循法律途徑處理。」

「你們賭場憑什麼列我黑名單？」大玩家很大聲的對著賭場經理說。

「你們是優勢玩家，你們自己做了什麼，自己知道。」賭場

經理說。

另一位保安叫我們在驅逐令上簽名。

喬瑟夫有說過：不能簽！我拿起那張驅逐令，仔細的看了一遍，然後放下。

「不簽名，可以拿走一份嗎？」我問。因為我真的好想要那一張驅逐令，我努力了這麼久，不就是為了它嘛！

「不行！」

我又癱回椅子上，不簽名就拿不到驅逐令，我該放棄嗎？

其中一位保安叫我們輪流站到白牆前拍照，先看著牆角的監視攝影鏡頭，耳機中傳來指令之後，他再拿起手機拍了正面與側面照，跟個犯人一樣。

「不好意思，這是程序。」保安說。

眼看著不簽名，似乎就是拿不到那張驅逐令，但是我一定要那張驅逐令，因為這是證明我實現夢想最重要的證據，於是我伸手拿起筆，簽下了自己的英文名字。楊丹看我簽名了，也不再掙扎。

保安帶著我們把身上的籌碼拿去兌現，並親自送我們到賭場大門口，微笑揮手親切的跟我們說：「不好意思呀，永不再見。」

我回過頭去，看著微笑揮手的保安，看著金沙賭場的入口，裡面依然傳出賭客「公！公！」的吶喊聲。一時之間心情竟有點捨不得，一個月來每天「上班」的地方，明天起不用再來了，這輩子再也走不進去了！

ANNEX A

MARINA BAY Sands.
SINGAPORE

Reference No: _____

Previous Reference No (If any): _____ ---

PERSONA NON GRATA NOTICE

Date: 280312 _____

Family/Last Name	Tang	Given Name	Hong An
NRIC / FIN /Passport No.		Gender	Female
Date Of Birth		Nationality	Taiwanese
Country Of Residence	Singapore	Address	N.A
Contact No. Home	NIL	Contact No. Mobile Phone	90500599

You have been included in Marina Bay Sands Pte Ltd's list of persons to be barred from the Marina Bay Sands Casino premises. Accordingly, please **TAKE NOTE that you are hereby prohibited to enter or remain in any part of the Marina Bay Sands Casino premises**. This prohibition will remain in force unless and until it is rescinded in writing at the sole discretion of Marina Bay Sands Pte Ltd.

You will be denied access or will be asked to leave from the casino premises if you attempt to enter or are found to be within the casino premises while this prohibition is in force.

Marina Bay Sands Pte Ltd reserves the right to take legal action against you in the event that you attempt to enter or remain in any part of the Marina Bay Sands Casino while this prohibition is in force.

For and on behalf of Marina Bay Sands

Name : Koh Thiam Hock
Designation : Operations Manager
Department : Security

Acknowledged by:

Name : Tang Hong An
NRIC /
Passport No:

The Content of this PNG was interpreted in **English** by **OM Koh Thiam Hock** to the above mentioned patron.

Code No.3155

金沙賭場發給我的驅逐令，左下角是賭場經理的簽名，右下角是我的簽名。

9

全軍覆沒

「沒想到我們全軍覆沒了！」我感嘆的說。

「妳跟大玩家是一起被抓到保安室嗎？」楊丹問我。

「我先被請進去了，大玩家之後進來，所以當你也走進來，我就傻了，原本我還希望你沒被抓呢！」

「保安請妳進去的時候，妳有逃嗎？」

我搖頭。

「我剛剛有在賭場內跑給他們追耶，」楊丹說。「我一開始發現有保安一直站在我身後，我就開始繞著場內的賭桌亂走，保安就跟在我後面滿場繞。我越跑越快，保安也跟著跑起來。我跑到門口，被門口的保安擋下來，腹背受敵，我只好打電話報警！」

「你報警？然後呢？」我真沒想到楊丹會有這一招。

「我說，我想離開賭場，但是賭場的保安不讓我出去。警察叫我把電話拿給保安聽。一會兒之後我接回電話，警察跟我說：『請你配合他們。』」

「哈哈哈哈哈……」我笑到無法回話。「你這是向敵軍討救兵嘛！太好笑了！」

「那妳自己呢？妳該不會束手就擒吧？」

「我想一想，還是很想要知道保安室裡是長什麼樣子，而且我之後是要把這些故事寫在書裡，如果我逃了，之後書裡要怎麼

寫？就寫我逃跑了嗎？想到這裡我就決定毫不掙扎跟保安走。」我笑著說。

「哇，妳還真是一個盡責的旅遊作家，為了寫書，被抓都不逃了。」楊丹也說笑。

金主阿濤一聽到我們三個人都被列黑名單，跑到賭場旁的咖啡館跟我們會合，帶著現金來結帳。

「來，謝謝你們幫我賺的錢！」阿濤笑嘻嘻的說。「在這行總是要被列黑名單才算真正入了行，安，恭喜妳呀！」

「是呀，我終於混一個小學畢業了，我們應該要慶祝才對！」

我看著自己的驅逐令，還有阿濤發給我們的鈔票，開心極了。我的荒唐願望實現了！許下「三十五歲前要成為賭場黑名單」的願望時，我甚至自己都懷疑。沒想到如喬瑟夫所說，這麼快就提前實現願望，而且，是憑我自己的真本事！以我這個高中數學被當的資質來說，真是神奇的自我突破！天馬行空且被朋友恥笑的夢想，像是一對翅膀，帶著我經歷了兩個月電影般的生活，簡直像場夢，不可思議。

「妳還想不想再闖金沙賭場呀？」阿濤打趣的問我。

「再闖不就跟你一樣被移送法辦，我才不要呢！到時候不只是金沙賭場的黑名單了，直接被列上新加坡這個國家的黑名單。」

「你還沒說你被警方關起來的四十八小時，到底發生什麼事呀？」楊丹問。

「就是新加坡政府免費請你吃六餐呀！」阿濤笑說。

「到底是什麼情況啦？」

「那個呀……就是跟小偷關在一起呀！」阿濤嘻皮笑臉講起被拘留四十八小時發生的事，「警察說只能留一件上衣，所以我就只穿一件襯衫，晚上睡在地板上有多冷妳都不知道。有一個小偷跟我關在一間，教我好多事，他教我要記得把早上的報紙留下來，晚上當被子蓋才不會冷，還告訴我如果真的被關到新加坡監獄裡的情況……」

「天啊！我才不要呢！」我說。

「妳要是被關進去，可能會跟妓女和小偷關在一起唷！」阿濤說。

「你別嚇我，反正我被列黑名單之後也不打算再闖賭場了。」

「我沒嚇妳，我跟妳說真的。」

「不知道大玩家出來了沒？」我突然想起，剛剛大玩家還在保安室裡跟保安對抗，堅持不拿出護照，也不簽名。

「他剛剛傳訊息跟我說他已經坐車回飯店了。」阿濤說。

「那他沒有簽名也可以從裡面走出來？他連護照都沒有交出去耶！」楊丹問。

「你們走後沒多久，他就出來了。其實妳硬是不簽名、不配合，賭場終究會放人的啦！大玩家還是拿了一張空白的驅逐令，一走出保安室就揉爛了丟進賭場的垃圾桶。」阿濤說。

　　我突然想起，應該給喬瑟夫打個電話，報告這個好消息。

　　「喬瑟夫，我跟你說，今天被列黑名單的人……」我故意賣個關子，「是我！」

　　「妳？」喬瑟夫愣了一秒鐘，「恭喜妳夢想實現了！」

　　「是呀，我們正在慶祝呢！」

　　「你們？所以還有誰？」

　　「楊丹和我們的大玩家也被列黑名單了，我們這個團隊全軍覆沒了。」我笑著說。

　　「我都教過妳了不是嗎？我教過妳要注意手機的角度，我也一再強調在賭場內不要打招呼。我和奧爾特能夠在賭場生存二十年，最重要的訣竅就是『小心』。」喬瑟夫似乎替我覺得很可惜，一直在電話中說我該小心一點的。

　　「沒關係嘛，反正我本來的終極目標就是想要被列黑名單呀！」我說。

　　「本來我和奧爾特還討論，等你們月底和阿濤的合作結束，再請你們來加入我們的團隊算牌，現在妳被列黑名單就沒機會了。」

　　喬瑟夫這麼一說，我也覺得可惜了起來。

　　「如果妳之後去拉斯維加斯，那或許還有機會再合作囉！」喬瑟夫說。

　　掛了電話，回來加入阿濤與楊丹的話題，他們正好也聊到去拉斯維加斯的事。楊丹正在打聽要辦假護照。

「爲什麼需要假護照？」我問。

「因爲拉斯維加斯的賭場給中國護照的賭客比較好的紅利回饋，如果有中國護照比較方便。而且阿濤在中國有認識的人可以弄到假護照，一本人民幣1千元，不貴。」楊丹解釋。

「那我需要一本嗎？」我問。

「米蘭都說讓我們一起去拉斯維加斯算牌了，妳也弄一本假護照，當然方便。」楊丹說。

「不過假護照只能在賭場用，過海關的時候不要拿出來，肯定會被抓走的，中國假護照的品質沒那麼好。」阿濤這麼一說，我們都笑了。

「對了，凱哥當時不是說，還是會讓妳去拉斯維加斯，一起合作寫旅遊書。那妳現在又跟米蘭談好合作了，凱哥那邊妳打算怎麼說？」阿濤想起凱哥的事。

「我想過了，我要用軟的方式拒絕他。」我說。

「軟的方式？」

「我雖然不願意拿他的贊助去拉斯維加斯，但是我不能直接拒絕他，若是讓他沒面子，他肯定會要我好看。所以我打算跟他說延期，改兩三次時間，他應該就會主動取消了吧！」我說。

「嗯，看來這是唯一的方法。不過以我對凱哥的了解……」阿濤沒有把話說完。

「你的意思是……？」我追問。

「沒有什麼。」阿濤閉口不再繼續這個話題了。

我不知道阿濤在暗示什麼，但是隱隱有種預感，即便我已經用這麼軟的方式讓凱哥主動取消未來的合作，但在拉斯維加斯再次相見，相信他也不會輕易罷休。

「那你的護照被沒收，幾時開庭呀？何時你才能夠離開新加坡？」我問。

「月底開庭，看到時判罰款多少錢，繳了錢就可以離開了吧！」

「有這麼簡單的事？該不會判刑要進去關？」

「也是有可能，但是希望不要。」阿濤嘴巴上這樣說，但是我看不出他有一絲擔心的神色，大概是在賭場混久了，膽子也大多了吧！

♠ 分道揚鑣
10

　　我把驅逐令的照片上傳到Facebook，馬上引起朋友的熱烈回響，大家或許聽過賭場列黑名單這回事，但都沒有人真的看過驅逐令的樣子。之前採訪過我的新加坡媒體們又紛紛來採訪我被列黑名單的新聞，一整天接了好幾通約訪的電話。

　　「我公司一位同事的姐姐是聖淘沙賭場[註1]公關部門的職員，她說金沙賭場的公關部門一定恨死妳了，因為報紙刊妳的新聞，就一定會請賭場表示意見，雖然賭場一定都不予置評，但是賭場上頭的主管一定會要求公關部門把這種負面評論壓下來，所以妳一直上報，他們就越頭痛。」一帆這麼跟我說。

　　「反正我不打算走職業賭徒的路線，報紙刊出我的照片也不用怕。」我笑著。

　　「職業算牌客就算被列黑名單，也不敢像妳這樣把新聞鬧這麼大吧！」

　　「是呀，他們怕樣貌曝光，搞到別家賭場也一起封殺，那多不划算。所以大部分的算牌客就是摸摸鼻子，另外找賭場算牌。但是我偏不！開賭場只讓輸的人進來玩，贏的人都列黑名單，沒這個道理。」我說。

　　「哎呀！賠錢生意沒人做嘛！」一帆笑著說。

　　「安剛好可以趁這個機會整一整賭場，一想到賭場高層開會焦頭爛額的樣子，我就覺得好爽。」楊丹一邊整理行李，一邊抬

起頭來搭腔。

　　楊丹準備搭晚上的飛機離開新加坡，因為在新加坡不能算牌，對他來說也就沒有待下去的必要。

　　而我有好幾個訪問，加上自己總覺得在新加坡還玩不夠，所以打算再待一陣子。但是一帆的媽媽從中國來新加坡探望她，房間當然就容不下我住了，必須搬出一帆家，所以我手上也沒停的在整理行李。下一個宿主是蔡韻——就是那位採訪過我的廣播節目主持人。

　　「安，妳接下來有什麼打算？搬到蔡韻那兒之後，還會在新加坡住多久。」一帆問。

　　「現在好幾個媒體約訪問，所以我多留幾天，訪問完也要準備去拉斯維加斯了。」我說。

　　「妳們去拉斯維加斯的事後來是怎麼安排呢？」一帆問。

　　「對喔，我忘了跟妳說，我們現在找到拉斯維加斯的金主可以贊助我們去，所以我不用靠凱哥了。但是我現在正在想辦法讓他自己決定不要帶我去，因為我怕直接拒絕他，他若不高興，之後肯定會整我。」

　　「那妳要怎樣做？」一帆問。

　　「我已經跟他延了兩次時間，他叫我三月底去拉斯維加斯會

註1 ——　新加坡另一個賭場。

合,我改成四月初,又改成四月中,他都說好。我昨晚又寫信去跟他改成四月底。」

「妳看一下信箱,他說不定已經回信了。」楊丹提醒我,於是我馬上跑到電腦前檢查網路信箱。

「有耶!回信了!」我說。

安:

　　妳一直改期,影響到我在拉斯維加斯的工作安排,且我考慮之後,決定暫時不出拉斯維加斯的書了,因此也就不安排妳去拉斯維加斯,請原諒我的決定。

　　　　　　　　　　　　　　　　　　妳誠摯的凱哥

我大聲唸出這封信,房間裡的三人都歡呼起來。

「凱哥他不贊助我去拉斯維加斯了,因為我一直改期,他終於生氣了!」我笑著。

「啊!真是謝天謝地!」一帆眉開眼笑,「不然妳拿他的贊助,去到拉斯維加斯恐怕才是麻煩的開始呢!」

「對呀!妳真懂我!我就是擔心這個。還好他不贊助我了,我就不用再跟他有牽扯。」我說。

楊丹在旁邊看著我們兩個女生笑得開心,忍不住說:「如果凱哥知道他不贊助妳,妳竟然這麼開心,應該氣炸了吧!」

行李再多也有收完的時候,我跟楊丹已經把房間都整理好,行李箱放在門口,我們要離開一帆的家了。

「安,妳之後別忘了我們曾經一起睡過一個月唷!」一帆很捨不得的說。

「放心,我不會忘。倒是妳,這麼優秀,以後事業成功也別忘了我。」

「還有,楊丹,你也加油了!」一帆說。

我們拖著行李箱,走向每天搭乘的公車站。我和楊丹倒是一點也沒有離別氣氛,反正不久之後又要在拉斯維加斯相見。

「那飛拉斯維加斯機票的事情,等我回台灣之後再網路聯絡吧!」楊丹說完,他要搭的車就到了。他動作俐落的把大行李箱扛上公車,消失在車門後。

而我,搭反方向的車,前往蔡韻家。

依照著蔡韻給我的交通指示,我坐在公車上,越來越覺得奇怪。因為這班公車已經開過了新加坡西部的鬧區,開往冷清的郊區,而眼前已經要開進一間大學裡面了。

Nanyang Technological University

南洋理工大學

校門口的招牌上寫著兩行大字,我原本以為她住在學校附近,沒想到是住在學校裡。看到蔡韻紙條上的站,下了車,才發現我站在學校的女生宿舍前面,蔡韻在公車站前等我。

「妳是住在學生宿舍裡呀?」我驚訝的問。

「是呀！」蔡韻臉上堆滿歡迎的笑容。

「那這樣，我可以進去住嗎？」我很懷疑大學女生宿舍可以接待朋友。

「妳就上來吧！不用擔心。」

這是我當沙發客經驗中從沒幹過的事，竟然住到大學女生宿舍裡來了！放好行李，蔡韻帶著我參觀女生宿舍。

她們的宿舍很漂亮，兩人一間雅房，格局及設計風格有點像我在德國住過的青年旅館。特別的地方在於門禁相當森嚴，每層樓的廁所及浴室都要刷房卡才能進入。

「妳要去廁所就叫我一聲，我替妳刷卡。」蔡韻說。

房間約有十坪大小，桌子很大，但是床的尺寸是普通的單人床。

「妳就跟我一起擠吧！」蔡韻一邊說，一邊把床上的玩偶一隻隻丟到書桌上。

雖然我們兩個女孩子都不胖，但是擠在一張單人床上也真是辛苦蔡韻了，我不禁覺得相當不好意思。

「記得我們第一次講電話，我還以為妳是台灣人呢！」我和蔡韻聊起上回訪問的事。「因為妳的口音和我們台灣人平常說話很相近。」

「福建和台灣本來就很相近呀！一海之隔而已嘛！」蔡韻笑說。

她就讀的科系——媒體傳播和我所學的商業設計有些相關，我們討論影片及她的畢業作品，直到深夜才睡。

　　隔天早上起床，蔡韻已經去上課了。我一個人在女生宿舍的起居變得異常困難，沒有房卡，連去廁所盥洗都不得其門而入，好不容易等到了其他宿舍的同學進出廁所，我才跟在身後混進去。奇怪的是我這個畢業七年的人，在大學宿舍裡出現，其他房間的人好像也沒認出我是外來的，到底是我看起來也挺像大學生，還是因為宿舍時常有訪客而見怪不怪，就不得而知了。

　　走出宿舍又是重重關卡，女生宿社被高高的鐵網包住，我怎麼都找不到打開鐵門的方法，又不敢出聲問人。在門邊晃了好久，才遇到其他同學出入，終於走出女生宿舍。

　　「門附近一兩公尺的地方，會有不顯眼的按紐，按了就可以開門，但是由於太不顯眼，我是新生的時候，也花了幾個月才搞清楚呢！」後來蔡韻這樣跟我說。

♠ J 神祕專訪

今天跟記者約了見面訪問，約了一個相當奇妙的地點——亞洲文明博物館的大廳。記者和我併肩坐在大廳的椅子上，問我被列黑名單的經過。

「妳有出老千或是作弊嗎？」記者問。

「沒有，我完全依照賭桌上的規則玩牌。」

「那妳被列黑名單那天總共贏多少錢呢？」

「沒有贏錢，我那天沒有下注。」我說。因為我坐在桌上用暗號叫大玩家下注，不是我下的注，我當天也確實沒有從賭桌上贏到一毛錢。

「妳都沒有下注怎麼會被列黑名單呢？」

「這可能要去問賭場吧！」雖是這樣回答，但我也知道賭場肯定不予置評。

記者最後拍了張我拿著金沙賭場驅逐令的照片，並說：「應該今天晚上就會登出來了。」

自從被列黑名單之後，每個約訪的內容都大同小異，問差不多的問題，然後替我拍張照，當然絕對不會少了驅逐令的照片。

「台灣女作家 賭場被列黑名單 終生不得進入 」之類的聳動標題，連著幾天攻占新加坡新聞版面。每篇文章都在探討為何女作家會被列黑名單，連我自己都沒有料想到，會有這麼大的效應。

但在下午我接到一通有點奇怪的電話。

「妳好，我是報社記者，想要跟妳做個電話訪問。」

「要約哪個時間？」接多了約訪的電話，我已經很習慣的問對方約什麼時間。

「不用約時間，就現在電話直接訪問就可以了。」電話那一頭的記者說。

「喔？也可以。那你請問吧！」我有點驚訝，但也馬上同意了。

「請問妳知道賭場為什麼列妳為黑名單嗎？」

「我不清楚賭場為何列我為黑名單，因為我當天根本沒有下注。保安室裡，賭場經理有說了一句話：『你們是優勢玩家』，大概就是這個原因吧！」我說。

「那妳懂優勢玩家的意思嗎？」記者問。

「我懂呀！」我用很當然的語氣，因為我就是優勢玩家，怎麼可能不懂呢！

「妳知道賭場所指的優勢玩家，就是算牌客。那妳知道算牌是違法的嗎？」這位記者的言詞很直接，一點都不客氣。

「算牌沒有違法！金沙賭場也知道沒有法律寫明不能算牌，所以他列我黑名單的理由只是『賠錢生意不想做』而已，我並沒有違反新加坡法律。」我說的是事實。這位記者想要嗆我之前，也應該多做點功課。

「被金沙賭場列為黑名單，妳會不會覺得丟臉？」

「被列黑名單我還覺得很光榮呢！因為賭場輸不起，就列我

黑名單，那是賭場的問題。」我理直氣壯的說。「敢開賭場就要敢讓賭客贏錢，沒道理只讓輸的人來玩，贏的人不准來！」

隔天，新加坡最大的英文報紙上刊登了全版報導，斗大標題寫著：「詐賭與黑道背景是列為賭場黑名單的主要原因」，下面一行小字：「但是濱海灣金沙不願對台灣女作家列黑名單一事發表評論。」

我恍然大悟！這篇報導一看就知道是金沙賭場公關部門的傑作，用這種標題來反擊，企圖製造我是詐賭的假象。報導中九成的文字都是賭場顧問對於黑名單的解釋，只在最後一小段寫上我個人澄清沒有作弊及詐賭。

也罷！隨便他們怎麼寫，反正我也不在意他們怎麼說。

♠Q 道別

待在新加坡的最後一天，喬瑟夫、奧爾特二人約我吃飯。自從離開澳門來到新加坡之後，與他們見面的時間就很少，每次在賭場裡就算看見了也不能打招呼，挺想念跟他們聊天的時光。

「你們今天怎麼有空？」在我印象中，這兩位世界冠軍總是把賺錢放第一，不管到世界各地任何一個賭場，除了算牌，幾乎完全不觀光。

「因為沒的算啦！」喬瑟夫說。

「賭場先是封桌子兩天，昨天再去，就看到幸運七的桌子全換成自動洗牌機了。」奧爾特補充。

「真的假的？！」我很驚訝，這麼一個讓算牌客賺錢的漏洞就這樣消失了！

「還不是要怪妳！」喬瑟夫揪著我笑。

「干我什麼事？我早就被列黑名單，好幾天都沒去了！」我說。

「就是妳被列黑名單之後，賭場才開始封桌子。然後妳的新聞一直報，賭場就換成自動洗牌機了。現在金沙賭場裡已經沒有算牌客了，大家這幾天都要撤了。」

我真的沒想到，事情竟演變成這樣。

「那我不是斷了大家財路？其他算牌團隊的人恨死我了吧！」我愧疚的說。

「還好啦，這個漏洞本來就已經被賭場越補越小。之前賭場

把桌數減少、最大下注額降低，凱哥就先撤了。當時就已經覺得
這個漏洞不會存在太久了。」喬瑟夫說。

「妳接下來的安排是什麼？」奧爾特問。

「去拉斯維加斯算牌呀！米蘭會贊助我。晚一點就要把機票
錢轉出去了。」我說。

「可是……我怎麼聽說，米蘭要去歐洲度假兩個月。米蘭
要和凱哥去歐洲玩，所以凱哥今天早上跟我們說不用趕著過去
了！」喬瑟夫說。

這消息真是晴天霹靂，我馬上拿起電話，想跟楊丹問個清楚。

「我正要通知妳，我剛剛才接到米蘭的電話，所以機票錢不
用匯了。」楊丹說。

「怎麼會這樣？」我哀號著。

「賭場的事情本來就沒有一定。不過這次是凱哥約米蘭去度
假，所以我們這批人全都不用去了。」

「你覺得凱哥是故意的嗎？」我問。楊丹沒有回話。

此次的拉斯維加斯之行看來是已經確定被取消了，我再掙扎
也沒有用。

「對了，那假護照也不用做了吧！」我想到之前委託阿濤，
這筆錢現在也可以不用花了吧！

「我剛剛也跟阿濤通過電話，他知道了！然後，妳猜阿濤現
在人在哪？」楊丹問。

「他不是昨天或今天才開正式庭嗎？」我忙著採訪的事，都忘了阿濤還被官司纏身。

「昨天開庭，罰款而已。阿濤繳了罰款，今天已經跑到越南去了！」楊丹興奮的說。「阿濤倒是很聰明的馬上安排了新的行程，一刻也不耽擱。」

結束與楊丹的電話，我難掩失望。

「這又沒什麼，拉斯維加斯什麼時候想去都行，下次妳來我再招待妳呀！」喬瑟夫安慰我。

「那之後你們有什麼安排？還有其他的算牌計畫嗎？」我問兩人。心想著眼前雖然不能去拉斯維加斯，或許也能夠加入兩位世界冠軍的算牌行程。

「我們兩個可能也去歐洲度假，順便找一找歐洲有沒有什麼神祕的小賭場可以算牌吧！」喬瑟夫說。

看樣子，這種花錢在歐洲閒晃，遇到賭場才算牌的行程，我是沒辦法參加了。我可沒有那麼多錢在歐洲漫無目的閒晃度假。

「唉！還是覺得好可惜……」我忍不住又嘆了口氣。

「今晚就多喝幾杯，當做我們兩人替妳慶祝好啦！恭喜妳三十五歲被賭場列黑名單的夢想提前實現！」奧爾特舉起酒杯，喬瑟夫也舉起酒杯，三個玻璃杯碰在一起發出好清脆的聲音。

其實，才開始

　　我心情沮喪的坐在回台灣的飛機上，跟來的時候一樣，3千元的廉價機票，再四個小時就可以讓我回到久違的台灣。廉價航空的窄小座位，隨著我低落的心情，好像更難坐了。

　　我坐在靠窗的位置，旁邊是一位帶著粗框眼鏡的年輕男生，讓我想起楊丹。兩個月前，我和楊丹一同飛往韓國；一個半月前，我們搭乘深夜的班機從韓國飛往澳門，真正開始算牌旅程，他還逼著我在機上練習算牌，那時的心情充滿期待。而現在，只剩我一個人飛回台灣，算牌旅程出乎預料戛然而止，除了回台灣，我也不知道該去哪兒，心中盡是失落。

　　其實我也不是非去拉斯維加斯不可。經過兩個多月算牌的生活，我已體會到很多事。眼睜睜的看到職業算牌客的生活，除了賭場，還是賭場，如此乏味的人生，實在不值得羨慕。而且算牌團隊的人，總因利益關係而互相猜忌，我也體會過了。但我氣的是，明明已經安排好的拉斯維加斯行程，卻因為小人從中作梗而被迫取消，怎麼想就是不痛快！

　　我的手不由自主的摸一摸口袋，撲克牌和手機都好好的待在那兒，不知從什麼時候開始，撲克牌也變成我隨身的重要物品了。

　　想到今天早上，蔡韻送我搭上公車，臨上車前還給我一個好大的擁抱。一時間，蔡韻的臉、一帆的臉、凱川的臉、阿濤的臉、喬瑟夫及奧爾特的臉，還有凱蒂的臉，都一一浮現在我眼

前。其實我這兩個多月也是挺有收穫的，經歷過電影般的生活，交了這麼多好棒的朋友，不會因為算牌旅程結束而打折扣。我為了不能去拉斯維加斯而心情不好，似乎太想不開了！但雖說心中一直有個聲音在安慰自己，讓心情變好可能還是需要一點時間。

　　飛機起飛之後我睡了一會兒，醒來的時候發現身邊不知幾時，已經換了一個人。剛剛戴著黑框眼鏡的年輕人不見蹤影，現在坐著一位約莫四十歲左右的男子，頂著很潮的髮型，兩側的頭髮理得很短，頭頂上的頭髮卻長到可以綁成一個小髻，還好他的五官長得很帥，帥哥理這種髮型叫有型，不夠帥的人理這種髮型很容易失敗。

　　「妳好！」他發現我在看他，轉過頭跟我打招呼。

　　我微微點個頭，就把頭轉回來。

　　「我想請問一下……」

　　「嗯？」

　　「請問妳是新加坡報紙上的那個人嗎？算牌的是嗎？」沒想到竟有人認出我來了！

　　「你眼睛真利呀！」我笑了。

　　「我是個導演，北京人，之前拍過幾部小製作的電影，一直在尋找不錯的劇本。這次在新加坡的報紙上看到妳的報導，挺有趣的，特別關注了一下。倒是沒想到，可以在飛機上遇到妳。」他說。

「導演你好。」我客氣的回應。

「這個……我其實對妳的故事有點好奇，冒昧請教，妳最初想要在賭場尋什麼故事？又怎麼會被列黑名單呢？」導演似乎真的對我的故事很有興趣。

「我的故事……很長耶！要從哪裡開始講呢？」我思忖著，「導演，你看過一部好萊塢電影《決勝21點》嗎？」

我決定從電影說起，告訴導演我真實的故事。因為受新加坡媒體採訪時，我怕牽連還在賭場內算牌的伙伴們，從不承認我是在算牌，我總是說：「我不知道賭場為什麼列我黑名單，我在賭桌上根本沒有玩幾把，我只是來賭場找一些新書的素材。」

導演聽我說起這兩個月的故事，眼睛都發亮了！直說我的經歷是一般人想像不到的，很不可思議。

「那……我有一個問題，妳以後還會想要繼續算牌嗎？」導演問。

「應該……不會了吧！我本來就不好賭，只是想要體驗一下特別的經歷而已。」

「那妳不算牌，之後打算做什麼呢？」

「我本來就是寫旅遊書的呀！就繼續寫作囉！」我說。

「妳有想過嗎？這故事這麼精彩，說不定可以拍成電影呢！」

「電影？哪有可能？」我笑著。

「怎麼不可能？多少電影都是小說改編的劇本。」導演的眼

神很堅定。我仔細想一想，確實也不是不可能。

　　「或許之後我們有機會合作呢！」這位導演留了他的名片給我。

　　看著手上的名片，我揚起了嘴角。

　　　　　　　　　　　　　　　　　　　　　一完一

後記

　　為了不違背我在加入算牌團隊之初，答應算牌老師的要求：「現在還可以算的遊戲不能寫、某地不能透露、成員真實姓名保密」；也為了自己不要因為擋人財路而被追殺，本書中的部分內容做了巧妙的更改。包含了算牌團隊成員的名字、真正算牌的地點，以及我在新加坡金沙賭場被列黑名單所算的遊戲。

　　要能夠將我的親身經歷完整而忠實的傳達，卻又不能夠洩露算牌機密，著實讓我費盡心思，才想到改寫為「幸運七百家樂」。

　　我下了一番苦功，才將我所算的遊戲進行改寫，務求在下注金額及贏錢的機率都能夠與事實相近。當然，讀者在看完本書之後，若去到新加坡金沙賭場，肯定找不到手發的幸運七百家樂。

　　當我在新加波金沙賭場被列黑名單之後，掀起新加坡與台灣兩地媒體的討論與報導，也掀起一批網友筆戰：唐宏安算牌的事到底是真是假？我自己也看過，網路上有「賭場常客」與「發牌員」以賭場專家的角度寫千字文，逐字逐句的批判我所言皆謊話。

　　在此必須作一個說明，這個故事裡的「事」是真實發生，「人」、「地」、「遊戲」則經過改寫，當然與事實不完全相符，但真人真事改編故事的精彩程度毫不減損。

感謝

人生不是看多成功 而是看誰陪你經歷這個過程

爸爸、媽媽、妹妹及我的朋友們，謝謝你們一路相伴，關鍵時刻的心靈支持，對我來說意義非凡。人生走到這兒，我擁有你們，真是太棒了！

王漢青／詹益權／陳偉欽／吳秉桀／小柯／Ｄｅｖ Ｕçａｒ／毛康陸／阿哲
林辰安／Ｎｅｌｓｏｎ／黃少雍／Ｍｉｎａ Ｙｕ／王冠人／Ｐａｔｔｙ Ｌａｉ／姜君穎
Ｐａｍｅｌａ Ｔｓａｉ／譚錦／Ｈｏｗａｒｄ Ｓｕｎ／李奕駿／林若蘋／陳正杰／顧展蓉
賴鈺勻／王詩情／Ｎａｏｍｉ／１２０／陳艾琳／王君儀／黃閔彥／偉恩咖啡
吳偉恩／藍彩綸／趙偉偉／吳紹康／許劭威／Ｊｅｎｎｉｆｅｒ Ｌ／Ｊａｓｏｎ
Ｍａｒａ Ｃｈｏｕ／鍾爾文／Ｌｕａｎｎ Ｌｉｕ／Ｃｈｉａｙｉｎｇ Ｌｉｎ／于潤邦／許千蕙
女人迷ｗｏｍａｎｙ．ｎｅｔ／陳怡蓁／Ｌｕｌｕ／許世偉／夏治平
朱家綺／范重光／小茉莉／葉穎諭／尤洞豆／Ｆｉｒｅｍｏｓａ Ｈｅａｒｔ
王建揚／光宜／守恩／肉魯／吳勝宏／黃奕豪／波黑美亞咖啡食堂
簡嘉瑩／徐聖淵／張家舜／張翊菱／張鳳儀／雪克莉／馮宇／李取中
邱健龍／詹原彰／張老師／李文瑛／賴曉雯／Ｂｕｋａ Ｃｈｅｎ／張佩鈴
楊舒方／Ｌｉｃａ Ｍａ／Ｒｅｇｉｎａ Ｌｕ／李芸樺／陳璽鈞／沈天豪／陳綉燕
褚宛瑩／謝鳳玲老師／高志尊老師／朱世平／林悟真／廖偉伶／陳俊朋
陳有彥／陳韋中／張丁元／陳容寬／張棣禎／吳家榮／趙敏慈
康誌栩／吳姝諭／康智勝／鄒豐義／郭雅珍／江培欣／陳默君／黃冠凱
洪士軒／吳秋遠／張其玉／陳致道／施華凱／陳亮達／江彬弘／林久鈺
張簡巧璧／周涵襄／陳玟玟／孫一帆／蔡韻／林凱川／李丙雨／中野政司
迦馨／漪雯／墨爾本的貓爸爸／Ｗｅｅ Ｃｈｅｎｇ Ｔａｎ／Ｔｈｉｅｎ Ｔｒａｎ／Ｔｏｂｙ Ｒａｈｉｌｌｙ
Ｔｒｉｓｈａ Ｓｎｇ Ｗｏｅｉ Ｓｈｉｎ／Ｖｉｃｔｏｒ／Ｄｏｒｏｔｈｙ Ｎｇ／Ｆｕｍｉｅ Ｔａｋａｉ／沈建智／林睿哲
張春蓮科長／張馨文／蕭培元／廖智賢／Ａｌｅｘｅｙ Ｋｒｙｖｏｐｕｓｔｏｖ／Ｍａｓａｔｏ Ｍｉｋｉ
林志青／于潤邦／趙啓麟／林雨韻／羅盛彥

我的決勝21點

（生活良品067）

作　　者	唐宏安
封面攝影	呂瑋城Aboo

總 編 輯	張芳玲
文字編輯	林孟儒
美術設計	尤洞豆
封面設計	尤洞豆

國家圖書館出版品預行編目資料

我的決勝21點／唐宏安作.
-- 初版. -- 臺北市：太雅, 2013.05
面： 公分. --（生活良品；67）
ISBN 978-986-6107-93-1.(平裝)

857.7　　　　　　　　102005380

太雅出版社
TEL：(02)2836-0755　　FAX：(02)2831-8057
E-mail：taiya@morningstar.com.tw
郵政信箱：台北市郵政53-1291號信箱
太雅網址：http://www.taiya.morningstar.com.tw
購書網址：http://www.morningstar.com.tw

發 行 所	太雅出版有限公司
	台北市11148忠誠路一段30號7樓
	行政院新聞局局版台業字第五○○四號
承　　製	知己圖書股份有限公司　台中市工業區30路1號
	TEL：(04)2358-1803
總 經 銷	知己圖書股份有限公司
	台北分公司 台北市10646羅斯福路二段95號4樓之3
	TEL：(02)2367-2044　FAX：(02)2363-5741
	台中分公司 台中市40768工業區30路1號
	TEL：(04)2359-5819　FAX：(04)2359-5493
郵政劃撥	15060393
戶　　名	知己圖書股份有限公司
廣告刊登	太雅廣告部
	TEL：(02)2836-0755　E-mail：taiya@morningstar.com.tw
初　　版	西元2013年05月01日
定　　價	270元

（本書如有破損或缺頁，請寄回本公司發行部更換；或撥讀者服務專線04-2359-5819）

ISBN 978-986-6107-93-1
Published by TAIYA Publishing Co.,Ltd.
Printed in Taiwan

(請沿此虛線壓摺)

這次購買的書名是：

我的決勝21點 （生活良品067）

* 01 姓名：＿＿＿＿＿＿＿＿＿＿ 性別：□男 □女

* 02 生日：民國＿＿＿年＿＿＿月＿＿＿日

* 03 市話：＿＿＿＿＿＿＿＿＿ 手機：＿＿＿＿＿＿＿＿＿

* 04 E-Mail：＿＿＿＿＿＿＿＿＿＿＿＿＿＿＿＿＿＿

05 地址：□□□□□＿＿＿＿＿＿＿＿＿＿＿＿＿＿

06 你決定購買這本書的主要原因是：
□內容題材　□封面設計　□內頁編排　□書名吸引
□作者知名度　□價格可以接受　□其他＿＿＿＿＿

07 你的職業類別是：
□服務業　□自由業　□商業　□製造業
□金融業　□傳播業　□學生　□教師
□家庭主婦　□軍人　□公務員　□其他＿＿＿＿＿

08 你從何得知本書的消息？(可複選)：
□報紙報導　□雜誌　□廣播節目　□網站
□書展　□逛書店無意發現　□電視　□電子報
□朋友介紹　□太雅出版社的其他出版品　□其他＿＿＿＿

09 你對本書的評價？(請填代號：1.非常滿意 2.滿意 3.普通 4.有待改進)
□封面設計　□內頁排版　□故事內容　□作者文筆

10 你會建議本書哪個部分，一定要改進才可以更好？為什麼？

＿＿＿＿＿＿＿＿＿＿＿＿＿＿＿＿＿＿＿＿＿＿＿＿

11 你最常購買哪類書籍：(請選出前三項，用1、2、3表示)
□文學小說　□觀光旅遊　□瘦身美容　□親子教養
□藝術設計　□居家手作　□心理勵志　□商業理財
□醫療保健　□攝影　□流行時尚、影視娛樂
□宗教　□其他＿＿＿＿＿＿

12 你曾經買過太雅其他哪些書籍？

＿＿＿＿＿＿＿＿＿＿＿＿＿＿＿＿＿＿＿＿＿＿＿＿

＿＿＿＿＿＿＿＿＿＿＿＿＿＿＿＿＿＿＿＿＿＿＿＿

13 你對本書的其他建議：

＿＿＿＿＿＿＿＿＿＿＿＿＿＿＿＿＿＿＿＿＿＿＿＿

＿＿＿＿＿＿＿＿＿＿＿＿＿＿＿＿＿＿＿＿＿＿＿＿

14 讀完本書，是否也激起你實踐夢想的動力呢？告訴我們你的夢想是什麼吧！

＿＿＿＿＿＿＿＿＿＿＿＿＿＿＿＿＿＿＿＿＿＿＿＿

＿＿＿＿＿＿＿＿＿＿＿＿＿＿＿＿＿＿＿＿＿＿＿＿

填表日期：＿＿＿＿年＿＿＿月＿＿＿日

讀者回函

掌握最新的旅遊與學習情報，請加入太雅出版社「旅行與學習俱樂部」

很高興您選擇了太雅出版社，陪伴您一起享受旅行與學習的樂趣。只要將以下資料填妥回覆，您就是「太雅部落格」會員，將能收到最新出版的電子報訊息！

填問卷，送好書
（限台灣本島）

凡填妥問卷（星號 * 者必填）寄回、或傳真回覆問卷的讀者，即可獲得太雅出版社「生活手創」系列《毛氈布動物玩偶》或《迷你》一本。活動時間為2013/01/01～2013/12/31。

二選一，請勾選

太雅部落格
taiya.morningstar.com.tw

太雅愛看書粉絲團
www.facebook.com/taiyafans

（請沿此虛線裁剪）

〈請沿此虛線壓摺〉

| 廣 告 回 信 |
| 台灣北區郵政管理局登記證 |
| 北 台 字 第 1 2 8 9 6 號 |
| 免 貼 郵 票 |

太雅出版社　編輯部收

台北郵政53-1291號信箱

電話：(02)2836-0755

傳真：**(02)2831-8057**

(若用傳真回覆，請先放大影印再傳真，謝謝！)

〈請沿此虛線壓摺〉

太雅

太雅部落格 http://taiya.morningstar.com.tw

有行動力的旅行，從太雅出版社開始

〈請沿此虛線裁剪〉